Meredith L. Snader

sowie Ihor John Basko, Craig Denega, Deva Kaur Khalsa,
und Sharon L. Willoughby

PFERDE

natürlich behandeln und heilen

Akupunktur · Chiropraktik · Homöopathie
Massage · Heilkräuter

BLV

Die Deutsche Bibliothek –
CIP-Einheitsaufnahme

Pferde natürlich behandeln und heilen :
Akupunktur, Chiropraktik, Homöopathie,
Massage, Heilkräuter /
Meredith L. Snader und andere – 2. Aufl. –
München ; Wien ; Zürich : BLV, 1999
Einheitssachtit.: Healing your horse <dt>
ISBN 3-405-14659-3
NE: Snader, Meredith L.; EST

Zweite Auflage

BLV Verlagsgesellschaft mbH,
München Wien Zürich
80797 München

Titel der amerikanischen Originalausgabe:
HEALING YOUR HORSE

Published by arrangement with Howell Book House, an Imprint of Macmillan Publishing Company, A Division of Macmillan, Inc. (USA)

Übersetzung: Gerald Bosch
Zeichnungen: Seiten 118, 120, 121, 122, 123, 125, 126, 127, 130, 131, 132, 134, 135, 136, 137: Daniela Farnhammer
Einbandgestaltung: Aney King/Sander & Krause Werbeagentur, München
Satz und DTP: BLV
Druck und Bindung: F. Pustet, Regensburg
Printed in Germany · ISBN 3-405-14659-3

Hinweis

Dieses Buch ist nicht als Ersatz für die direkte medizinische Beratung und Behandlung durch einen Tierarzt zu verstehen. Wenn ein Pferd erkrankt ist, sollte der Leser unbedingt einen Veterinär zu Rate ziehen, vor allem dann, wenn er Symptome beobachtet, die auf eine lebensbedrohliche Krankheit schließen lassen oder unmittelbare Notmaßnahmen verlangen.

Belanglos ist, ob ein Mittel alt oder neu,
solange es Heilung bringt.

Belanglos auch,
ob eine Lehre aus dem Osten oder Westen stammt,
solange sie nur richtig ist.

Jen Hsou Lin

Inhaltsverzeichnis

Einführung 9

1. **Akupunktur**
von Meredith L. Snader, V.M.D. 11

2. **Chiropraxis**
von Sharon L. Willoughby, D.V.M., D.C. 61

3. **Homöopathie**
von Deva Kaur Khalsa, V.M.D. 85

4. **Massage**
von Craig Denega 109

5. **Heilkräuter**
von Ihor John Basko, D.V.M. 139

Glossar und allgemeine Literatur 159

Erklärung der wissenschaftlichen
und medizinischen Fachbegriffe 164

Register 167

Einführung

Turnierpferde stehen genau wie Spitzensportler unter dem ständigen Druck, immer ihr Bestes geben zu müssen. Sie werden trainiert, gefüttert und umsorgt, damit sie höher springen bzw. schneller und länger laufen können. Das tägliche Training führt oft zu schmerzhaften Sportverletzungen, die, wenn man sie nicht behandelt und kuriert, die Leistungen des Pferdes beeinträchtigen und so die an das Tier gestellten Erwartungen zunichte machen. Manche Halter, Trainer oder Jokkeys verabreichen gerne dem Pferd Medikamente, damit es trotz seiner Schmerzen weitermachen kann. Leider kurieren einige dieser Mittel die Leiden überhaupt nicht; statt dessen kaschieren sie nur die Symptome, so daß das Pferd z.B. weiterarbeitet und trainiert wird und sich dabei möglicherweise sogar dauerhafte Schäden zuzieht. Mittlerweile gibt es zum Schutz von Turnierpferden strikte Vorschriften, die den Gebrauch solcher Dopingmittel untersagen.

In zunehmendem Maße wenden sich daher Pferdehalter und -trainer, die von künstlichen Medikamenten und den radikalen Methoden der Schulmedizin enttäuscht sind, alternativen Behandlungsmöglichkeiten zu, wie beispielsweise Akupunktur, Kräuterkunde, Chiropraxis und Homöopathie. Diese Therapien garantieren, einzeln oder miteinander kombiniert, eine schonende, natürliche Behandlungsweise, ohne daß die Gefahr eines Mißbrauchs besteht.

Mit Ausnahme der Homöopathie entwickelten sich diese alternativen Methoden aus fernöstlichen Heilverfahren, deren Ursprünge 2500 Jahre zurückliegen. Diese traditionellen Verfahren, die sich in den vergangenen Jahrhunderten bewährt haben, berufen sich auf die Selbstheilungskräfte des Organismus, die ihm innewohnen.

In vielen uralten tiermedizinischen Schriften finden wir ebenfalls die Prinzipien der Akupunktur, der Massage und der Kräuterkunde wieder. Die Mehrheit der heutigen Veterinärmediziner geht allerdings davon aus, daß unsere heutigen Kenntnisse und Praktiken (z. B. Nuklearmedizin, Laserchirurgie und Breitbandantibiotika) diese alten, »überholten« Methoden bei der Behandlung kranker Pferde überflüssig machen. Ein paar Ärzte und Tiermediziner glauben jedoch, daß ihre Kollegen aus längst vergangenen Zeiten durch Verwendung natürlicher Wirkstoffe die gleichen Heilerfolge verbuchen konnten, indem sie das Energieungleichgewicht im Organismus austarierten und den Körper richtig be»hand«elten. Das alte Sprichwort »Die Vergangenheit ist der Schlüssel zur Gegenwart« gilt auch für die heutige Human- und Veterinärmedizin. Immer mehr Tierärzte stellen fest, daß dort, wo mit ultramodernen Heilverfahren keine Besserung erreicht werden kann, ihre Pferdepatienten auf die altbewährten, natürlichen Methoden ansprechen.

Sicherlich sind diese altbewährten Heilverfahren nicht das Universalmittel für sämtliche Leiden aller Pferde. Bevor Sie mit einem in diesem Buch angebotenen Therapievorschlag beginnen, raten wir Ihnen dringend, Ihr Pferd von einem Tierarzt noch einmal vollständig untersuchen zu lassen. Durch seine zusätzliche Diagnose sichern Sie sich ab, denn manches geringfügige Leiden entpuppt sich später als Symptom einer tiefer sitzenden Krankheit, die nur durch eine moderne Behandlungsmethode geheilt werden kann. Wenn Sie diese Untersuchung durch einen Fachmann überspringen, riskieren Sie, daß gravierendere Probleme auftauchen können. Wenn Ihre eigene Diagnose allerdings durch einen Tierarzt bestätigt wird, können Sie – zusätzlich zu einer konventionellen Behandlung – die hier beschriebenen alternativen »Roßkuren« getrost anwenden. Durch die kombinierte Wirkung beider Ansätze wird sich Ihr Pferd bald wieder bester Gesundheit erfreuen und seine alten Kräfte vollständig zurückerhalten.

Jedes einzelne Kapitel des vorliegenden Buches wurde von einem anderen praktizierenden Arzt oder Naturheilkundler verfaßt; allesamt sind sie Experten auf ihrem Gebiet der Pferdeheilkunde. Alle Autoren stellen in übersichtlichen Kapiteln die Grundlagen ihrer Therapien vor und demonstrieren, wie ihre Methoden die Selbstheilung fördern, den Gesundheitszustand verbessern und die sportlichen Leistungen des Pferdes steigern. Vielleicht finden auch Sie unter diesen Verfahren dasjenige, das Ihrem Pferd, wie die Chinesen sagen, »die Pforte in die Zukunft aufschließt«.

Meredith L. Snader, V.M.D.

1. Akupunktur

von Meredith L. Snader, V.M.D.

Einführung

Seit mehr als 2500 Jahren haben die Chinesen ihre Pferde mit Hilfe der Akupunktur behandelt, was man als einen imposanten historischen Beweis werten kann, wie nützlich und wirksam dieses Heilverfahren ist und war. In den USA und vielen anderen westlichen Ländern wurde die Akupunktur aber erst seit der Öffnung der Volksrepublik China (1972) populär. Das wachsende Interesse an diesem Verfahren bewirkte, daß westliche Veterinärmediziner begannen, Akupunktur auch in ihre Therapiemöglichkeiten zu integrieren. Immer mehr Studien ergaben, daß Akupunktur viele Pferdekrankheiten schonend heilen kann, die man zuvor mit Hilfe der Schulmedizin nur sehr schwierig behandeln konnte. Daher wandten sich in den vergangenen 20 Jahren immer mehr Tierärzte der Akupunktur zu und ließen diese Teil ihrer Behandlungsmethoden werden. 1989 gab z. B. die Amerikanische Tierärztliche Vereinigung (»American Veterinary Medical Association«) bekannt, daß »Akupunktur eine anerkannte Variante und integraler Bestandteil der Veterinärmedizin« sei [1]. Allerdings wird die Akupunktur nur in solchen Fällen als medizinische Teildisziplin anerkannt, wenn sie von approbierten Veterinären praktiziert wird.

In der Öffentlichkeit gewinnen ganzheitliche Behandlungsmethoden (auch in der Veterinärmedizin) immer mehr Anhänger. Dieser Trend, der sich parallel zum Aufkommen strengerer Vorschriften zur Überwachung der Medizin im Pferdesport entwickelt, hat viele Reiter und Pferdehalter veranlaßt, nach alternativen Heilmethoden zu suchen. Die Akupunktur bietet vielen möglicherweise einen Ausweg, diesem modernen Dilemma zu entkommen.

Die Geschichte der tiermedizinischen Akupunktur

Akupunktur wird bei Haustieren vermutlich genausolange schon angewendet wie beim Menschen. Eine ca. 3000 Jahre alte (anatomische) Karte eines Streitelefanten, die in Sri Lanka gefunden wurde, wird als erster schriftlicher Hinweis auf diese Therapie diskutiert. Möglicherweise fanden in China die ersten Akupunkturversuche bereits in der Shang-Dynastie (ca. 1500 bis 1000 v. Chr.) statt. Der erste namentlich genannte Heilkundige von Tierkrankheiten war Chao Fu (947 bis 928 v. Chr.), der während der Chou-Dynastie (ca. 1000 bis 256 v. Chr.) lebte [2].

Shun Yang (Pao Lo), der etwa um 480 v. Chr. gelebt hat, wurde als erster chinesischer Vollveterinär erwähnt; er gilt als Vater der veterinärmedizinischen Akupunktur [3].

Im Anschluß an die Chan-Kuo-Zeit (»Zeit der kämpfenden Reiche«, 403 bis 221 v. Chr.) entwickelte sich China während der Ch'in-Dynastie (221 bis 206 v. Chr.) zu einem Einheitsstaat. Zu dieser Zeit entstanden die ersten Schriftrollen des Huang Di Nei Jing; eine medizinische Schriftensammlung, die aus Dialogen des »Gelben Kaisers« (Huang Di) mit seinem Arzt Chi Po hervorgegangen sind. Im Huang Di Nei Jing, dem ersten chinesischen Lehrbuch der Medizin, werden – aus Sichtweise der fernöstlichen Philosophie – Anatomie, Physiologie, Pathologie sowie Formen der Diagnose und Therapie erörtert. So wird beispielsweise schon beschrieben, wie die Zirkulation des Blutes durch die Kontraktion des Herzens reguliert wird – eine Entdeckung, die im Westen erst 1628 durch den Briten William Harvey gemacht wurde. Auch Grundlagen der Akupunktur, wie das Vorhandensein von Meridianen, die Lage der 361 klassischen Akupunkturpunkte, Vorgehensweise bei verschiedenen Krankheiten, Formen und Größe der Akupunkturnadeln sowie die Verteilung »verbotener Punkte«, sind in diesem Werk aufgeführt. Das Huang Di Nei Jing wurde in mehrere Sprachen übersetzt; es überdauerte zahlreiche Reiche und politische Unruhen und ist ein im Prinzip zeitloses Dokument der chinesischen Medizingeschichte [3].

Aus der Ch'in-Dynastie (221 bis 206 v. Chr.) und der Han-Dynastie (206 v. Chr. bis 220 n. Chr.) gibt es schriftliche Zeugnisse der Veterinärmedizin in Form von Rezepturen, die auf Holztafeln geschrieben wurden. Auf diesen »Krankenblättern« wurden neben Akupunkturbehandlungen auch Art und Menge von Heilkräutern notiert, die den Patienten in Form von Kuren verabreicht wurden. Auf einem Steinschnitt aus dieser Periode sieht man, wie Soldaten ihre Streitrosse mit Pfeilspitzen nadeln, um sie vor einer Schlacht zu stimulieren [2].

Während der Tang-Dynastie (618 bis 907 n. Chr.) wurden sehr viele

Pferde für die Kavallerie gezüchtet. Daher befassen sich viele der medizinischen Bücher dieser Zeit mit Pferdekrankheiten. In einem dieser Bücher, den »Goldenen Rezepturen«, wird das Cun (oder Körperzoll) eingeführt, ein relatives Körpermaß, das sowohl in der Human- wie der Tiermedizin verwendet wird. Unter der Herrschaft der Tang-Kaiser wird die Veterinärmedizin institutionalisiert, und es entsteht die erste veterinärmedizinische Fakultät [3].

Die traditionelle chinesische Medizin bildet ihre Ärzte in vier separaten Disziplinen aus – als Allgemeinärzte, Chirurgen, Veterinäre und Ernährungstherapeuten. Allerdings überlagern sich theoretische und praktische Ausbildung in einigen Bereichen, so daß ein einziger Arzt durchaus mehrere dieser Diszipline ausüben konnte. Mehr als 2000 Jahre lang wurden Rinder, Pferde, Schweine und Geflügel sowohl von den »approbierten« Ärzten eines Distriktes als auch von Wanderheilern behandelt.

Diese Tiere dienten als Nahrungsgrundlage oder Transportmittel für das Militär; daher wurden sie dementsprechend auch behandelt. Hunde und Katzen hingegen besaßen in der chinesischen Kultur keinen Nutzen; folglich gibt es auch bis ins 17. Jhd. keine Zeitdokumente, in denen von der Behandlung eines Hundes oder einer Katze die Rede ist [2].

Einige Jesuiten, die am chinesischen Kaiserhof gelebt hatten, brachten im 17. Jhd. die Akupunktur nach Frankreich, wo man sie bis ins 19. Jhd. anwandte. Bei einer Renaissance dieser Heilmethode im 20. Jhd. gelangte sie auch bis nach Deutschland und Österreich. 1956 startete der österreichische Veterinär Oswald Kothbauer eigene Akupunkturversuche, bei denen er reizende Substanzen in verschiedene Organe von Rindern injizierte, um die dazugehörigen Körperpunkte zu lokalisieren [3].

Vor etwa 100 Jahren gelangte die Akupunktur zusammen mit chinesischen Arbeitern, die damals in die USA geholt wurden, auch auf den nordamerikanischen Kontinent; sie wurde jedoch nur innerhalb der chinesischen Bevölkerungsgruppen praktiziert. Das änderte sich erst wieder 1972, als China seine Tore dem Westen öffnete und das Interesse an vielen Aspekten chinesischer Lebensweise und Kultur erwachte. Dies brachte auch mit sich, daß man rasch den therapeutischen und diagnostischen Nutzen der Akupunktur erkannte.

1974 gründete der amerikanische Tierarzt Dr. Grady Young als Reaktion auf das weltweit angestiegene Interesse für die Akupunktur die »International Veterinary Acupuncture Society«. Diese Vereinigung setzte sich die Statuten, »die herausragenden Ergebnisse in der angewandten veterinärmedizinischen Akupunktur zu fördern und als wesentlichen Bestandteil der gesamten Veterinärmedizin zu etablieren.« [5]

Was bedeutet eigentlich Akupunktur?

Unter Akupunktur versteht man das Einbohren feiner Nadeln an definierten Punkten auf der Körperoberfläche, um die Funktionen des Körpers zu steuern.

Die chinesische Medizin geht davon aus, daß die gesamte Körperenergie, das Qi (Chi), welches sich aus positiver (Yang) und negativer Energie (Yin) zusammensetzt, in bestimmten Kanälen, den sogenannten Meridianen, durch den Organismus strömt. Ungleichgewichte der Energieebenen zwischen Yin und Yang oder Blockaden des Qi in den Meridianen können dazu führen, daß pathologische Zustände (Krankheiten) auftreten. Bei der Entstehung dieser Ungleichgewichtszustände spielen äußere Einflüsse (Wind, Kälte, Hitze), aber auch seelische (Angst, Zorn, Streß) und krankmachende Faktoren (Trauma, Überanstrengung, Durchblutungsstörungen) eine wichtige Rolle. Durch die Stimulation eines oder mehrerer spezieller Akupunkturpunkte kann der Energiezustand wieder ins Lot gebracht (d.h. das Gleichgewicht wiederhergestellt) und das Leiden auf diese Weise geheilt werden [2].

Was genau sind Akupunkturpunkte?

Ein Akupunkturpunkt ist ein etwa 1 bis 2 Millimeter großer Hautbereich. Diese Punkte sitzen an ganz bestimmten Stellen der Körperoberfläche und ergeben so ein aus Knoten bestehendes Netzwerk, eine »Meridianlandschaft«, die die einzelnen Organe (Organsysteme) miteinander verbindet.

Der histologische Nachweis der Akupunkturpunkte konnte bisher nicht eindeutig erbracht werden. Allerdings fanden einige medizinische Forscher ein paar anatomische Besonderheiten, wonach Akupunkturpunkte in drei Kategorien fallen, die jedoch alle in der Nähe von Nerven liegen. Sehr oft findet man die erste Kategorie entlang der großen Nervenbahnen unter der Haut, die zu den Muskeln führen, aber auch in der Nähe kleinerer Nerven (2. Kategorie) sowie an neuromuskulären Verbindungsstellen (3. Kategorie). Wenn über die Hälfte der primären Punkte es schmerzen (druckdolent sind), wird das Pferd möglicherweise erste Anzeichen von Unwohlsein zeigen. Greifen die Schmerzen auf die Sekundärpunkte über, wird sich das Tier schon sichtlich unwohler fühlen, und wenn auch die tertiären Punkte »weh tun«, wird es kaum noch zu bändigen sein. Krankhafte Veränderungen in den betroffenen Organen erhöhen die Durchblutung, was wiederum zu einer Herabsetzung des elektrischen Widerstands und zu einer erhöhten Empfindlichkeit der Akupunkturpunkte führt. Diese druckempfindlichen »Triggerpunkte« (Ah-Shi-Punkte) können als Folge

von Muskelkrämpfen, Verspannung oder Hormonstörungen auftreten [4].
Nachweislich spielen Akupunkturpunkte nicht nur bei der lokalen Heilung, sondern auch bei Heilprozessen an weiter entfernten Stellen eine bedeutende Rolle. Sie besitzen eine steuernde Wirkung auf die inneren Organe, deren Arbeitsweise sie steigern oder drosseln können. Der Erfolg einer Akupunkturtherapie hängt deshalb entscheidend davon ab, welche Akupunkturpunkte gewählt werden und welche Form der Nadelung angewandt wird [6].
Auf den zwölf Meridianpaaren (Hauptmeridianen) und den zwei unpaaren Meridianen (Konzeptionsgefäß oder Ren Mai, Lenkergefäß oder Du Mai, S. 60) des menschlichen Körpers liegen die 361 klassischen Akupunkturpunkte. Außerdem gibt es noch die sogenannten Ohrpunkte sowie zusätzliche Punkte, die auf keinem Meridian lokalisiert sind; diese Punkte können spezielle Krankheiten heilen. Aufgrund der therapeutischen Eigenschaften lassen sich alle Punkte in zwei weitere Kategorien aufteilen: Da gibt es einerseits Nahpunkte, die Leiden oder Beschwerden in unmittelbarer Nähe des Punktes behandeln, aber auch die Fernpunkte, die für Krankheiten in weiter entfernten Bereichen zuständig sind. Außerdem kann man die Punkte evtl. noch in permanente und temporäre Akupunkturpunkte aufteilen. Letztere sitzen auf keinem Meridian und treten nur mit anderen Leiden auf; in diese Kategorie fallen druckdolente Stellen (d. h. auf Druckschmerz reagierende Stellen), von den Chinesen auch Ah-Shi-Punkte genannt.
Bei Pferden gibt es (genau wie beim Menschen) etwa 13 Hauptkategorien von Akupunkturpunkten, die spezielle Eigenschaften aufweisen und unter bestimmten Sammelnamen (Punktekategorien) zusammengefaßt werden. Durch Kombination dieser Punkte kann ein Akupunkteur eine Therapie durchführen, um das aufgetretene Pferdeleiden (beispielsweise Lahmheit) zu behandeln.

1. **Segmentale Alarmpunkte (Mu)**
   Sitzen im Brust- und Bauchbereich, unmittelbar neben einem bestimmten Organsystem. Bei Erkrankung dieses Organs werden die Punkte häufig druckdolent (druckschmerzempfindlich).
2. **Endpunkte**
   Befinden sich am Anfang eines Meridians (Jing-Punkte) oder an dessen Ende (He-Punkte).
3. **Tonisierungs- und Sedierungspunkte**
   Steigern und drosseln den Energiefluß in den Meridianen.
4. **Quellpunkte (Yuan-Punkte = *source points*)**
   Gehören zu den antiken Punkten. Yuan-Punkte sitzen im

Bereich der Carpalgelenke bzw. Sprunggelenke des Pferdes. Sie sind die Sammelpunkte für das Qi der gekoppelten Meridiane.

5. **Verbindungspunkte (Luo)**
   Verbinden gekoppelte Meridiane miteinander. (Ein solches Meridianpaar besteht aus einem Yin- und einem Yang-Meridian.) Luo-Verbindungen sorgen also für ein Gleichgewicht des Qi zwischen diesen beiden Meridianen. Die Verbindungspunkte zu den außerordentlichen Meridianen hingegen werden als Kardinal-, Konfluenz- oder Schlüsselpunkte bezeichnet.
6. **Shu-Punkte oder rückwärtige Transportpunkte (Beishu-Punkte)**
   Auch dorsale Segmentpunkte genannt. Diese 12 Punkte sitzen parallel zur Wirbelsäule, etwa kurz hinter der Scapula (Schulterblatt) beginnend und enden in der Mitte des Sacrum (Kreuzbein). Beishu-Punkte befinden sich auf dem Blasenmeridian, jeder Punkt steht wiederum für einen eigenen Meridian. Sie werden druckempfindlich, wenn Leiden oder pathologische Veränderungen in dem betreffenden Organsystem oder entlang des betreffenden Meridians auftreten. Beim Pferd sind alle Beishu-Punkte von besonderer Bedeutung, da diese Punkte häufig zur Diagnose und Therapie zahlreicher Pferdekrankheiten, vor allem der Lahmheit, verwendet werden.
7. **Antike Punkte (Wu Shu)**
   Fünf Punkte (Ursprung, Bach, kleiner Fluß, Fluß, Mündung), die im peripheren Bereich jedes Meridians, distal (also unterhalb) von Ellbogen und Kniegelenk sitzen. Sie unterliegen besonders den äußeren klimatischen Einflüssen (Kälte, Hitze, Trockenheit, Feuchtigkeit und Wind). Jedem antiken Punkt wird eine der fünf Wandlungsphasen (s. S.18) zugeordnet.
8. **Extrapunkte mit spezifischer Wirkung**
   Akupunkturpunkte, die symptomatisch bei bestimmten Krankheiten eingesetzt werden. Nach neuesten Forschungsergebnissen wirken einige Akupunkturpunkte auch immunstimulierend und homöostatisch.
9. **»Hourly-Punkte« (Hourly Points)**
   Hierunter versteht man denjenigen antiken Punkt, der derselben Wandlungsphase (s. S. 18) zugeordnet ist wie der gesamte Meridian.
10. **»Trigger-Punkte«**
   Besondere Punkte, auch als Ah-Shi-Punkte bezeichnet, die im Verlauf einer Krankheit oder Verletzung auftreten.

Vorsicht: Bei Nadelung im akuten Zustand können die Schmerzen größer werden!

11. **Ohrpunkte**
Besondere Punkte, dic über die Ohrmuschel verteilt sind und einzelne Bereiche des gesamten Körpers repräsentieren.
12. **Akutpunkte (Xi)**
Sitzen auf jedem der zwölf Meridiane genau an der Sammelstelle des Qi des jeweiligen Meridians (d.h. dort, wo das Qi am stärksten ist).
13. **Meisterpunkte (Hui Xue)**
Besitzen außer ihrer sonstigen Wirkung einen spezifischen Einfluß auf ihnen zugehörige Gewebe und Organsysteme; beispielsweise gib es u. a. je einen Meisterpunkt für Yin-Organe, Yang-Organe, Atmungsorgane, Knochen, Muskeln und für Blutgefäße.

Viele der Akupunkturpunkte liegen beim Menschen im Bereich zwischen Handgelenk und Fingern bzw. Fußgelenk und Zehen. Da die Anatomie von Mensch und Pferd in diesen Zonen völlig verschieden ist, gibt es hier bei Pferden weniger Akupunkturpunkte. Beim Pferd, das ein Zehenspitzengänger ist, wurden im Verlauf seiner Entwicklungsgeschichte alle Finger- und Zehenknochen bis auf einen einzigen zurückgebildet. Für die Akupunktur ergeben sich daher bei der Kartierung der Endpunkte gewisse Diskrepanzen zu den Punktkarten vom Menschen. Viele dieser Punkte können deshalb zur Behandlung von Pferden nicht eingesetzt werden.
Akupunkturpunkte kann man entweder mit dem Finger (durch Abtasten kleiner »Einbuchtungen« in der Haut) oder mit Hilfe eines sogenannten »Punktsuchgerätes« ausfindig machen. Dieses Gerät, eine bleistiftförmige Abtastelektrode, lokalisiert einen Akupunkturpunkt, indem es Bereiche mit geringerem elektrischen Hautwiderstand anzeigt. Der Einsatz dieses Gerätes bei Tieren ist oft unbefriedigend, da aufgrund der dichten Behaarung Interferenzen auftreten können.

Was bedeutet Qi?

In der traditionellen chinesischen Medizin gestaltet das Qi, die fließende Lebensenergie, die Funktionen der Organsysteme. Der Mensch kann Qi spüren, z. B. durch bestimmte Atem- und Meditationsübungen. Dieser Energiefluß findet im Körper auf vier verschiedene Weisen statt: als Atem-Qi (Zong Qi), Nähr-Qi (Ying Qi), Erb-Qi (Yuan Qi) und als eine vierte Form des Qi, das Krankheiten abwehrt (Wei Qi). Das Erb-Qi oder anzestrale Qi ist die von den Eltern ererbte Lebenskraft, die im Nierensystem gespeichert wird. Die drei anderen Qi-Formen werden nach der Geburt vom Körper über Atemluft und Nahrung aufgenommen [7].

Die alten Chinesen erklärten sämtliche Bestandteile ihres Lebens und ihrer natürlichen Umwelt in Form eines dualistischen, gegensätzlichen Systems, wie beispielsweise Tag und Nacht, Bewegung und Ruhe, Hitze und Kälte. Diese dualen Gegensätze werden durch die Begriffe Yin und Yang gekennzeichnet. Yang steht für männlich, Licht und Aktivität, Yin hingegen für weiblich, Dunkelheit und Passivität. Alle Meridianpaare bestehen aus einem Yin- und einem Yang-Meridian [7].

Zang-Organe und Fu-Organe

Zang (Yin) und Fu (Yang) sind die allgemeinen Bezeichnungen für die Organe (besser gesagt, Funktionskreise) des Körpers. Die fünf Zang-Organe sind die »Speicherorgane« Lunge, Milz-Pankreas, Herz-Perikard, Nieren und Leber; sie speichern und verarbeiten wichtige Körpersubstanzen, u. a. das Qi, Blut und Körperflüssigkeit. (Einige Lehrbücher gehen davon aus, daß Herz und Perikard, die ja auch jeweils eigene Meridiane besitzen, als eigenständige Zang-Organe aufzufassen sind. Demnach gäbe es dann sechs Zang-Organe.) Die sechs Fu-Organe sind hingegen die »Hohlorgane« Dickdarm, Dünndarm, Magen, Blase, Gallenblase und Sanjiao (»Drei Erwärmer«). Ihre Hauptaufgaben bestehen darin, einerseits Nahrung aufzunehmen und zu verdauen, andererseits Stoffwechselendprodukte weiterzuleiten und auszuscheiden. Die Zang- und Fu-Organe sitzen zwar im Körperinneren, ihre physiologische Wirkung und pathologische Veränderung kann man jedoch auch von außen beobachten [7].

Die fünf Wandlungsphasen (Fünf Elemente)

Mit Hilfe der fünf Wandlungsphasen oder fünf Elemente lassen sich auch Fu-Organe, Zang-Organe und die Beziehungen zwischen diesen Funktionskreisen besser verstehen. Die Wandlungsphasen sind die fünf Grundfaktoren der natürlichen Umwelt: Holz, Feuer, Erde, Metall und Wasser. Diese Elemente, auf denen sämtliche Naturphänomene in irgendeiner Weise beruhen, sind durch hemmende (Ke) und fördernde (Sheng) Zyklen untrennbar miteinander verbunden. Jedes Element besitzt demnach ein Gegenelement, es wird von einem Element dominiert und dominiert gleichzeitig ein anderes Element. Mit Ausnahme des Feuers, das zwei Meridianpaare besitzt, ist jedes Meridianpaar mit einem dieser Elemente verbunden. Die fünf Wandlungsphasen werden häufig in Form eines Kreisdiagramms aufgetragen, aus dem man den Fluß des Qi von Meridian zu Meridian und von Element zu Element ablesen kann [7].

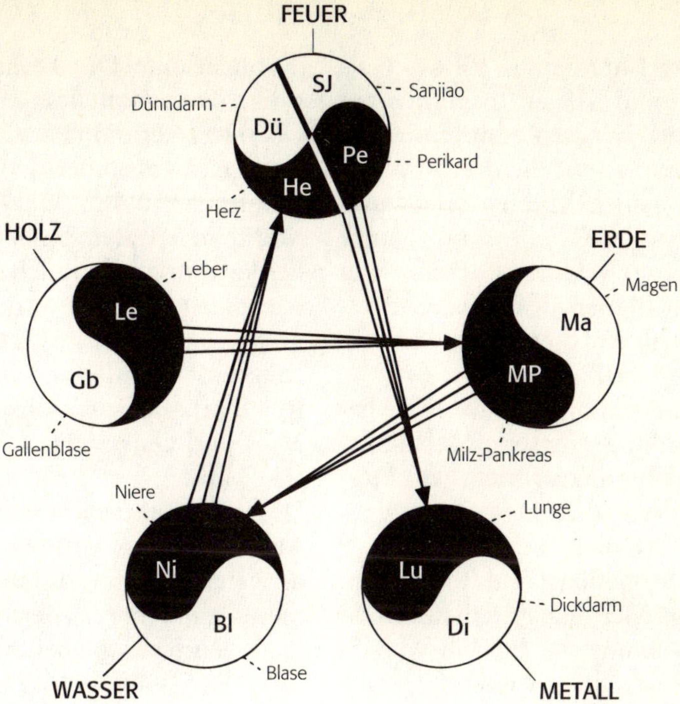

Die Meridiane

In der klassischen chinesischen Medizin bilden die Meridiane ein Kanalsystem, durch das die Lebensenergie Qi strömt. Wie bereits erwähnt, gibt es zwölf Meridianpaare und zwei unpaare Meridiane. Die Meridianpaare überziehen symmetrisch den gesamten Körper. Sie sind nach innen mit den Zang- und Fu-Organen und nach außen mit Gelenken, Gliedmaßen, Sinnesorganen und anderem Oberflächengewebe verbunden. Es überrascht kaum, daß die gekoppelten Meridiane in je sechs Yin- und sechs Yang-Meridiane aufgeteilt sind. Zu den Yin-Meridianen zählen Lungen-, Milz-Pankreas-, Herz-, Nieren-, Leber- und Perikardmeridian (letzterer wird auch als Kreislaufmeridian bezeichnet). Dickdarm-, Magen-, Dünndarm-, Blasen-, Gallenblasen- und Sanjiao-Meridian (»Drei-Erwärmer«-Meridian) hingegen sind die sechs Yang-Meridiane. Jeder Yin-Meridian ist mit einem Yang-Meridian nach einem antagonistischen Prinzip (»Mann-Frau«, »dunkel-hell«) gekoppelt; Yin-Meridiane verlaufen an der Innenseite einer Extremität, Yang-Meridiane hingegen auf deren Außenseite [7].

Beim Pferd fließen die drei Yin-Meridiane des Vorderbeines (Perikard, Herz und Lunge) vom Thorax (Brustraum) bis zum Huf, wo sie auf die drei Yang-Meridiane (Dickdarm, Dünndarm und Sanjiao) stoßen, die von dort zum Kopf hochsteigen. Die drei Yang-Meridiane des Hinterbeines (Blase, Gallenblase und Magen) beginnen am Kopf und wandern zum Hinterfuß hinab, wo sie auf die drei Yin-Meridiane (Leber, Milz-Pankreas und Niere) stoßen, dann zum Thorax fließen, wo sie sich mit den drei Yin-Meridianen des Vorderbeines vereinigen. Auf diese Weise schließt sich der Meridianumlauf.

Die meisten Akupunkturpunkte liegen entlang dieser Meridiane. Außer Akupunkturtafeln von Pferden gibt es in der klassischen chinesischen Medizin auch solche für Schweine, Geflügel und Rinder. Obwohl das Meridiansystem des Menschen bekannt war (und in Werken wie dem »Goldenen Spiegel der Medizin« dokumentiert ist) werden die Punkte auf den historischen Tierakupunkturtafeln in der Regel nicht im Zusammenhang mit den zugehörigen Meridianen, sondern unter eigener Bezeichnung und Numerierung separat erläutert [8].

In diesem Buch werden einzelne Akupunkturpunkte erwähnt, die außer ihrem chinesischen Namen auch auf dem jeweiligen Meridian durchnumeriert und einheitlich abgekürzt werden. Beispielsweise erhält der Akupunkturpunkt Dashu (»Großes Webschiffchen«) auf dem Blasenmeridian die Nummer 11, abgekürzt also **Bl. 11.** Die chinesischen Namen der Akupunkturpunkte werden nicht immer aufgeführt; die einzelnen Meridiane werden in diesem Buch wie folgt abgekürzt: Blasenmeridian **Bl.**, Dickdarmmeridian **Di.**, Dünndarmmeridian **Dü.**, Gallenblasenmeridian **Gb.**, Herzmeridian **He.**, Lebermeridian **Le.**, Lungenmeridian **Lu.**, Magenmeridian **Ma.**, Milz-Pankreas-Meridian **MP.**, Nierenmeridian **Ni.**, Perikardmeridian (auch Kreislaufmeridian) **Pe.** und Sanjiao (oder »Drei Erwärmer«) **SJ.** Die Abkürzungen der Sondermeridiane lauten **Ren** für das Konzeptionsgefäß (Ren Mai) und **Du** für das Lenkergefäß (Du Mai).

Das Akupunkturverfahren für den Menschen ist aufgrund des Meridiansystems besser organisiert und daher einfacher zu lernen als die analogen Therapien für Tiere, die größtenteils auf sogenannte »Random-Points« beruhen. Wenn man allerdings die Akupunktur beim Menschen beherrscht, kann man diese Grundlagen auch auf Tiere anwenden, indem man anatomische Punkte und Funktionen auf diese überträgt. So wird zur Zeit bei der Akupunkturbehandlung von Pferden verfahren. Aufgrund des entwicklungsgeschichtlichen Verlustes der meisten Zehen- und Fingerknochen beim Pferd lassen sich einige Akupunkturpunkte im Fußwurzelbereich (Carpus- bzw. Tarsusbereich) nur schlecht lokalisieren. Hier sollte man die »Random Points« verwenden [9].

Wissenschaftliche Grundlagen der Akupunktur

Zu Beginn der 70er Jahre nahmen viele Mediziner an, Akupunktur wirke als Placebo. Doch wie läßt sich dann eine seit mehr als 2500 Jahre funktionierende Akupunkturanwendung bei Tieren mit einem Placebo-Effekt erklären ? Tiere können diesbezüglich nicht beeinflußt werden, und nur wenige Arten unterliegen der sogenannten Tierhypnose. Als Konsequenz sind die Wissenschaftler während der letzten 25 Jahre zwei Fragen nachgegangen: Funktioniert Akupunktur tatsächlich, und wenn ja, auf welche (physiologische) Art und Weise ?

Die alten Chinesen bewiesen mit ihrer Behauptung, äußerliche Akupunkturpunkte und Meridiane stünden mit den inneren Organsystemen in Verbindung, sicherlich sehr großen Scharfsinn. Der Schmerz, den wir bei der Erkrankung eines Organs an der Oberfläche verspüren, entsteht dort, wo sensorische Nerven und Nerven der einzelnen Eingeweideabschnitte in das Rückenmark eintreten. Die Hautstimulierung der Akupunkturpunkte wird über das Rückenmark an die inneren Organe übertragen. Am Ende der afferenten Nervenbahnen wird der Reiz gezielt entweder auf die Parasympathikus- (Vagus-) oder die Sympathikusfasern übertragen; hier werden auch die Funktionen des vegetativen Nervensystems gesteuert. Herkömmlicherweise versteht man unter »Stimulierung« (positive Anregung) eine Aktivierung des Sympathikus, unter »Sedierung« (negative Anregung) eine Aktivierung des Parasympathikus.

Einer der ersten Erklärungsversuche der Akupunkturwirkweise war die sogenannte »gate theory« (Tortheorie), die von Melzack und Wall aufgestellt wurde. Sie besagt, daß bei einer Reizung großer Neurone, die normalerweise Druck- und Berührungsreize weiterleiten, diese Fasern Schmerzreize blockieren, die von kleineren Nervenfasern »transportiert« werden. Dieses hypothetische »Tor« verhindert so, daß der Schmerz in höhere Bereiche des zentralen Nervensystems (ZNS) übertragen wird, so daß er dort nicht empfangen, also auch nicht als Schmerz »empfunden« wird. Auch wenn es allerdings stimmt, daß Akupunkturpunkte solchen Flächen entsprechen, wo große und kleine Nervenfasern gehäuft nebeneinander auftreten, erklärt dieses Modell nicht hinreichend, warum die Wirkung der Akupunktur so lange anhält und auf welche Weise Akupunktur chronische Schmerzen beseitigen kann [2].

Die heutige Lehrmeinung über die Wirksamkeit der Akupunktur vereinigt humorale und neurologische Ansätze; sie besagt vor allem, daß durch Stimulation der Akupunkturpunkte – mit Hilfe von Nadeln, Druck, elektrischem Strom oder

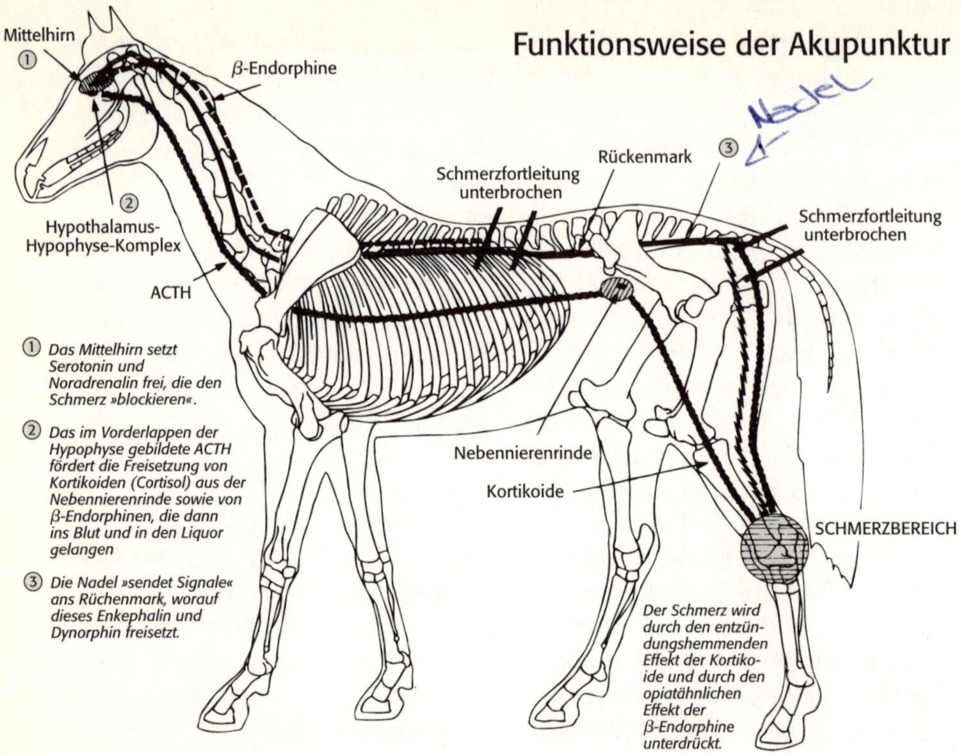

Hitze (jeweils lokal appliziert) – Neurone im Muskel aktiviert werden. Diese Impulse wandern durch dicke myelinisierte Fasern an drei zentrale Stellen: ins Rückenmark (Medulla), Mittelhirn und in den Hypothalamus-Hypophyse-Komplex [10].

In der Medulla werden die Endorphine Enkephalin und Dynorphin freigesetzt. Beide Substanzen verhindern, daß Schmerzreize in das Rückenmark übertragen werden. Wenn solche Schmerzreize via Rückenmark ins Mittelhirn gelangen, werden Enkephaline freigesetzt, die wiederum eine Ausschüttung der beiden Monoamine Serotonin und Noradrenalin (Norepinephrin) auslösen. Beide Transmitterstoffe wandern zum Rückenmark hinab, wo sie in Form eines synergistischen Mechanismus die Schmerzfortleitung unterdrücken. Durch eine Aktivierung des Hypothalamus-Hypophyse-Komplexes werden β-Endorphine und ACTH (Adrenocorticotropes Hormon) ins Blut und in den Liquor (Hirn- und Rückenmarkflüssigkeit) ausgeschüttet, wodurch es zu einer analgetischen Fernwirkung kommt (d.h. auch weiter entfernte Schmerzgefühle werden aufgehoben). ACTH wandert in die Nebennierenrinde, wo körpereigene Kortikoide (Cortisol) gebildet und in die Blutbahn gegeben werden. (Cortisol ähnelt von seiner chemischen Zusammensetzung her dem entzündungshemmenden Präparat Azium™, was u. a. erklären könnte, warum Akupunktur die Entzündungssymptome einer Arthritis beheben kann.) [10]

Was bedeutet diese Dreistufen-Theorie (Rückenmark, Mittelhirn und Hypothalamus-Hypophyse-Komplex) nun für die Praxis? Wenn man Nadeln in die unmittelbare Umgebung eines Schmerzbereiches setzt, regen sie alle drei Zentren an, Endorphine freizusetzten. Nadelt man hingegen in größerer Entfernung vom Schmerzbereich, regen sie Mittelhirn und Hypophyse an, Schmerzen im gesamten Körper zu eliminieren. Eine lokale Akupunktur läßt die Schmerzen normalerweise wesentlich intensiver abklingen als eine distale Nadelung, da ja alle drei Zentren stimuliert werden. Beide Formen der Nadelung (lokal und distal) greifen von ihrer Wirkung bei der Analgesie (Schmerzlinderung) jedenfalls ineinander und wirken verstärkend.

1942 entdeckten zwei kanadische Psychiater, daß Schmerzrezeptorzellen sozusagen ein »Erinnerungsvermögen« besitzen. Chronische Schmerzen gelten demnach als »Erinnerung« an den ursprünglichen Schmerz, nachdem beispielsweise eine Verletzung abgeheilt ist. Die Akupunktur löscht nach dieser Theorie die »Erinnerung« an den ursprünglichen Schmerz, wodurch die chronischen Beschwerden abklingen oder völlig verschwinden [2]. Möglicherweise wird das »Erinnerungsvermögen« der Schmerzrezeptoren durch Luftdruckveränderungen aktiviert, was ein Grund sein mag, warum chronische Schmerzen oft bei einem Witterungsumschlag auftreten [10].

Akupunkturtechniken

Zwischen der modernen praktischen Veterinärmedizin und den klassischen chinesischen Stimulationsmethoden bestehen interessante Parallelen. In den einzelnen Techniken gibt es allerdings gewaltige Unterschiede – von den uralten Methoden, wie der Nadelung und der Moxibustion (dem Abbrennen bestimmter Heilkräuter über den Akupunkturpunkten auf der Haut) bis hin zu moderneren Verfahren wie beispielsweise der Laserakupunktur. Diese Methoden sollen hier vorgestellt werden.

Die Nadelung

Schon zu Urzeiten wurden Steinwerkzeuge zu medizinischen Zwekken genutzt, beispielsweise zum Aderlaß oder für Trepanationen (Öffnung der Schädeldecke). In China nahm man beispielsweise zugespitzte Steine (»Bian«), um spezielle Hautabschnitte damit zu massieren. In der Bronzezeit wurden dann die ersten Metallnadeln erfunden und verwendet. Laut dem Huang Di Nei Jing, dem ältesten chinesischen Medizinstandardwerk, waren die ersten Akupunkturnadeln Stifte aus Kupferdraht, die aus den Metallteilen eines Pferdezaumzeugs entstanden. Als nächstes wurden Nadeln aus Eisen entwickelt. Heute werden zumeist Edelstahlnadeln verwendet, die sehr stabil, korrosionsfrei und zudem leicht zu sterilisieren sind [11].

Eine »filiforme« Akupunkturnadel besteht aus einem spitzen Nadelstiel und einem Nadelgriff. Der Griff erlaubt eine leichtere Handhabe des Nadelstiels, der meist mit drei Fingern gehalten wird. Je nach Land können Akupunkturnadeln sehr unterschiedlich aussehen: In China besitzen sie meist einen gewundenen Griff (aus Silberdraht, der um die Nadel gewunden ist); sie können aber auch einen zylindrischen Griff haben (z. B. in Japan), oder Stiel und Griff bestehen aus einem Teil (in Korea), wodurch diese Nadel tiefer eindringen kann. In den USA findet man oft Nadeln mit aufgelötetem oder aufgeschweißtem zylindrischen Griff [11]. Das Huang Di Nei Jing listet neun verschiedene Nadeltypen auf: Die am häufigsten verwendeten Nadeln Chinas, die »Haozhen«, werden in erster Linie zum Punktieren, für chirurgische Einschnitte und zur Massage verwendet.

Das Einstechen einer Akupunkturnadel ist ein wesentlich komplizierterer Prozeß als das Einstechen einer Kanüle, da Akupunkturnadeln feiner, länger und wesentlich stumpfer sind. Man führt die Nadel ein, indem man aufsetzt, langsam kreisförmig bewegt und dabei gleichzeitig behutsam mit der flachen Hand auf den Griff drückt. Aufgrund des großen Durchmessers mancher Nadeln in der chinesischen Veterinärmedizin, aber auch der dicken Haut mancher Tiere, empfiehlt es sich, einen sogenannten »Nadelhammer« beim Einstechen zu verwenden. Der Akupunkteur steckt die Nadel in den Griff des Hammers und klopft diesen auf die Haut. Um eine ordnungsgemäße Nadelung zu erreichen, muß man die Nadel im richtigen Winkel bis zur richtigen Tiefe einbohren und auf die korrekte Art und Weise manuell stimulieren. Zum Tonisieren dreht man die Nadel eine kurze Zeit im Uhrzeigersinn, während eine Sedierung ebenfalls durch Drehen, jedoch im entgegengesetzten Uhrzeigersinn erzielt wird. Eine Nadelung sollte unter allen Umständen nur von erfahrenen Akupunkteuren durchgeführt werden! [11]

Aquapunktur

Eine Variante der »Trockennadelung« ist die heute bei Pferden oft verwendete Aquapunktur (»Naß-Akupunktur«). Vermittels einer kleinen Kanüle (meist 25 Gauge, das sind knapp 0,45 Millimeter) wird eine kleine Menge Flüssigkeit

(zwischen 0,05 und 2,0 Milliliter) an jedem Akupunkturpunkt injiziert. Der Sinn der Behandlung liegt darin, den Punkt durch den Druck dieser Flüssigkeit zu stimulieren, den diese normalerweise 10 bis 15 Minuten lang hier ausübt.
Dieses Verfahren hat auch ihre Schwachstellen. Da Kanülen viel spitzer als Akupunkturnadeln sind, können sie auch tiefer eindringen und mehr Zellen zerstören; und obwohl sie etwas flexibler als Akupunkturnadeln sind, kann man sie nicht so leicht »geradebiegen«, wobei sie zudem auch bei zu starker Manipulation (z. B. Drehen) rasch zerbrechen. Allerdings kann man Kanülen leichter und wesentlich schmerzloser in die Haut injizieren. Diese Methode hat sich bei Pferden gut bewährt. Unter der Pferdehaut verläuft eine Muskelschicht, die es den Tieren ermöglicht, die Haut willentlich an einzelnen Stellen zu bewegen, um beispielsweise Fliegen zu vertreiben. Herkömmliche Akupunkturnadeln, die normalerweise für 15 bis 30 Minuten in der Nadelungsposition bleiben, können durch dieses »Hautrunzeln« leicht verschoben oder hinausgedrückt werden. Die »Naß-Akupunktur« ist deshalb eine rasche und wirksame Methode, um die gleichen Erfolge zu erzielen. Häufig verwendete Substanzen sind physiologische Kochsalzlösung, Vitamin-B12-Lösung, Dimethylsulfoxid (DMSO), Jodtinktur und einige homöopathische Tinkturen [2].

Elektrostimulation

Diese auch »Elektro-Akupunktur« genannte Methode wurde in den 30er Jahren in China entwickelt, um Schmerzen und bestimmte Leiden leichter behandeln zu können; eine weitere Anwendung ist die Schmerzausschaltung bei Operationen. Die Akupunkturpunkte werden mit Hilfe von Elektrogeräten stimuliert. Die Geräte werden entweder an bereits injizierte Nadeln oder an feuchte Schwämme oder Tücher angeschlossen, die dem schmerzenden Bereich aufliegen. Anschließend wird die Haut durch Strom stimuliert. Eine weitere Form der Elektrostimulation erfolgt über das sogenannte Akuskop. Dieses Gerät besteht aus Sonden, deren Elektroden mit Baumwolle umwickelt sind; diese Sonden leiten den Reiz durch die Haut in die darunterliegenden Nerven. Elektrische Stimulation ist um ein Vielfaches intensiver als jegliche manuelle Reizung über Nadeln. Die Methode wird meist bei Operation eingesetzt, um die Schmerzen auszuschalten.
Elektrostimulatoren werden von Batterie und per Wechselstrom betrieben und erzeugen eine typische Wellenform (Spannungsspitze). Der Arzt kann Reizfrequenz, Reizart und Reizamplitude einstellen. Niederfrequente Reizimpulse von hoher Intensität wirken auf alle drei Zentren (Medulla, Mittelhirn und Hypothalamus-Hypophyse-Kom-

plex); die analgetische Wirkung stellt sich nur langsam ein, dauert jedoch dafür lange an. Eine hochfrequente Reizung mit niedriger Intensität richtet sich nur auf Mittelhirn und Medulla, weswegen der analgetische Effekt rascher eintritt und kürzer anhält.

Bei der Elektro-Akupunktur eines Pferdes sollte die Spannung schrittweise erhöht werden, bis erkennbar ist, daß der Reiz vom Tier verspürt und auch noch ohne großes Unwohlsein ertragen wird. Meist wird man faszikuläre Muskelzuckungen beobachten. Das Gros der Pferde wird diese Behandlung gut über sich ergehen lassen, einige hypersensible Tiere zeigen jedoch schon bei schwacher Reizung eine Überreaktion [2].

Moxibustion und Hitzetherapie

Unter Moxibustion, so das Huang Di Nei Jing, versteht man die lokale Erhitzung eines Akupunkturpunktes, indem man über diesem ein Heilkraut (Moxa) abbrennt. Dieses Verfahren ist vermutlich genauso alt wie die Akupunktur. Moxa ist das chinesische Wort für die getrockneten, pulverisierten Blätter des Beifuß (Artemisia vulgaris). Moxa gibt es als Kegel oder sogenannte »Moxa-Zigarre« zu kaufen. Man verbrennt es direkt über der Haut (Gefahr von Brandverletzungen!), meist aber indirekt, indem man eine Scheibe frischen Ingwer dazwischen legt oder es am Ende einer speziellen Nadel abbrennt, durch welche die erzeugte Wärme in das tiefer liegende Gewebe gelangt. Die bei Moxa-Verbrennung freiwerdende Wärme durchdringt alle Meridiane und hilft, Hunderte von Leiden zu beseitigen. Die Moxibustion erwies sich besonders nützlich bei lang andauernden Leiden, wie beispielsweise chronischen Schmerzen, chronischen Erschöpfungszuständen und Depressionen, aber auch bei Patienten, die auf eine Nadelung nicht ansprechen.

Bei einer weiteren Hitzetherapie wird eine spitze Nadel erhitzt, etwa in der Art, wie man ein Brandeisen vor einer Verödung (Kauterisieren) heiß macht. Bei Pferden wandte man diese Verödungstechnik früher bei der Behandlung von Abszessen, Hautleiden und schwerer Arthritis an. Hierzu wird eine ziemlich dicke Nadel erhitzt, in die Haut gebohrt und sofort wieder herausgezogen. Mit dieser Methode der »Heißen Nadel« wird eine stärkere Reizung erzielt, allerdings auch mehr Gewebe zerstört.

Eine Weiterentwicklung der Moxibustion ist die sogenannte Infrarotmoxibustion, bei der IR-Lampen (s. S. 27) zur Wärmeerzeugung eingesetzt werden. Zuvor werden die Akupunkturpunkte auf der Haut mit Artemisia-Paste bestrichen [7].

Laser-Akupunktur

In der Human- wie in der Veterinärmedizin werden heute weltweit sogenannte »Softlaser« (d.h. niederfrequente Laserstrahlen) therapeutisch eingesetzt. Auch bei der Behandlung von Pferden werden sie als sichere, die Haut nicht verletzende Methode geschätzt, um Wundheilung zu fördern und entzündliche Schwellungen zurückgehen zu lassen. (Laser ist eine Abkürzung für *Light Amplification by Stimulated Emission of Radiation* = Lichtbündelung durch stimulierte Strahlungsemission.) Bei Lasergeräten mit schwacher Intensität werden verschiedene Frequenzen und Wellenlängen verwendet, um im Körper physiologische Veränderungen auszulösen; diese sollen bewirken, daß sich der Normalzustand der Zellen wieder einstellt und die Schmerzen abklingen [2].

Wie einige Wissenschaftler zeigen konnten, bewirken Laserstrahlen biochemische Veränderungen im Hautwiderstand, wie man sie auch bei der klassischen Nadelung beobachten kann. Seit 1973 wird die Lasertherapie angewendet, doch wird sie nicht von allen veterinärmedizinischen Akupunkteuren anerkannt. Die beiden in der Laserakupunktur am häufigsten verwendeten Geräte sind die Rotlichtlaser (eine Heliumneonröhre, in der eine Diode das Laserlicht erzeugt) und die Infrarotlaser (auch IR-Laser, deren Diode aus Galliumarsenit besteht). Die abgestrahlte Wellenlänge beträgt bei Rotlichtlasern 623 Nanometer, wobei der Strahl in eine Tiefe von 0,8 bis 15 Millimeter vordringt. Bei Infrarotlasern beträgt die Wellenlänge 902 Nanometer, und die Eindringungstiefe beträgt zwischen 10 Millimeter und 5 Zentimeter. (Ein dritter, häufig verwendeter Lasertyp liegt mit 780 Nanometern Wellenlänge ebenfalls im infraroten Bereich.) IR-Lasergeräte können in Qualität und Output stark variieren: Geräte mit kontinuierlicher Wellenlänge emittieren niederenergetische Dauerstrahlen, während Pulsstrahlgeräte einen Output mit hohem Peak (»Spitze«) aufweisen. Eine Analgesie wird letztlich durch Veränderung der Pulsierungsfrequenz erzielt. Infrarotlaser eignen sich zwar besser zur Heilung von Gewebe und zur Stimulierung von Akupunkturpunkten; allerdings benötigen sie eine höhere Dosierung als Heliumneongeräte (He-Ne-Röhren), da der Strahl in diesen Röhren stärker gebündelt wird (d.h. auf einer kleineren Fläche viel stärker wirkt). Mit Hilfe der Laserakupunktur lassen sich vor allem Meisterpunkte auf den Beinen eines Pferdes stimulieren, von denen viele nur schwer zu nadeln sind. Allerdings unterscheidet sich die Wirkung des Lasers auf das Qi grundsätzlich von derjenigen einer Nadel, die das Qi sozusagen »austariert«. Während das Qi durch das Moxa erwärmt und durch die Elektro-Akupunktur stimuliert wird, kann die Energie im Qi durch Laserakupunktur noch verstärkt werden. Der Einsatz von Lasern verstärkt die Wirkungen von Nadelung und Moxibustion. Als Stimulationsmethode bietet die Laserakupunktur sicherlich einige Vorteile, man sollte sie am besten jedoch als eine isolierte Methode, weniger als einen direkten Ersatz für die klassische Akupunktur mit Nadeln auffassen [12].

Implantation

In klassischen chinesischen Texten wird über die Implantation von Fremdkörpern an Akupunkturpunkten berichtet, wodurch eine schwere, lokal begrenzte Entzündung hervorgerufen werden soll. Durch dieses Verfahren wird der Stimulus über einen längeren Zeitraum aufrechterhalten. Häufig implantierte Materialen sind Gold- oder Edelstahldraht, Catgut oder chirurgische Hefter. Zur Implantation verwendet man Kanülen mit großer Gaugezahl. Podotrochlose und Sprunggelenkgalle sind Pferdekrankheiten, die mit Hilfe dieser Methode erfolgreich behandelt wurden [2].

Hämo-Akupunktur (Aderlaß)

Bei dieser alten Methode werden verschiedene Nadeltypen verwendet, mit denen man die Haut durchsticht und Gefäße anritzt. Auf diese Weise sollen gezielt kleinere Blutungen hervorgerufen werden. In der chinesischen Literatur finden sich Angaben über die speziellen Punkte, wo zur Ader gelassen wird, sowie über die Blutmengen, die dem Patienten bei bestimmten Leiden abgezapft werden müssen. Da das Bindegewebe, das die Gefäße umgibt, sehr viele Nervenendigungen des vegetativen Nervensystems enthält, kann dieses Verfahren möglicherweise reflektorisches Zusammenziehen (Vasokonstriktion) und reflektorische Erweiterung (Vasodilatation) der Blutgefäße bewirken. Hämo-Akupunktur wird beispielsweise immer noch zur Behandlung der Hufrehe eingesetzt; dabei werden »Aderlaßpunkte« entlang des Kronbandes (Kronlederhaut) stimuliert [11].

Akupressur

Akupressur war vermutlich die erste Form der Akupunktur. In den Schriftrollen der ersten chinesischen Ärzte werden acht unterschiedliche Formen dieser therapeutischen Massage beschrieben. Am besten kann man diese Methode folgendermaßen definieren: Auf die Oberfläche des Körpers wird mit Hilfe der Finger ein lokaler Druck ausgeübt, wobei man einem allgemeinem Schema folgt oder gezielt einzelne Akupunkturpunkte massiert. Verschiedene Systeme verwenden diese Form der Massage, die bekannteste ist das japanische Shia Tsu. Akupressur wird in der Tierakupunktur nur in Kombination mit Akupunktur verwendet, um Muskelkrämpfe und -schmerzen zu behandeln, ansonsten aber in dieser

Disziplin nur selten gebraucht. Das Verfahren ist für Laien jedoch leicht erlernbar, die es dann zur Unterstützung der Akupunkturbehandlung selbst anwenden können [2].

Pneumo-Akupunktur (Injektion von Luft)

Diese Technik wird ebenfalls in alten chinesischen Schriftrollen erwähnt und gelegentlich noch heute benutzt. Hierzu wird Luft in die Haut injiziert und anschließend mit den Fingern abwärts gestrichen. Pneumo-Akupunktur ist eine ideale Therapie, um Nervenparalyse im Schulterbereich, Muskelschwund der Schultermuskulatur und chronische Schulterprobleme zu behandeln. Heute wird dieses Verfahren von einigen Tierärzten verwendet, wenn die Gefahr einer Schulterlähmung besteht [3].

Therapeutische Indikationen beim Pferd

Die Akupunktur stellt eine sehr wirksame Form der Physiotherapie dar, bei der das spinale und zentrale Nervensystem gezielt aktiviert wird, wodurch es zu neuroendokrinen und systemischen Reaktionen kommt. Die Akupunktur beeinflußt den Stoffwechsel des Nervensystems, des Skelettapparates, des Verdauungstraktes, des Urogenitalsystems, der Atemwege und des endokrinen Systems. Sie wirkt schmerzlindernd (analgetisch), entzündungshemmend, immunstimulierend und -unterdrückend. Zudem wirkt sie spasmolytisch (entkrampfend) auf glatte und quergestreifte Muskulatur und beeinflußt die Mikrozirkulation (Durchblutung kleinster Gefäße) sowie die Sekretion der Drüsen. Ihr therapeutischer Nutzen ist insbesondere die Wiederherstellung der Homöostase, d.h. des Gleichgewichtszustands [9]. Eine Akupunkturtherapie ist nur dann erfolgreich, wenn der Organismus »normal« physiologisch reagieren kann. So kann sie beispielsweise nicht bei Lähmungserscheinungen helfen, die infolge einer Nervendurchtrennung oder Hirnverletzung aufgetreten sind; allerdings wirkt sie schon bei Verletzungen peripherer Nerven. Auch bei schweren, irreversiblen krankhaften Veränderungen, wie beispielsweise chronische Organschäden, Knochenbrüchen und Knorpelverschleiß, zeigt Akupunktur keine Wirkung. Weiterhin sollten auch Neoplasien (Tumorbildung) oder schwere Organerkrankungen nicht auf diese Weise behandelt werden.

Eine Akupunkturbehandlung sollte nur von einem Veterinärmediziner mit entsprechender Fachausbildung durchgeführt werden. Wie schon erwähnt, wurde 1974 in den USA die »International Veterinary Acupuncture Society« (IVAS) gegründet, deren Mitglieder heute Tierärzte auf der ganzen Welt sind. (Sitz der Vereinigung ist Chester Springs

im US-Bundesstaat Pennsylvania) Dieser Verband führt für Veterinärmediziner Graduiertenkurse zum Thema Akupunktur durch. Die IVAS stellt auf Anfrage auch eine Liste derjenigen Tierärzte zur Verfügung, die an diesem Graduiertenkolleg teilgenommen haben.
In den folgenden Abschnitten werden einige Leiden und Krankheiten vorgestellt, die sehr gut auf Akupunkturbehandlung ansprechen. Ferner wird dort erklärt, auf welche Weise die Akupunktur im Einzelfall wirkt. Eine Abbildung mit den anatomischen Begriffen beim Pferd finden Sie auf Seite 31.

Erkrankungen im Bewegungsapparat (Muskeln, Knochen)

Zu den Gelenkentzündungen (wobei ein oder mehrere Knochen des Gelenks betroffen sein können) zählen Arthritiden an Knie, Sprunggelenk (z. B. Spat), Knöchel und im Kronbereich (z. B. Ringbein). Eine Arthritis (bzw. Osteoarthritis) wird normalerweise systemisch mit einem entzündungshemmendem Medikament (Antiphlogistikum, wie z. B. Phenylbutazon) oder mit lokalen Hyaluronsäure-Injektionen oder Kortisonspritzen behandelt. Durch Akupunktur können die im Zusammenhang mit einer Osteoarthritis auftretenden Schmerzen gelindert werden; dabei wird durch Stimulation des Hypothalamus-Hypophyse-Komplexes ACTH freigesetzt, das wiederum die Nebennierenrinde anregt, entzündungshemmende Kortikosteroide auszuschütten. Eine gezielte, räumlich begrenzte Wirkung erzielt man durch Akupunktur lokaler Punkte; hierbei wird der Schmerz durch einen spinalen Reflexbogen und Ausschüttung von Endorphinen gehemmt.
Pferde leiden sehr oft an Rückenschmerzen im Bereich von Brustwirbelsäule, Lendenwirbelsäule und Kreuzbein. Unter den zahlreichen Therapiemöglichkeiten dieser entkräftenden Beschwerden erzielt man offenbar mit Akupunktur die besten Erfolge, während die klassische Tiermedizin hier eher weniger zu bieten hat. Zu deren Methoden zählen u. a. Jodblister, lokale Injektionen und Muskelrelaxantien (Methocarbachol). In vielen Fällen nimmt man als Ursache der Rückenschmerzen an, daß die Dornfortsätze der Wirbel, die unter dem Sattel liegen, durch die Belastung bei zu häufigem Reiten zusammengepreßt werden. Nach Auffassung des Autors treten diese Symptome jedoch sekundär auf. Eigentliche Ursachen sind beispielsweise ein verletztes Sprung- oder Kniegelenk oder ein lahmendes Vorderbein; das Pferd geht aufgrund dieser Beschwerden steif, um die Schmerzen zu kompensieren. Durch diese unnatürliche Gangart werden die Wirbel (folglich auch die in ihnen verlaufenden Nerven) gequetscht oder gedrückt, so daß die Reizübertragung gestört wird. Dies kann

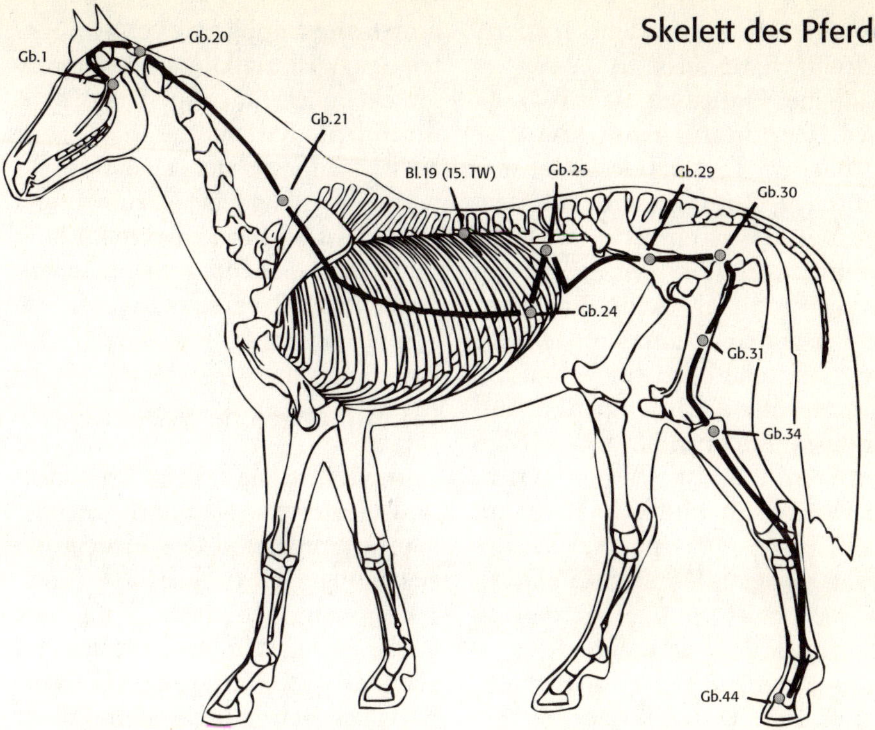

wiederum zu den erkennbaren Muskelkrämpfen führen. Durch Anwendung von Physiotherapie oder Verabreichung von Drogen kann die westliche Medizin hier nur ansatzweise helfen. Die Akupunktur hingegen korrigiert den gestörten Reizfluß, so daß die Impulse wieder normal weitergeleitet werden und die Bewegungen wieder koordiniert ablaufen [13].

Richtige Schulterlahmheit kommt nur selten vor. Viele Pferde, bei denen dieses Leiden diagnostiziert wurde, leiden in Wirklichkeit an Bursitis bicipitalis (Schleimbeutelentzündung), die als Sekundärfolge einer Lahmheit im unteren Vorderfußbereich (z. B. Podotrochlose) entstanden ist. Fälschlicherweise wird eine lahme Schulter oft mit Di.16 (Jugu) behandelt, einem Akupressurpunkt in der Nähe des Tuberculum majus. Herkömmlicherweise behandelt man die Erkrankung mit Antiphlogistika, lokalen Injektionen und Ruhe; diese Maßnahmen sind häufig aber unzureichend. Eine »richtige« lahme Schulter (aufgrund von Nervenverletzung oder anderen Traumata) spricht im Gegensatz dazu offenbar sehr gut auf Akupunktur an. Diese macht sich die Wirkung des endogen gebildeten entzündungshemmenden Cortisols zunutze, das den Schmerz im Schultergelenk lindert und die Heilung der verletzten Nerven und Muskelbereiche fördert. Hufrehe (Laminitis) ist ein entzündliches Hufleiden, das als Folge einer Überfütterung mit kohlehydratreichem Futter (Getreide, insbesondere Roggen) entsteht. Die pathologischen Folgen sind Blutstauung, Durchblutungsstörungen im Huf und Nekrosebildung (Absterben der Lederhaut des Hufes). Die klassische Medizin behandelt Hufrehe mit Antiphlogistika und Antihistaminika; außerdem werden dem Pferd die Eisen abgenommen, bei Schäden am Huf kann man ihm dann einen orthopädischen Beschlag anlegen. Durch Stimulation der Akupunkturpunkte werden lokal Mastzellen angeregt, die eine Vergrößerung der Arteriolen bewirken und die Durchblutung des erkrankten Hufes steigern. Ein therapeutischer Aderlaß mit großen Kanülen (große Gaugezahl) entlang des Kronbandes bewirkt, daß die Durchblutung örtlich verändert wird, und steigert auf diese Weise die Blutzufuhr in den Huf.

Eine Hufrollenentzündung (Podotrochlose) ist die Folge einer veränderten Blutversorgung des Kahnbeins oder einer sekundär entstandenen Osteoarthritis. Auch hier kann die Akupunktur häufig die Symptome abschwächen, indem sie die Durchblutung erhöht und körpereigene Kortikosteroide freisetzt.

Pe.1 (Tianchi) ist ein guter Diagnosepunkt für Fußerkrankungen wie Podotrochlose, Hufrehe und Sohlenquetschungen. Der Punkt sitzt hinter dem Ellbogen unter dem Sattelgurt. Viele fußlahme Pferde reagieren daher unwillig, wenn man ihnen beim Satteln den Gurt straff zieht; wenn sie sich anschließend bewegen, scheinen sie zu lahmen oder etwa 10 bis 15 Minuten lang verkürzte Schritte zu machen. Anschließend verschwinden diese Symptome wieder.

Erkrankungen der Atemwege

Dämpfigkeit, allergische Bronchitis und chronische Kapillarbronchitis (Bronchiolitis) sind verschiedene Bezeichnungen für die gleiche Lungenerkrankung. Die ersten Symptome sind Husten, Atembeschwerden und sichtbare Schwierigkeiten bei körperlicher Bewegung. Als mögliche Ursachen kommen Allergien, Infektionen durch Bakterien oder Viren sowie falsche Ernährung in Frage. Die herkömmliche Behandlung sieht Bronchodilatoren, Expektorantien, Antibiotika, Kortikosteroide sowie eine Überführung in einen anderen Stall oder eine andere Box vor. Die Akupunktur wirkt sich auch bei diesem Leiden offenbar positiv aus: Durch die Stimulation einiger therapeutischer Punkte wird u. a. das Neuropeptid VIP (*vaso-active intestinal peptide,* ein gastrointestinales Hormon) vermehrt ausgeschüttet, das auf die glatte Muskulatur der Bronchien wirkt und diese erweitert. Andere Neuropeptide fördern die Bronchialdurchblutung, außerdem wird vermehrt dünnflüs-

siger Schleim von der Bronchialschleimhaut abgesondert und »abgehustet«. Kurze Zeit nach Beginn der Behandlung hat das Pferd sichtbare Mühen zu Atmen, doch klingen diese Symptome rasch wieder ab.
Auf Akupunktur sprechen andere Atemwegserkrankungen wie Schnupfen (Rhinitis), Sinusitis, Kehlkopfentzündung (Pharyngitis) und Nasenbluten (Epistaxis) ebenfalls gut an. Zur Abrundung der Behandlung sollten Sie dem Tier aber noch zusätzlich ein geeignetes Antibiotikum verabreichen.

Erkrankungen der Fortpflanzungsorgane

Die natürliche Paarungszeit der Pferde fällt in den Frühling und Sommer. Wenn man diese Periode künstlich in den Winter verlegt, um bereits zu einem früheren Zeitpunkt Fohlen zu bekommen, kann es vorkommen, daß die Stuten nicht mehr regelmäßig »rossig« werden, möglicherweise bleibt die Rosse auch ganz aus (Anöstrus). Gegen diese Probleme wurde oft erfolreich eine »Lichttherapie« eingesetzt. Bei den Stuten wird mit künstlichem Licht der Eindruck erweckt, daß die Tage länger werden. Wenn die Dosis an künstlichem Tageslicht der Lichtmenge entspricht, die im Mai eingestrahlt wird (der optimalen Paarungszeit der Pferde), kann es bei den Stuten nach zusätzlicher Verabreichung von Hormonen – wie GRH *(gonadotropine releasing hormone)*, Progesteron und Prostaglandin – zum Eisprung kommen. Dieses Verfahren klappt jedoch nicht immer. In sehr hartnäckigen Fällen hat sich die Akupunktur ebenfalls bewährt. Die wissenschaftliche Erklärung liegt höchstwahrscheinlich darin, daß der Hypophysenvorderlappen infolge der Akupunktur angeregt wird und bestimmte Gonadotropine wie FSH (follikelstimulierendes Hormon), LH (luteinisierendes Hormon) und Prolaktin ausschüttet. Eine Stimulation des Hypophysenhinterlappens löst bei der trächtigen Stute ein Einschießen der Milch sowie Uteruskontraktionen aus.
Hengste, die eine rossige Stute nicht decken wollen bzw. können, leiden womöglich an einer Rückenerkrankung, die den Deckakt für den Hengst zu einer schmerzhaften Angelegenheit werden läßt, wenn er sich auf seine Hinterbeine stellen muß. Hengste mit derartigem Leiden sprechen ebenfalls sehr gut auf die Akupunktur an.

Erkrankungen des Verdauungstraktes

Gastrointestinale Beschwerden kommen bei Pferden recht oft vor; zu den häufigsten Erkrankungen dieser Art gehören Koliken mit und ohne Beeinträchtigung der Peristaltik, Kotstau, Durchfall, Dickdarmentzündung (Colitis) und Geschwürbildung. Die Schulmedizin behandelt diese Leiden medikamentös mit Spasmolytika und Antiphlogistika und verabreicht per Schlauch Paraffinöl oder Petroleum, um die Schleimhäute zu beruhigen. Bei diesen trägt die Akupunktur nicht nur dazu bei, die Kolikschmerzen zu lindern, sondern sorgt auch noch dafür, daß der Magen-Darm-Trakt bald wieder normal funktioniert. Einige Hormone und Neuropeptide des Verdauungsstoffwechsels, wie beispielsweise VIP, CCK (Cholecystokinin), Insulin, Glukagon, Gastrin und Somatostatin, reagieren sehr leicht auf periphere Stimulierung der Akupunkturpunkte. Der Körper kann diese Hormone selbständig regulieren und dadurch, je nach Bedarf, eine erhöhte oder verminderte Peristaltik bewirken. Die Akupunktur hemmt oder fördert aber auch die Sekretion bestimmter Substanzen in den Verdauungstrakt, wodurch Beschwerden wie Durchfall und Verstopfung gemildert werden. Akupunktur kaschiert in keiner Weise Leiden, die operativ behandelt werden müssen, und ergänzt die herkömmlichen Behandlungsweisen der Kolik auf ideale Weise.

Pferde, die längere Zeit ihre Futterkrippe ankauen, leiden oft an Verdauungsbeschwerden wie leichter Gastritis und Ulcusbildung. Möglicherweise kann die Akupunktur die intestinalen Beschwerden beseitigen und so dazu beitragen, daß das Tier kaum noch oder überhaupt nicht mehr an der Krippe kaut; diese Erfolge sind jedoch nur kurzzeitig.

Erkrankungen des Nervensystems

Eine Lähmung des Radialisnervs (Speichennervs), die z. B. infolge eines Schlages (Trauma) eingetreten ist, spricht sehr gut auf Akupunktur an. Hierfür werden meist solche Punkte verwendet, die entlang dem Verlauf des Speichennervs liegen. Bei Lähmungen wirkt Elektrostimulation häufig besser als die klassische Nadelung.

Eine Fohlenataxie (oder spinale Ataxie) kann ebenfalls durch Akupunktur behandelt werden. Die Krankheit entsteht infolge deformierter oder zu eng aneinander gerückter Halswirbel, wodurch das Halsmark gequetscht und somit die Nerven geschädigt werden können; das Pferd kann sich nur noch unkoordiniert bewegen – insbesondere, wenn es scharf wenden oder rückwärts laufen soll. Eine Akupunkturbehandlung kann nach mehreren Sitzungen anfänglich überwältigende Erfolge zeigen, doch sind diese auf lange Sicht nicht von Dauer. Wenn es sich nicht gerade um wertvolle Zuchttiere oder alte Lieblinge handelt, gilt die Behandlung ataxischer Pferde nicht gerade als ökonomisch sinnvoll. Bei Pferden mit vergleichbaren Symptomen, die jedoch infolge eines Traumas am Hals aufgetreten sind, ist die Prognose wesentlich günstiger.

Verhaltensstörungen

Turnierpferde, die sehr häufig nervös und aggressiv sind, sprechen meist gut auf den harmonisierenden und beruhigenden Effekt einer Akupunkturbehandlung an. Die Stimulation der Punkte kann durch Nadelung, Akupressur und Implantation erfolgen. Die praktischste Lösung stellt für die meisten Halter die Massage dar. Einige hilfreiche Punkte sind Bl.1 (Jingming; medial über dem Augenwinkel), Du 20 (Baihui; ganz oben auf dem Kopf), SJ.17 (Yifeng; posterior am Ohr), Dü.19 (Tinggong; lateral am Ohr) und Du 26 (Renzhong; am Ende des Nasenknorpels).

Behandlung des Immunsystems

Durch Akupunktur wird die Homöostase des Körpers wiederhergestellt, indem seine fehlerhaften Funktionsweisen korrigiert und die körpereigenen Abwehrkräfte gestärkt werden. Man könnte es als Hauptaufgabe der Akupunktur ansehen, den Organismus lediglich mit Hilfe der ihm innewohnenden Abwehrmechanismen zu heilen. Wie aus Laboruntersuchungen hervorgeht, bewirkt die Akupunktur, daß im Körper vermehrt Komplementproteine und Antikörper (zwei für die Körperabwehr wichtige Substanzen) sowie Cortisol gebildet werden. Bei z. B. Salmonellenbefall bekämpft die Akupunktur nicht etwa direkt den Erreger, sondern verändert lediglich die zelluläre Antwort auf die Salmonellentoxine. Für ein krankes Lebewesen ist es natürlich am besten, wenn moderne westliche Methoden zur Bekämpfung der Krankheitserreger mit östlichen Behandlungsformen, welche die Homöostase und die körpereigene Abwehr wiederherstellen, kombiniert werden [14].

In der Pferdemedizin wird Akupunktur auf vielfache Weise eingesetzt. Ihr Heilerfolg liegt bei manchen Leiden bei über 70 Prozent; dies gilt insbesondere für Erkrankungen der Atemwege und des Bewegungsapparates sowie für Rückenbeschwerden und Fortpflanzungsprobleme. Oft setzt man Akupunktur allerdings erst als letzte Möglichkeit ein, weswegen manch krankes Pferd jahrelang leiden mußte, obwohl ihm vielleicht schon viel früher hätte geholfen werden können. Bei solchen chronischen Fällen kann eine Akupunkturbehandlung mehrere Monate dauern, bis erste Erfolge eintreten. Am besten beginnt man mit den Akupunktursitzungen im wöchentlichen Abstand, der dann im weiteren Behandlungsverlauf auf zwei bis drei Wochen vergrößert wird. Bei akuten Erkrankungen hingegen helfen möglicherweise schon drei bis vier Sitzungen, jeweils im Abstand von einer bis zwei Wochen. Um optimale Heilergebnisse zu erzielen, kann man die Akupunktur mit klassischen Therapiemethoden (beispielsweise lokale Injektionen von Phenylbutazon oder anderen Antiphlogistika sowie Gabe von Antibiotika) kombinieren.

Akupunktur ist eine sichere und vielseitige Alternative zu herkömmlichen westlichen Behandlungsmethoden in der Tiermedizin. Sicherlich kann sie nicht alle Leiden beheben, die ein Pferd befallen können, doch hat sie manchem Tier eine zweite Chance ermöglicht.

Diagnostische Akupressur

Nach eigenen Erfahrungen hat sich die Akupunktur als äußerst praktisch erwiesen, um bei Pferden Lahmheit oder Wundsein zu diagnostieren. Diese Beschwerden können in der klassischen Tiermedizin nur erkannt werden, indem man das Pferd leicht traben läßt, gezielt Nerven abklemmt oder die Hufe untersucht. Aus diesem Grunde sind viele Halter völlig verblüfft, wie einfach eine diagnostische Akupressur verläuft: Man braucht nur mit dem Finger auf ein paar entscheidende Punkte zu »drücken«, und schon hat man die Ursache des Problems gefunden, ohne daß das Pferd die Box auch nur einmal verlassen mußte. Im folgenden Abschnitt werden die wichtigsten dieser Diagnosepunkt vorgestellt, so daß jeder Halter oder Reiter eines Pferdes die Ursache der Beschwerden selbst auf diese Weise lokalisieren kann. Dies soll allerdings keine Aufforderung sein, nicht mehr den Tierarzt zu konsultieren; vielmehr soll die Kenntnis dieser Punkte dazu beitragen, daß Sie Ihr Pferd besser pflegen und versorgen können.

Die traditionelle chinesische Diagnose setzt sich aus vier klassischen Untersuchungsmethoden (Si Jian) zusammen: Betrachten (Wang), Hören und Riechen (Wen), Abtasten (Qie) und Fragen (Wen). Eine diagnostische Akupunktur wird beim Pferd am besten durchgeführt, indem man durch Druck mit den Fingern bestimmte Punkte auf dem Rücken des Tieres stimuliert. Hierbei handelt es sich um die sogenannten Shu-Punkte (Beishu-Punkte), die auch als rückwärtige Transportpunkte oder dorsale Segmentpunkte bezeichnet werden. Sie sitzen etwa eine Handbreite seitlich von der Mittellinie auf der inneren Bahn des Blasenmeridians; die einzelnen Punkte liegen jeweils 1 Cun (entspricht der Breite der 16. Rippe) auseinander. Aufgrund anatomischer Unterschiede in der Körpergröße oder zwischen einzelnen Pferderassen werden die genauen Positionen einiger Punkte z.T. etwas unterschiedlich angegeben. Jeder Shu-Punkt steht mit einem Meridian und einem Organsystem in Verbindung (siehe auch die Abbildung der Diagnosepunkte, Seite 37).

Die Alarmpunkte (Mu-Punkte) sitzen ventral auf dem Rumpf des Pferdes. Mu-Punkte, die sowohl für Diagnose wie Therapie bedeutend sind, werden zusammen mit

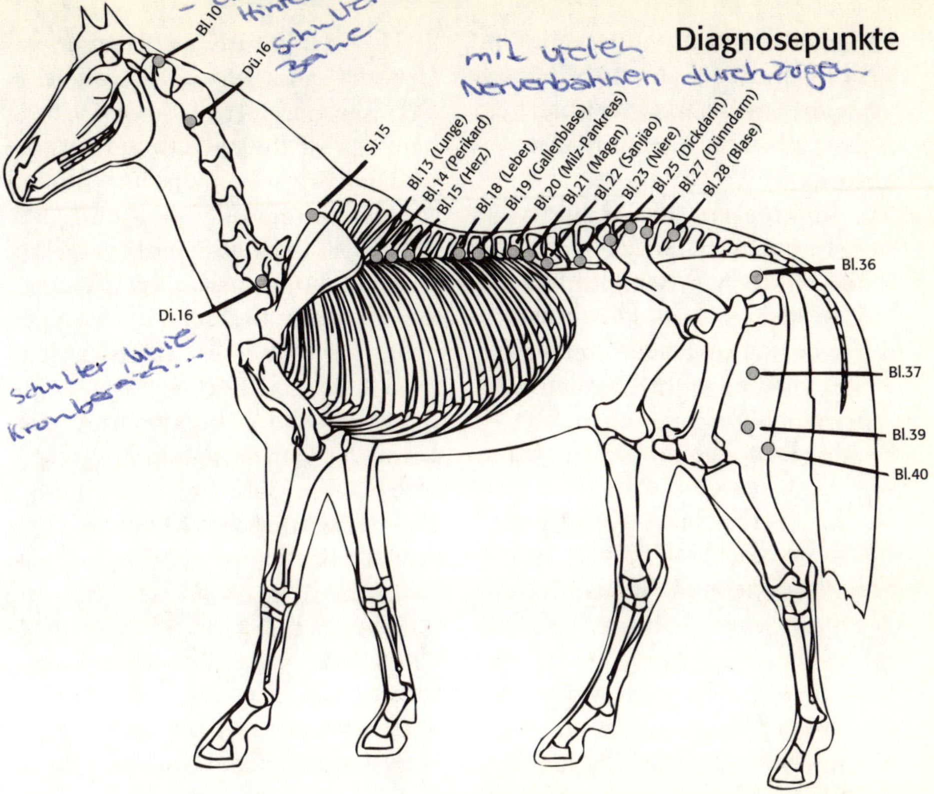

den Shu-Punkten bei chronischen und akuten Leiden eingesetzt. Ein Alarmpunkt kann durch leichtes Drücken mit den Fingern oder mit Hilfe eines Nadelkopfes ertastet werden. Wichtig ist, daß der ausgeübte Druck auf der gesamten Fläche gleichmäßig ausgeübt wird. Bei Hervorrufen eines Schmerzes treten Reaktionen wie leichtes Muskelzucken, Zurückschrecken von der Druckstelle oder Einziehen des Rückens auf – bei sehr starkem Schmerz versucht das Pferd möglicherweise, den Therapeuten zu treten oder zu beißen. Die Untersuchung wird auf zwei Ebenene durchgeführt: Reagiert das Pferd auf leichten Druck (Yang-Zustand), so liegt eine akute oder oberflächliche Erkrankung vor; wenn es aber erst auf starken Druck (Yin-Zustand) anspricht, haben wir es sehr wahrscheinlich mit einem chronischen Leiden zu tun. Beginnen Sie mit der Diagnose, indem Sie vier Schlüsselpunkte palpieren, die keine Shu-Punkte sind: Bl.10 (Tianzhu), Dü.16 (Tianchuang), SJ.15 (Tianliao) und Di.16 (Jugu).

Bl.10 (Tianzhu, *Himmelssäule)* befindet sich im Bereich der seitlichen Fortsätze (Flügel) des Atlas (1. Halswirbel), direkt hinter dem Hinterhauptbein. Der Punkt liegt oberhalb des Okzipitalnerven. Eine Druckdolenz in diesem Bereich weist auf Schmerzen im Hinterbein der gegenüberliegenden Körperseite hin. Viele Pferde, die beim Anlegen des Halfters oder Zaumzeugs unruhig reagieren, wollen Ihnen indirekt auf diese Weise »mitteilen«, daß sie an diesem Punkt Schmerzen verspüren; möglicherweise leiden sie dann an einer Erkrankung des Hinterbeins.

Dü.16 (Tianchuang, *Himmelsfenster*) liegt auf der Mittellinie zwischen 2. und 3. Halswirbel. Er wird durch cutane Halsnerven innerviert, die dann zum Plexus brachialis und Zwerchfellnerv (Nervus phrenicus) verzweigen. Der Dünndarmmeridian wandert auf der Außenseite des Vorderbeines nach oben, wobei er dem Ellbogennerv (Nervus ulnaris) folgt. Dü.16 ist oft dann druckempfindlich, wenn u. a. Bereiche wie die Schulter, die Beugesehne des Musculus flexor digitalis superficialis, Fesselträger, das äußere Sesambein oder das Ringband (Ligamentum annulare brachii) verletzt sind. Druckdolenz kann auch bei einer unvollständigen Ausrenkung (Subluxation) des Atlas oder eines anderen Halswirbels vorliegen. Der Punkt steht auch mit Kreuzbeinverletzungen auf der gleichen bzw. gegenüberliegenden Körperseite in Bezug, ferner mit Lahmheit der Hinterbeine. Bei Pferde mit sehr wundem Körper ist Tianchuang sehr schmerzempfindlich.

SJ.15 (Tianliao, *Knochenspalt im Himmel*) sitzt an der Vorderseite des Schulterblattes an der Übergangsstelle zum Scapularknorpel, oberhalb des 3. Zwischenrippenraums. Der Punkt wird von den dorsalen Halsnerven innerviert. Der Sanjiao-Meridian verläuft medial auf der Außenseite des Vorderbeins. Ein Druckschmerz an diesem Punkt verweist auf schmerzhafte Beschwerden des Ligamentum suspensorium penis (Unterstützungsband).

Di.16 (Jugu, *Großer Knochen*) liegt in einer Kuhle am Vorderrand der Scapula, etwa zwei Drittel der Strecke zwischen SJ.15 und dem Habichtsknorpel. Dieser Punkt befindet sich in der Nähe des Plexus brachialis, der von den drei letzten Hals- und den beiden ersten Rückennerven innerviert wird. Diese Nerven verzweigen sich wiederum, um die Mittelarm- und Achselhöhlennerven auf der Vorderseite des Vorderbeins zu versorgen. Jugu besitzt – ähnlich wie Di.4 (Hegu) beim Menschen – eine sehr starke Wirkung, die sich primär auf das Sympathikusganglion richtet und derjenigen von Endorphinen stark ähnelt. Wenn diese Stelle druckempfindlich ist, können Schmerzen in Schulter, Ellbogen, Knie, Knöchel, Schienbein und im Kronbereich die Ursache sein. Punkte, die auf höheren Bereichen des Meridians liegen, verweisen eher auf Beinschmerzen, die stärker dorsal lokalisiert sind. Di.16 kann auch auf Lahmheit des gegenüberliegenden Hinterbeins oder Lendenschmerzen auf der gleichen Körperseite verweisen.

Die Shu-Punkte verlaufen entlang des Blasenmeridians, der sich den Rücken des Tieres entlangzieht. Zu diesen Punkte gehören die Spinalnerven, die im oberen Bereich jedes Intercostalraumes austreten und entlang der Wirbelsäule verlaufen. Diese Nerven entsenden sensorische und motorische Fasern zu den Gliedmaßen und viszeralen Organen. Die Aktivierung der Shu-Punkte erfolgt über Stimulation des Sympathikus, der wiederum veranlaßt, daß sich Schweiß- und Talgdrüsen vergrößern und öffnen. Die Blasenmeridianpunkte Bl.13 bis Bl.25 liegen im Bereich der Brust- und Lendenwirbel. Die Punkte Bl.13 (Feishu), Bl.14 (Jueyinshu) und Bl.15 (Xinshu) werden von Rami des Herzgeflechtes (Plexus cardiacus) innerviert, die zur Visceralarterie, Lunge, zum Herzen und Ösophagus ziehen.

Hauptsächlich werden die Blasenmeridianpunkte Bl.18 bis Bl.25 durch das Sonnengeflecht (Solarplexus) innerviert, der Nervenzweige zu den Eingeweiden und Gefäßen der Bauchhöhle entsendet. Plexus aorticus abdominalis, Plexus gastricus, Plexus hepaticus, Plexus lienalis und Plexus mesentericus anterior entspringen als unpaare dem Solarplexus und entsenden Nervenbahnen zu ihren jeweiligen Organen (d.h. Bauchschlagader, Magen, Leber, Milz und vorderer Mitteldarmbereich). Paarig hingegen verlassen die Bahnen der Plexus, die für Nieren, Nebennieren, Hoden bzw. Eierstöcke und Gebärmutter zuständig sind, den Solarplexus und verzweigen anschließend zu ihren Organen. Alle diese Nervenstrukturen unterliegen der Kontrolle des Sympathikus.

Bl.13 (Feishu, Shu der Lunge) ist der Transportpunkt für den Lungenmeridian. Dieser ist mit dem Dickdarmmeridian gekoppelt, beide sind mit der Wandlungsphase Wasser verbunden (siehe auch die Abbildung des Lungenmeridians, Seite 41). Feishu befindet sich unterhalb des Dornfortsatzes des 8. Brustwirbels (Thoraxwirbels), am caudalen Rand des Schulterblattknorpels im 8. Intercostalraum. Der Lungenmeridian beginnt in der Lunge und tritt etwa in Höhe der 3. Rippe, an der Hautfalte des retrosternalen Bereichs, an die Hautoberfläche (am **Lu.1**, dem Zhongfu oder *Mitten im Verwaltungssitz*). Der Meridian setzt sich entlang der Bizepssehne fort, zieht dann den anteromedialen Rand der Speiche (Radius) über Ellbogengelenk (»Knie«) und inneres Griffelbein abwärts zum medialen Gleichbein (Sesambein) und endet an der posteromedialen Partie des Kronbandes (am **Lu.11**, Shaoshong oder *Junger 2. Ton)*. Eine Empfindlichkeit an dieser Stelle weist auf Druckschmerzen innerhalb des Vorderbeinbereichs an Griffelbein, Carpalgelenk oder Sesambein (Gleichbein). Druckdolenz besteht auch bei akuten Atemwegserkrankungen und bei »Krippenaufsetzen (»Koppen«). Lu.1, der Alarmpunkt des Lungenmeridians, sitzt zwischen 2. und 3. Rippe im Intercostalraum. Reagieren Lu.1 und Bl.13 gleichermaßen empfindlich, könnte dies ein Hinweis auf eine schwer angegriffene Lunge sein.

Bl.14 (Jueyinshu, Shu des Perikards) ist der Transportpunkt für den Perikardmeridian (siehe Abbildung dieses Meridians, Seite 42). Der Perikard- oder Kreislaufmeridian ist mit dem Meridian Sanjiao (»Drei Erwärmer«) gekoppelt, die zugehörige Wandlungsphase ist das Feuer. Der Perikardmeridian beginnt im Bereich des Herzbeutels und tritt an der Stelle zwischen 4. Rippe und der Ellbogeninnenseite an die Oberfläche. Von diesem Punkt, Pe.1 (Tianchi, *Himmlischer Teich*), verläuft der Meridian an der medialen Seite des Bizepsmuskels entlang, zieht an der Innenseite des Vorderfusses über Kastanie, Knie (Carpalgelenk) und Beinsehnen abwärts bis zu einer Stelle am Hufkissen; hier befindet sich der Endpunkt Pe.9 (Zhongchong, *Impuls am Mittelfinger*). Wenn das Pferd ängstlich, nervös oder verhaltensgestört ist, dann kann Bl.14 druckempfindlich sein. Dieses Symptom verweist evtl. auch auf Stauungsbeschwerden im Brustraum oder Herzschmerzen.

Pe.1 (Tianchi) gilt auch als guter Diagnosepunkt für Fußerkrankungen wie beispielsweise Hufrehe oder Podotrochlose. Der segmentale Alarmpunkt des Perikardmeridians ist Ren 17 (Shanzhong, *Brustkorbmitte*). Er liegt auf der Mittellinie (Brustbein) in einer Höhe mit der caudalen Ellbogenkante in Höhe des 4. Intercostalraumes.

Bl.15 (Xinshu, Shu des Herzens) ist der dorsale Segmentpunkt des Herzmeridians und sitzt im 10. Intercostalraum (siehe Abbildung des Herzmeridians, Seite 43). Herz- und Dünndarmmeridian, die ebenfalls beide der Wandlungsphase Feuer zugerechnet werden, bilden ein Meridianpaar. Der innere Verlauf des Herzmeridians beginnt am Herzen; der Meridian tritt aber erst am He.1 (Jiquan, *Höchste Quelle*) in der Mitte der Achsel nach außen. Von dort wandert er auf der posteromedialen Armseite zum Knierücken; hier wechselt er hinter dem Knie auf die Außenseite des Vorderbeines hinüber, wo er auf der posterioren Partie weiterwandert und im Punkt He.9 (Shaochong, *Impuls des Herzmeridians*) auf der hinteren seitlichen (posterior-lateralen) Kronbandpartie mündet. Druckdolenzen treten in He.9 bei Beschwerden im hinteren Vorderbeinbereich (z. B. an Sehnen und Sesambeinen) auf; eine Empfindlichkeit geht hier meist mit Ängstlichkeit, Nervosität und Kreislaufproblemen einher. Mu- oder Alarmpunkt des Herzmeridians ist Ren 14 (Jujue), der sich auf der ventralen Mittellinie etwa in

Lungenmeridian (Bl.13)

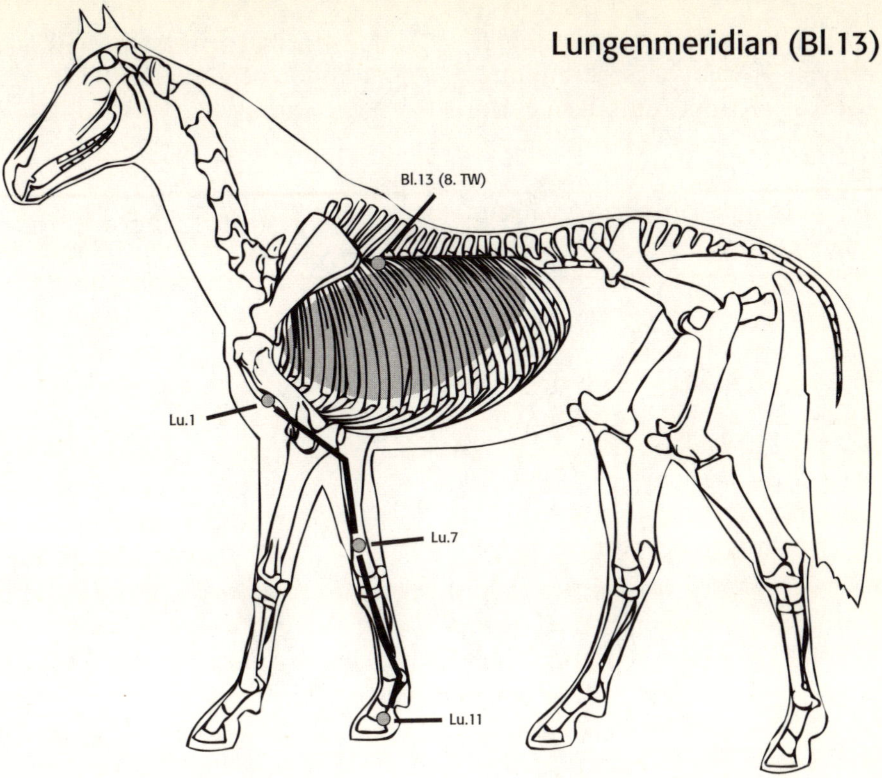

Höhe des Schaufelknorpels (Processus xiphoideus) befindet.

Bl.16 (Dushu, Shu des Du Mai) ist der Transportpunkt zum Lenkergefäß-Meridian und befindet sich oberhalb des Dornfortsatzes des 11. Brustwirbels (Thoraxwirbel, TW) (siehe Abbildung dieses Meridians, Seite 44). Hierbei handelt es sich um einen unpaaren Sondermeridian. Dieser verläuft auf der dorsalen Mittellinie, beginnend am Punkt Du 1 (Changqiang, *Lang und kraftvoll*) zwischen Anus und Schwanzwurzel, von wo er über die Kruppe den gesamten Rücken bis zur Kopfspitze (Du 20) zieht. Von dort wandert er weiter bis zu einem Punkt am äußersten Rand der Schnauze, der mitten zwischen den Nüstern (Du 26) Rhenzhong, *Mitte der Oberlippe)* liegt, von dort knickt der Meridian ins Maul ab und endet im Punkt Du 28 (Yinjiao, *Zahnfleischübergang*) zwischen Oberlippe und Zahnfleisch. Der Shu-Punkt Bl.16 dient dazu, die Aktivität des Lenkergefässes (Du Mai) zu steigern oder zu dämpfen. Diese betrifft vor allem das Längsband (Ligamentum supraspinale), das vom Hinterhauptbein entlang der Dornfortsätze der Hals- und Brustwirbel zum Widerrist verläuft und das Nackenband (Ligamentum nuchae) bildet. Diese Bänder werden meist nur bei

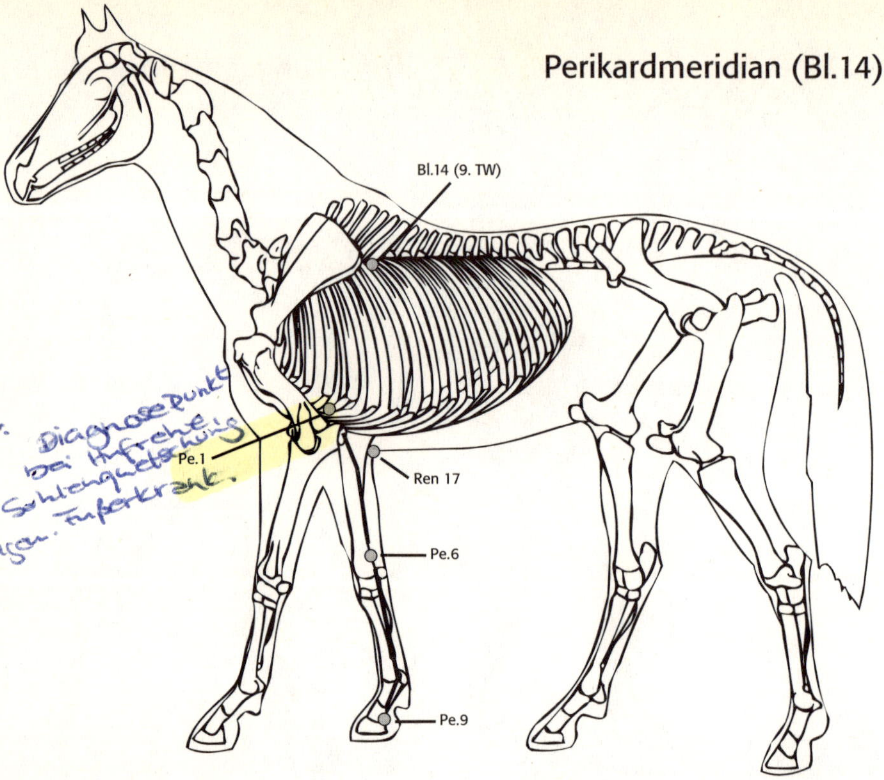

Perikardmeridian (Bl.14)

reinen Stallpferden problematisch, die nie die Gelegenheit haben, ihre Hals- und Rückenmuskulatur voll zu dehnen, beispielsweise beim Grasen, beim Saufen aus einem Bach oder beim Herumwälzen im Gras. Geschwächte Nacken- oder Längsbänder machen die Tiere für Hals- und Rückenbeschwerden, aber auch für druckempfindliche Schleimbeutel im Bereich des Widerrists anfällig. Eine Unausgewogenheit im Lenkergefäß kann für eine steife oder schmerzende Wirbelsäule verantwortlich sein.

Das Du Mai enthält mehrere Behandlungspunkte, die sich leicht durch Akupressur stimulieren lassen. Du 20 (Baihui, *Hundert Zusammenkünfte*) auf der Scheitelmitte des Kopfes, ist ideal, um Pferde zu beruhigen. Durch Massage der Punkte Du 1 (Changqiang, oberhalb des Anus) und Ren 1 (Huiyin), der unterhalb des Anus liegt, wird das erste Abkoten neugeborener Fohlen stimuliert. Ein wichtiger Jing-Punkt, speziell für Notfälle, ist Du 26 (Rhenzhong, *Mitte der Oberlippe*), der zwischen den Nüstern sitzt. Der Punkt regt nicht nur Atmung und Kreislauf neugeborener Fohlen an, sondern wird auch regelmäßig dann gereizt, wenn das Pferd durch ein Zwicken in die Nase gebremst werden soll. Bei Druck auf diesen Punkt werden Endorphine frei, die das Tier »eu-

Herzmeridian (Bl.15)

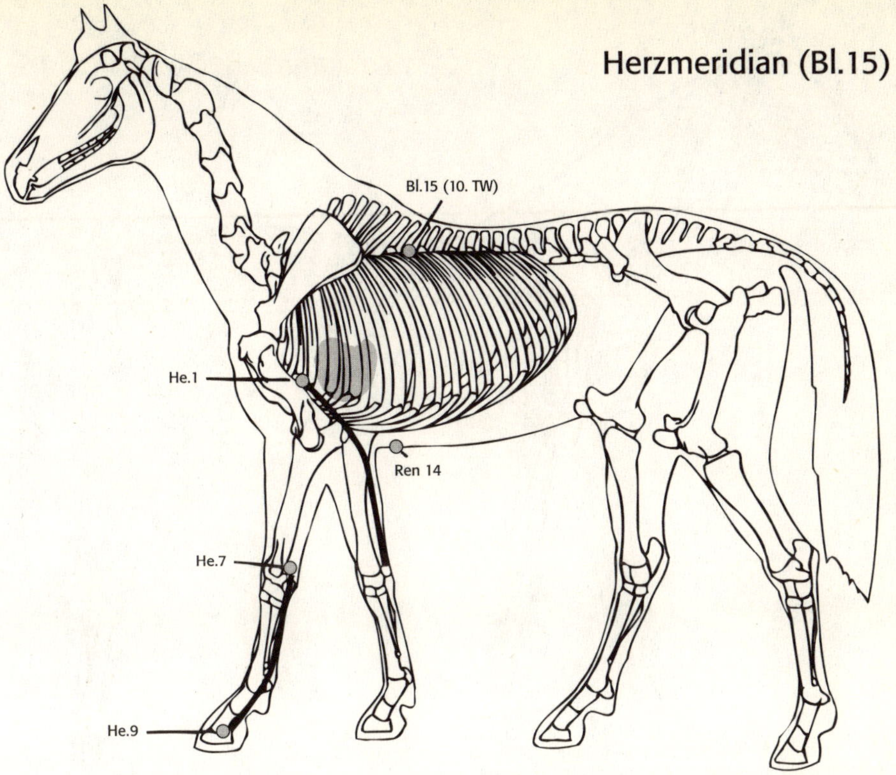

phorisch stimmen«. Der Punkt Du 0, in der Schwanzspitze, wird bei solchen Pferden gereizt, die nicht auf eigenen Beinen stehen können oder bewußtlos sind. Dieser Punkt wird durch Zwicken oder Laserstrahlen stimuliert.

Bl.17 Geshu (Shu des Diaphragma, Meisterpunkt des Blutes) ist der Transportpunkt zum Zwerchfell und befindet sich im 12. Intercostalraum (siehe Seite 45). Dieser Shu-Punkt ist mit keinem Meridian gekoppelt. Schmerzen treten hier auf, wenn Erkrankungen des Blutes (und Ungleichgewichte der Körperflüssigkeit) vorliegen, wie beispielsweise Anämie, Dehydrierung, Herdinfektionen oder Blutvergiftung. Über den Geshu können Anämien behandelt, Laborwerte wie Hämoglobin (Hb) und Hämatokrit (Hk) erhöht, der Blutdruck in den Lungengefässen von Bluterkranken gesenkt und die Blutgerinnungszeit gesteigert werden. Ähnlich wie Du 26 dient Bl.17 dazu, schwache neugeborene Fohlen anzuregen; darüber hinaus fördert er die Immunabwehr bei Virusinfekten.

Bl.18 (Ganshu, Shu der Leber) ist der Transportpunkt für den Lebermeridian und sitzt im 14. Intercostalraum (siehe auch Abbildung des Lebermeridians, Seite 46). Man kann den Punkt auch leicht erkennen, da er über MP.21 (Dabao) sitzt, welcher als deutliche Ein-

Lenkergefäß, Du Mai (Bl.16)

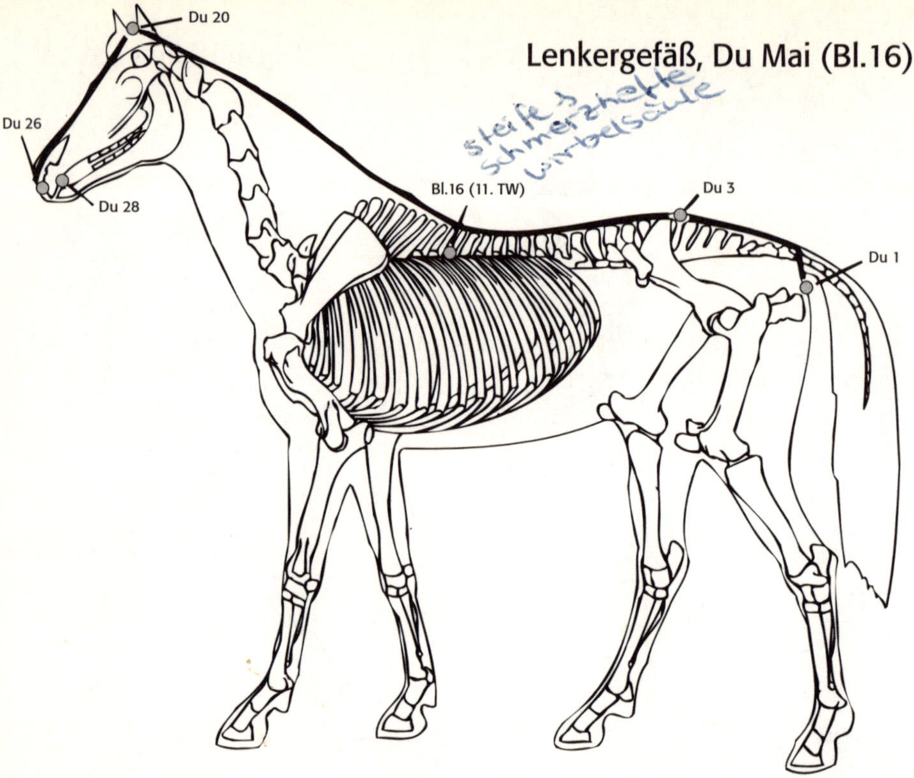

buchtung an der Seite des Thorax zu sehen ist. Lebermeridian und der mit ihm gekoppelte Gallenblasenmeridian sind mit der Wandlungsphase Holz verbunden. Le.1 (Dadun, Großer Dicke), der Anfangspunkt des Meridians, liegt an der anteromedialen Partie des Hinterhufkronbandes; von dort zieht der Meridian auf der Beininnenseite über Kronbereich, Sesambein und Griffelbein hoch zur inneren Sprunggelenksvorderseite. Dann wandert er, auf der Innenseite bleibend, den Oberschenkel und das Hüftgelenk hoch, worauf er im 14. Intercostalraum etwa in Höhe des Ellbogens im Punkte Le.14 (Qimen, Das Tor am Ende) endet. Die inneren Meridianäste verlaufen zur Leber, zu den Augen und zum »Gallenblasen-Funktionskreis«. (Eine richtige Gallenblase ist bei Pferden ja nicht vorhanden.) Qimen ist der Mu-Punkt des Lebermeridians; er reagiert sensibel, wenn das Blut zu viele Leberenzyme enthält. Dies kann durch einen Leberschaden oder eine bestimmte Forn der Muskeldegeneration hervorgerufen werden, deren äußere Symptome Muskelkrämpfe und steifer Gang sind; Ursachen für diese Myopathie ist möglicherweise eine mangelhafte Durchblutung der befallenen Muskelpartien.

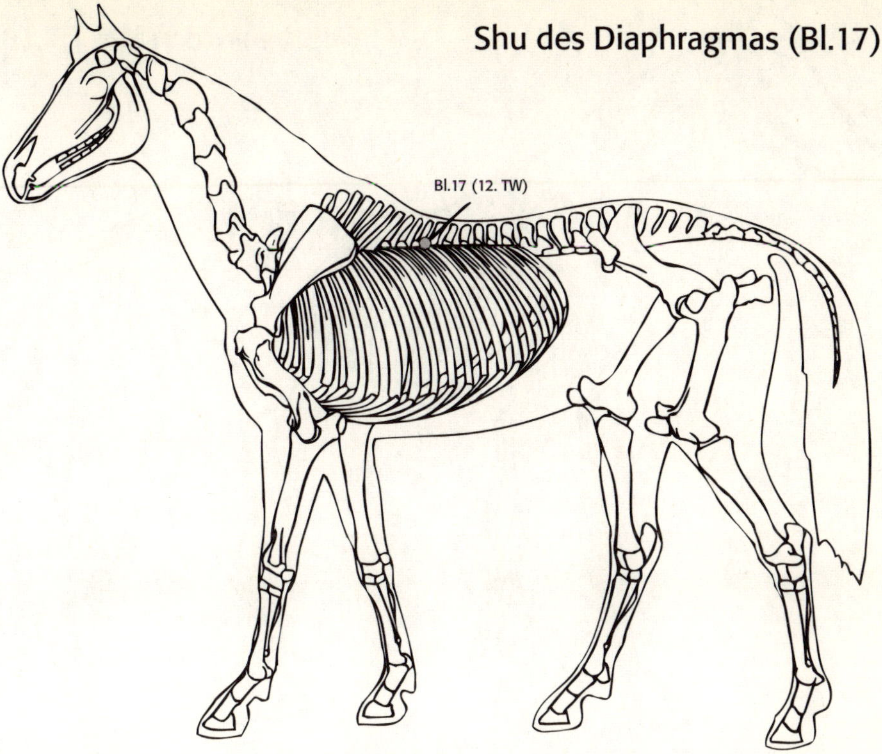

Shu des Diaphragmas (Bl.17)

Der Lebermeridian ist für Sehnen, Gelenke und Muskeln zuständig; außerdem überwacht er die Bewegung der Gliedmaßen. Weiterhin dient er zur Behandlung entzündeter Muskeln (Myositis), anderer Myopathien sowie bei erhöhten Leberenzymwerten wie z. B. der Transaminase SGOT oder der Kreatinkinase (CK). **Bl.18** schmerzt bei Pferden wesentlich häufiger als andere Akupunkturpunkte, da der Skelettapparat dieser Tiere zu mehr als 70 Prozent aus Muskeln besteht. Dies trifft besonders auf Rennpferde zu, die intensiv trainiert werden. Zumeist ist Ganshu auf der Seite, die der Erkrankung abgewandt ist, besonders schmerzempfindlich, da das Pferd, um seine Pein zu mindern, hin und her ruckelt. Da in der klassischen chinesischen Medizin dem Lebermeridian das Auge als Sinnesorgan zugeordnet wird, kann Bl.18 auch empfindlich sein, wenn die Augen erkrankt sind (z. B. Bindehautentzündung, übermäßiges Tränen). Ganshu kann auch bei Allergien druckempfindlich sein, da der Lebermeridian die Immunabwehr überwacht, beispielsweise die Bildung von Immunglobulinen.

Zu den Meridianen, die beim Pferd am häufigsten verwendet werden, zählt der Gallenblasenmeridian. Der entsprechende dorsale Seg-

Lebermeridian (Bl.18)

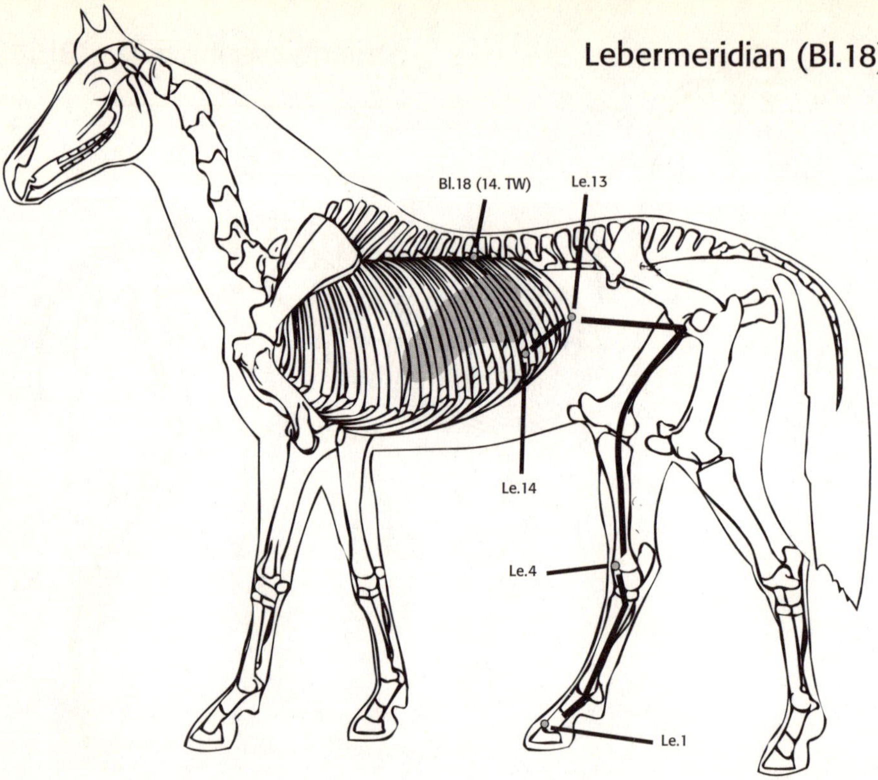

mentpunkt ist **Bl.19 (Danshu, Shu der Gallenblase)**, der sich im 15. Intercostalraum befindet (siehe auch Abbildung des Gallenblasenmeridians, Seite 47). Dieser Meridian ist mit dem Lebermeridian gekoppelt, beide sind mit der Wandlungsphase Holz verbunden. Er beginnt seitlich am äußeren Augenwinkel, am Punkt Gb.1 (Tongzilao, *Pupillenknochenspalt)*, zieht dann hoch zum Ohr, umkreist dies und läuft anschließend zum Hinterhaupthöcker, dem Punkt Gb.20 (Fengchi, *Windteich)*. Von dort folgt der Gallenblasenmeridian dem oberen Halsrand bis zur Vorderkante des Schulterblattes, leicht oberhalb des Le.14 (Qimen), und dann quer über den Thorax zum 15. Intercostalraum, wo sich der Mu-Punkt dieses Meridians befindet: Gb.24 (Riyue, *Sonne und Mond)*. Nun geht es weiter zum Hinterrand der 18. Rippe (Gb.24 bzw. Jingmen, *Großes Tor*). Von dort biegt der Meridian um das Hüftgelenk und zieht dann auf der Außenseite von Oberschenkel, Sprunggelenk, Griffelbein und Fesselbein abwärts, bis er sein Ziel, den Gb.44 (»Huf-Qiaoyin«), in der anterolateralen Kronbandpartie erreicht. Der innere Ast des Meridians zieht zur Leber und zum »Gallenblasen-Funktionskreis«. Dem Pferd fehlt allerdings dieses Organ,

Gallenblasenmeridian (Bl.19)

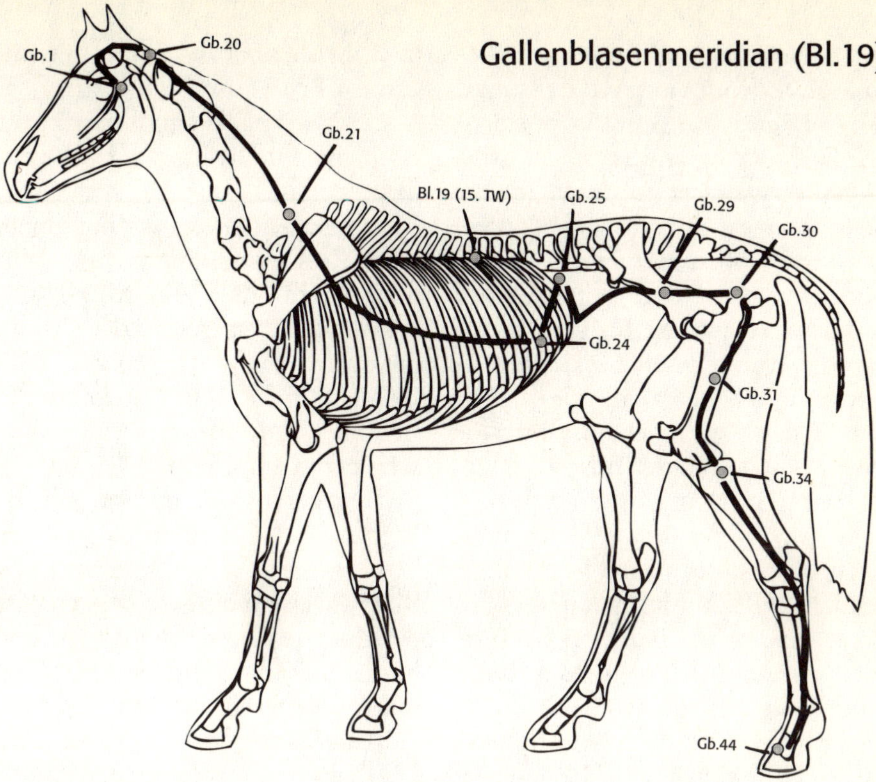

doch übernimmt der Meridian andere wichtige Aufgaben. Der Punkt Danshu ist mit dem Hüftbereich, den Außenseiten von Knie- und Sprunggelenk sowie den Zonen vom Griffelbein an abwärts assoziiert. Aufgrund von Ischiasproblemen oder Krämpfen des oberflächlichen Kruppenmuskels (Musculus gluteus superficialis) lahmen viele Pferde im Hüftbereich der Hinterhand. Primäre Ursache für dieses Leiden könnte sein, daß das Tier auf der Vorderhand lahmt, im Sprunggelenkbereich (oder im Knie) chronisch verletzt ist oder einen Primärischias aufgrund von Problemen in der Lenden- bzw. Kreuzwirbelsäule erleidet; daher versucht es, diese Schmerzen durch Gewichtsverlagerungen zu kompensieren. Bl.19 kann außerdem bei anderen Myopathien druckdolent sein; hierzu zählen u. a. Lahmen, erhöhte Leberenzyme bei krankhaftem Muskelschwund sowie entzündete oder wunde Bänder und Sehnen.

Bl.20 (Pishu, ***Shu der Milz)*** ist der Transportpunkt für den Milz-Pankreas-Meridian und liegt im letzten Intercostalraum (siehe Abbildung des Milz-Pankreas-Meridians, Seite 49). Dieser Meridian bildet mit dem Magenmeridian ein Meridianpaar, beide sind mit der Wandlungsphase Erde verbunden. Er beginnt mit dem Punkt MP.1 (Yinbai, *Verborgenes Weiß*) in der posteromedialen Kronbandpartie der Hinterhand, wandert an deren Innenseite über Fesselbein und Griffelbein nach oben zum Sprung- und Kniegelenk; von dort zieht er außen am Thorax entlang bis zum 4. Intercostalraum (MP.20 oder Daheng, *Große Horizontale)*. Hier knickt der Meridian nach posterior zurück und mündet im 14. Intercostalraum. Den Endpunkt MP.21 (Dabao, *Großes Bündel)* kann man als große Kuhle in der Thoraxmitte fühlen. MP.21 (der auch *Großes Luo* genannt wird) gilt als Koordinationspunkt der Yin-Meridiane und dient außerdem als Orientierungshilfe, um den Blasenpunkt Bl.18 zu lokalisieren. Die inneren Meridianäste verzweigen zu Milz, Pankreas, Magen und Muskeln.

Die chinesische Medizin nimmt an, daß das Milz-Pankreas-System (zusammen mit dem Magen) als Funktionskreis für die »Ernährung« der Muskeln und Gliedmaßen, aber auch für das Blut zuständig ist. Bl.20 kann bei Pferden, die an Hämophilie (Bluterkrankheit) oder anderen Blut- und Kreislauferkrankungen leiden, druckempfindlich sein; er schmerzt aber auch bei Verdauungsbeschwerden, wie Kotstau, Durchfall und Kolik, sowie bei Funktionsstörungen von Milz und Pankreas. Eine Empfindlichkeit liegt auch vor, wenn das Pferd im Sprunggelenk oder Knie lahmt (z. B. bei Spat) bzw. bei Verletzungen im Brust- und Lendenbereich. MP.20 wird als Diagnosepunkt für Schmerzen im Kniebereich verwendet.

Der Leberpunkt Le.13 (Zhangmen, *Zum Tor am Ende)* ist der Mu- oder Alarmpunkt des Milz-Pankreas-Meridians; er befindet sich an der Spitze der 18. Rippe. Le.13 und Le.14 (Qimen, *Das Tor am Ende*) sind bei Pferde mit starken Muskelschmerzen empfindlich. Therapeutisch werden sie eingesetzt, um die Werte der »Muskelenzyme« zu senken.

Bl.21 (Weishu, Shu des Magens) ist der dorsale Segmentpunkt für den Magenmeridian und befindet sich hinter der letzten Rippe (18. TW) am Übergang zwischen Brust- und Lendenwirbelsäule (siehe Abbildung des Magenmeridians, Seite 50). Magen- und Milz-Pankreas-Meridian bilden ein Meridianpaar und sind beide mit der Wandlungsphase Erde verbunden. Der Meridian beginnt im Ma.1 (Chengqi, *Tränen auffangen*) unterhalb des Auges und verläuft über Maul und Kiefergelenk. Dann zieht er am unteren Halsrand entlang bis zu einem der Schulter vorgelagerten Punkt, von dort wandert er parallel zur Mittellinie weiter zum hinteren Bauchbereich. Hier knickt er in der Leistenbeuge hüftwärts ab und zieht seitlich über Oberschenkel und Knie abwärts. Weiter geht es das Bein hinab, wobei er vorne über dem Sprunggelenk kreuzt und

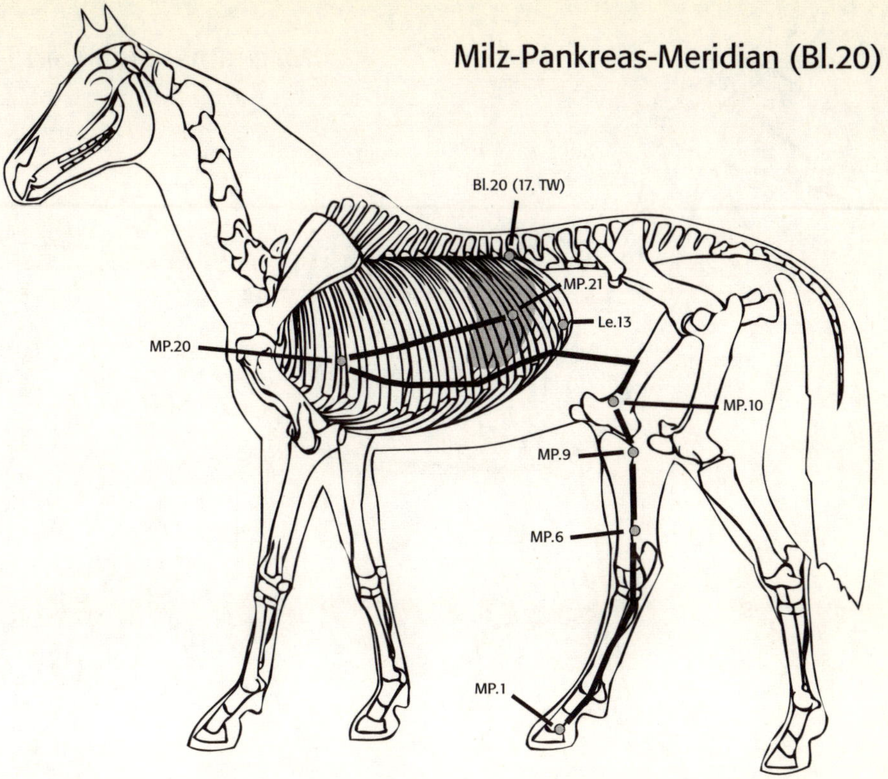

anschließend zur Vorderseite des Kronbandes wandert. Hier liegt der Endpunkt Ma.45 (Lidui, *Loch am Ende des Beins*). Die inneren Meridianäste ziehen zum Magen, Pankreas und zur Milz.

Bl.21 schmerzt oft bei Verdauungsbeschwerden wie Kotstau, Kolik, Appetitlosigkeit und Gewichtsverlust. Eine Druckdolenz kann ebenfalls vorliegen, wenn die Zähne der Pferde zu scharf oder kariös sind. Durch Massieren des Magenpunktes Ma.2 (Sibai, *In vier Richtungen klar*), der in einer Grube unterhalb des inneren Augenwinkels sitzt, sowie Ma.36 (Zusanli, *Drei Meilen am Bein*), der auf der Schienbeinleiste (Tuberositas tibiae) sitzt, können Kolikschmerzen beseitigt werden. Dem Magenmeridian werden Erkrankungen wie Lahmheit im anterolateralen Bereich der Hinterhand, lahmes Kniegelenk, Verletzungen im Bereich von Brust- und Lendenwirbelsäule sowie Schmerzen im Ligamentum sacrosciaticum zugeordnet. Entzündungen im Kniebereich lassen sich über Druckdolenzen der Punkte Bl. 21, Bl.36 und Bl. 37 feststellen. Bl.36 (Chengfu, *Unterstützung)* und Bl. 37 (Yinmen, *Nächstes Tor*) liegen in der Falte zwischen dem Musculus biceps femoris und dem Musculus semitendinosus. Ma.10 (Shuitu,

Magenmeridian (Bl.21)

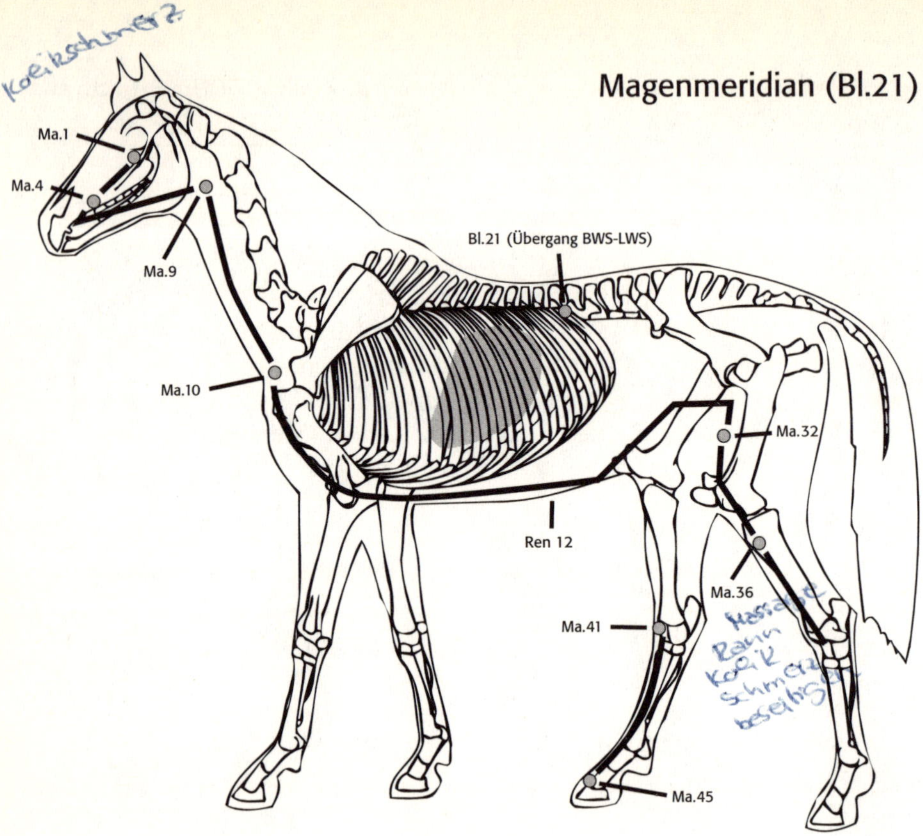

Plötzliches Wasser) liegt eine Handbreit (ca. 10 Zentimeter) vor dem Tuberculum supraglenoidale der Schulter und ist für das Kniegelenk auf der selben Seite verantwortlich; er dient evtl. auch als Diagnosepunkt.

Der Alarmpunkt des Magenmeridians ist Ren 12 (Zhongwan, *Mitten in der Magenhöhle*), der sich ventral auf der Medianlinie zwischen Schaufelknorpel und Bauchnabel befindet. Dieser Mu-Punkt schmerzt oft bei Koliken oder Magengeschwüren, ist aber auch bei Pferden druckdolent, die an ihren Krippen nagen.

Bl.22 (Sanjiaoshu, Shu der Lunge) ist der Transportpunkt für den Sanjiao-Meridian (»Drei Erwärmer«) und sitzt auf dem Blasenmeridian in Höhe des 1. und 2. Lendenwirbels (siehe Abbildung des Sanjiao-Meridians, Seite 52). Sanjiao ist mit dem Perikardmeridian gekoppelt, zugehörige Wandlungsphase ist das Feuer. »Drei Erwärmer« beginnt im Punkt SJ.1 (Guanchong, *Impuls vom Grenztor*) an der Kronbandvorderseite der Vorderhand, wandert auf der anterolateralen Seite des Vorderbeins über Röhrbein, Fußwurzelknochen, Speiche und Ellbogen nach oben bis zum Punkt SJ.14 (Jianliao, *Schulterknochenspalt*) kurz hinter dem Schultergelenk. Jianliao ist ein Nahpunkt zur Diagnose einer lahmen Schulter. Ab hier wandert der Meridian über die Vorderseite des Schulterblatts auf der Halsmitte hoch bis zum Punkt SJ.17 (Yifeng, *Bedecken gegen den Wind*) unterhalb der Ohrrückseite, dann weiter über die Ohrbasis zum Punkt SJ.23 (Sizhukong, *Frei von feinem Bambus*) oberhalb des äußeren Augenwinkels. Die inneren Meridianäste gehen zum Perikard und zu den endokrinen Organen.

Der Sanjiao-Meridian spielt eine wichtige Rolle bei hormonellem Ungleichgewicht (insbesondere bei Störungen der Schilddrüse, Nebennieren- und Geschlechtsdrüsen), das sich in Form einer Unfruchtbarkeit (bei Stuten) oder Zeugungsunfähigkeit (bei Hengsten) zeigt. SJ.16 (Tianyou, *Himmlisches Fenster*) sitzt oberhalb des 3. und 4. Halswirbels und eignet sich als hervorragender Diagnosepunkt, um bei einer Stute schmerzende Eierstöcke (aufgrund von Zysten oder Ovulationsproblemen) oder bei einem Hengst schmerzende Hoden (aufgrund von Leistenerkrankungen oder Kryptorchismus) festzustellen. Stuten sind an dieser Stelle links empfindlicher, Fohlen hingegen rechts. Schmerzen an diesem Punkt können im Hals Muskelkrämpfe auslösen, so daß das Pferd mit der Vorderhand »stumpf« vorwärtsläuft. Druckdolenz kann bei Bl.22 vorliegen, wenn die Thermoregulation im Körper gestört ist (was bei Tieren, die nicht schwitzen können, problematisch werden kann), wenn die Halswirbel schmerzen, die äußeren Vorderhandbereiche erkrankt sind oder Leiden im Bereich der Brust- und Lendenwirbel auftreten.

Mu-Punkt des Sanjiao-Meridians ist Ren 5 (Shimen, *Steintor*), der sich ventral auf der Medianlinie zwischen Schambeinspalt (Symphyse) und Bauchnabel befindet. Dieser Alarmpunkt dient als Diagnosepunkt für Zeugungsunfähigkeit, Unfruchtbarkeit und Schilddrüsenbeschwerden und kann zu therapeutischen Zwecken massiert werden.

Bl.23 (Shenshu, Shu der Niere) ist der dorsale Segmentpunkt für den Nierenmeridian und sitzt auf dem Blasenmeridian unterhalb des 2. und 3. Lendenwirbels direkt oberhalb des Endes der letzten Rippe (siehe Abbildung des Nierenmeridians, Seite 53). Nieren- und Blasenmeridian bilden ein Meridianpaar, sie sind beide der Wandlungsphase Wasser zugehörig. Der Nierenmeridian beginnt im Punkt Ni.1 (Yongquan, Spudelnde Quelle) zwischen Strahlkissen und Ballenkissen am Hinterlauf, zieht auf der posterolateralen Seite des Beins über Röhrbein, Fußwurzelknochen und Sprunggelenk zur Innenseite des Oberschenkels. Von dort wandert er ventral (drei Fingerbreit lateral von der Mittellinie) zur Innenseite

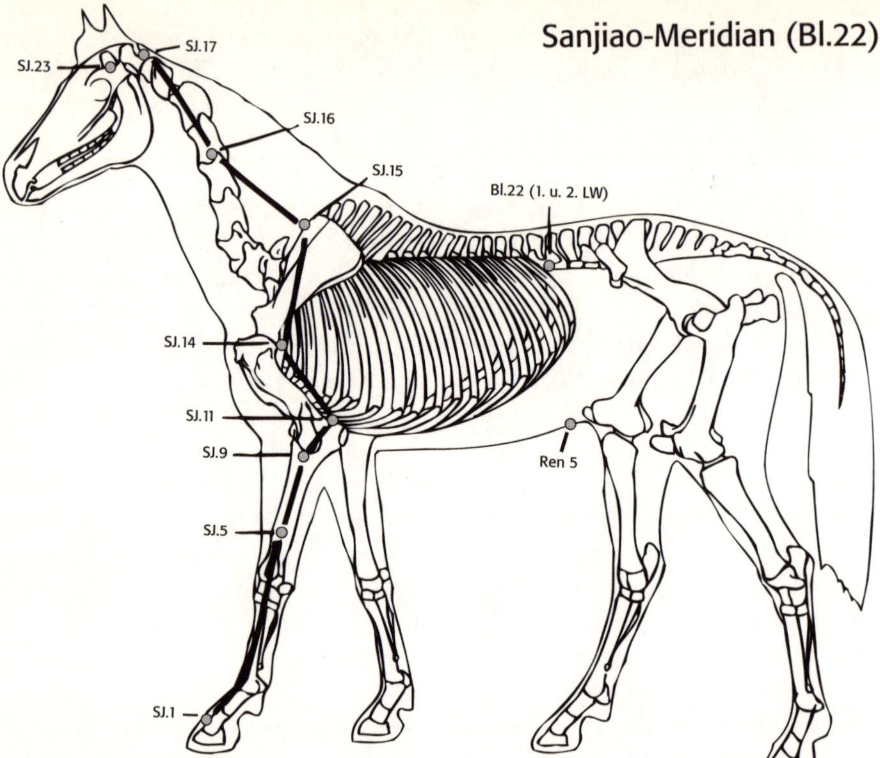

der Vorderfußmuskulatur. Endpunkt ist Ni.27 (Shufu, Transportpunkt des Verwaltungssitzes) im 1. Intercostalraum beim Brustbein (Sternum). Die inneren Meridianäste verlaufen zu Nieren, Knochen, Ohren, Rückenmark, Nebennierenrinde, Eierstöcken und Harnblase.

Ni.23 kann bei Erkrankungen des Urogenitalsystems und der Nebennieren druckempfindlich sein, aber auch bei Schmerzen im Bereich der Brust- und Lendenwirbel. Dem Shenshu ist der innere Bereich der Hinterhand zugeordnet; zusammen mit Bl.39 (Weiyang, *Außen in der Biegung*) dient er als Diagnosepunkt für Schmerzen im Sprunggelenkbereich. Bl.39 kann leicht in einer Grube zwischen dem Musculus biceps femoris und dem Musculus semitendinosus lokalisiert werden. An dieser Stelle verzweigen der Tibialnerv (Nervus tibialis) und der Fibularnerv (N. fibularis), die bisher parallel gelaufen sind, um jeweils (über weitere Nervenäste) die Innen- bzw. Außenseite des Sprunggelenks zu innervieren.

Alarmpunkt des Nierenmeridians ist Gb.25 (Jingmen, *Großes Tor*), der hinter der Knorpelverbindung zwischen 18. Rippe und den Lendenmuskeln sitzt. In der klassischen chinesischen Medizin speichert das

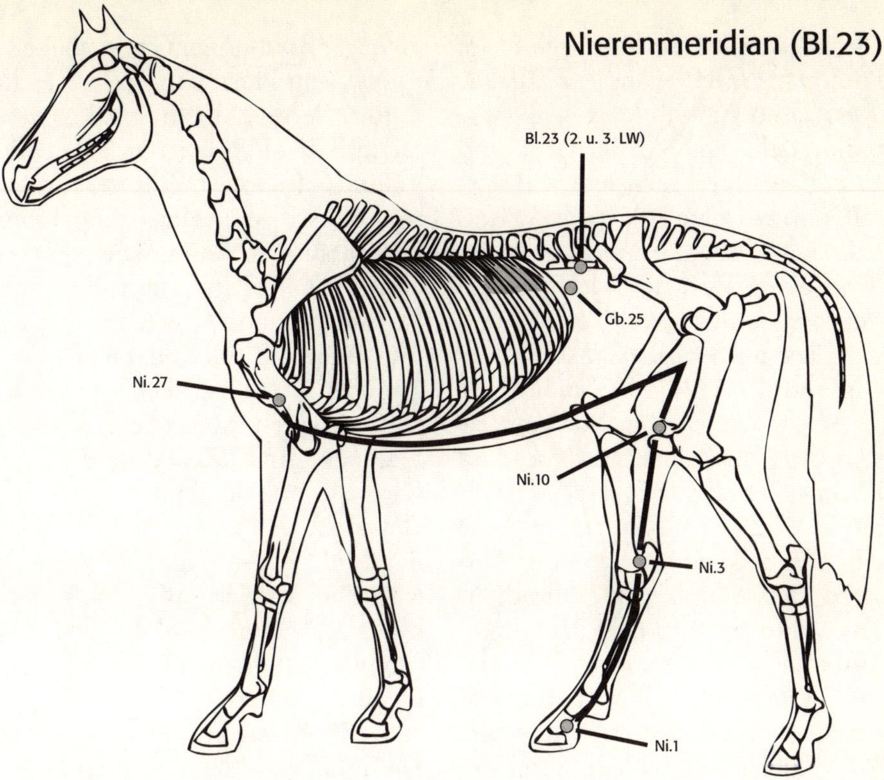

»Nierensystem« die von den Eltern ererbte Lebenskraft, das Erb-Qi, und die drei durch Atemluft und Nahrung erworbenen Qi-Formen. Yin und Yang des Nierenmeridians »ernähren« und »wärmen« daher die inneren Organe; ein Ungleichgewicht (d.h. innere Erkrankungen) im »Nierensystem« wird daher durch eine Druckempfindlichkeit des Mu-Punktes Gb.25 entdeckt.

Bl.24 (Qihaishu, Shu des Meeres der Energie) liegt 1 Cun (die Breite der 16. Rippe) hinter Bl.23. Dieser Punkt wird Qihaishu oder Transportpunkt zum Meer der Energie genannt (siehe Abbildung des Qihaishu, Seite 55). Er wird nicht als Diagnosepunkt, sondern meist als Nahpunkt zur Behandlung von Schmerzen im Bereich der Lenden- und Kreuzwirbelsäule verwendet.

Bl.25 (Dachangshu, Shu des Dickdarms) dient als Transportpunkt für den Dickdarmmeridian. Er befindet sich zwischen 5. und 6. Lendenwirbel an der Vorderkante der Darmbeinflügel (Alae ossis ilii), ungefähr dort, wo der mediale Hinterbackenmuskel (Musculus gluteus medialis) ansetzt (siehe Abbildung der Lage des Dickdarmmeridians, Seite 56). Dickdarmmeridian und Lungenmeridian sind miteinander gekoppelt; beide gehören der Wandlungsphase Metall an.

Der Dickdarmmeridian beginnt im Punkt Di.1 (Shangyang, *Yang des 2. Tons*) auf der anterolateralen Kronbandpartie der Vorderhand und zieht dann die Innenseite von Fesselbein, Fesselgelenk und Griffelbein nach oben empor. Anschließend überkreuzt der Meridian die Vorderseite des Karpalgelenks und wandert nun seitlich an der Vorderhand über Ellbogen und Schulter hoch, weiter über die Ventralseite des Halses, über Kehlkopf und Unterkiefer bis zu seinem Endpunkt Di.20 (Yingxiang, *Den Duft empfangen*), der neben den Nüstern liegt. Die inneren Meridianäste wandern zum Dickdarm (Kolon) und zur Lunge.

Ein Empfindlichkeit von Bl.25 ist ein möglicher Hinweis, daß die gegenüberliegende Vorderhand irgendwie erkrankt ist. Dieser Verdacht wird durch gleichzeitiges Schmerzen des Punktes Di.16 (Jugu, *Großer Knochen*) auf dem gegenüberliegenden Vorderbein erhärtet. Druckdolenz liegt auch vor, wenn die Bänder zwischen Kreuzwirbel und Darmbein bzw. Lendenwirbel und Darmbein angegriffen, oder wenn der mediale Hinterbackenmuskel (Musculus gluteus medialis) schmerzt. Desgleichen können Leiden im Verdauungstrakt wie z. B. Kotstau oder Koliken zu Druckschmerzempfindlichkeit im Dachangshu führen. Der Meisterpunkt Di.4 (Hegu, *Geschlossenes Tal)* ist beim Menschen der wichtigste analgetische Punkt, also für viele Erkrankungen von Bedeutung. Beim Pferd kann man diesen Punkt allerdings nicht mit absoluter Sicherheit lokalisieren, da die »Hand« des Pferdes im Verlauf ihrer Evolution sehr stark vom Grundbauplan der Fünfstrahligkeit abgewichen ist und Pferde heute im Prinzip nur noch auf dem Mittelfinger laufen, die anderen Fingerknochen wurden zurückentwickelt. Da Hegu beim Menschen zwischen Daumen und Zeigefinger liegt, wird die Lokalisierung verständlicherweise erschwert. Jedoch zeigt der Punkt Di.16 (Jugu), der in einer Kuhle am Vorderrand des Schulterblatts (Scapula) liegt, bei Pferden offenbar ähnliche Wirkungen wie Hegu.

Ma.25 (Tianshu, Himmlischer Drehpunkt) ist der Alarmpunkt des Dickdarmmeridians. Er ist im Unterbauch seitlich vom Bauchnabel lokalisiert. Dieser Mu-Punkt gilt als zuverlässiger Diagnosepunkt für Magengeschwüre.

Die Nerven, welche die Shu-Punkte im Bereich von Lendenwirbelsäule und Kreuzbein versorgen, entspringen dem Sympathikusstamm der Beckenregion. Die Sakralganglien innervieren Rektum, Harnblase, Uterus bzw. Penis. Die Positionen dieser Nerven fallen mit denen der Akupunktur-Punkte Bl.26 (Guanyunshu), Bl.27 (Xiaoshangshu) und Bl.28 (Pangguangshu) zusammen. Diese Shu-Punkte unterliegen dem Nervensystem des Parasympathikus.

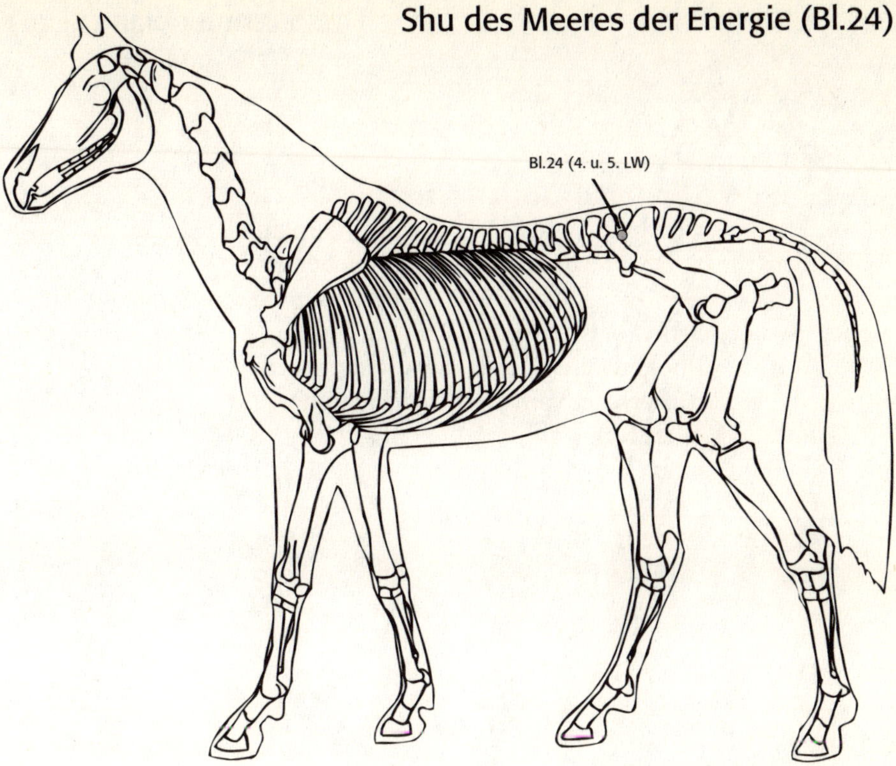

Bl.26 (**Guanyunshu**) liegt 1 Cun hinter Bl.25 (siehe Abbildung des Guanyunshu, Seite 57). Dieser Punkt wird als der Transportpunkt zur umschlossenen Ursprungsenergie bezeichnet. Er dient nicht als Diagnosepunkt, sondern wird in der Regel als Nahpunkt gebraucht, um Leiden im Bereich der Lenden- und Kreuzwirbelsäule zu behandeln.

Bl.27 (**Xiaochangshu, Shu des Dünndarms**) dient als Transportpunkt für den Dünndarmmeridian. Der Punkt befindet sich auf dem Blasenmeridian zwischen 1. und 2. Kreuzwirbel (siehe Abbildung der Lage des Dünndarmmeridians, Seite 58). Dünndarmmeridian und Herzmeridian sind miteinander gekoppelt; zugehörige Wandlungsphase ist das Feuer. Der Meridian beginnt im Punkt Dü.1 (Shaoze, *Wasseransammlung*) auf der anterolateralen Kronbandpartie des Vorderbeins, zieht dann dorsal über Sesambein, Griffelbein, Karpalgelenk und Ellbogen nach oben, weiter entlang des Trizepsmuskels bis hinauf zum Schulterblatt (Scapula). Anschließend wandert der Meridian die Halswirbelsäule entlang und mündet im seinen Endpunkt Dü.19 (Tinggong, *Haus des Hörens*), der

Dickdarmmeridian (Bl.25)

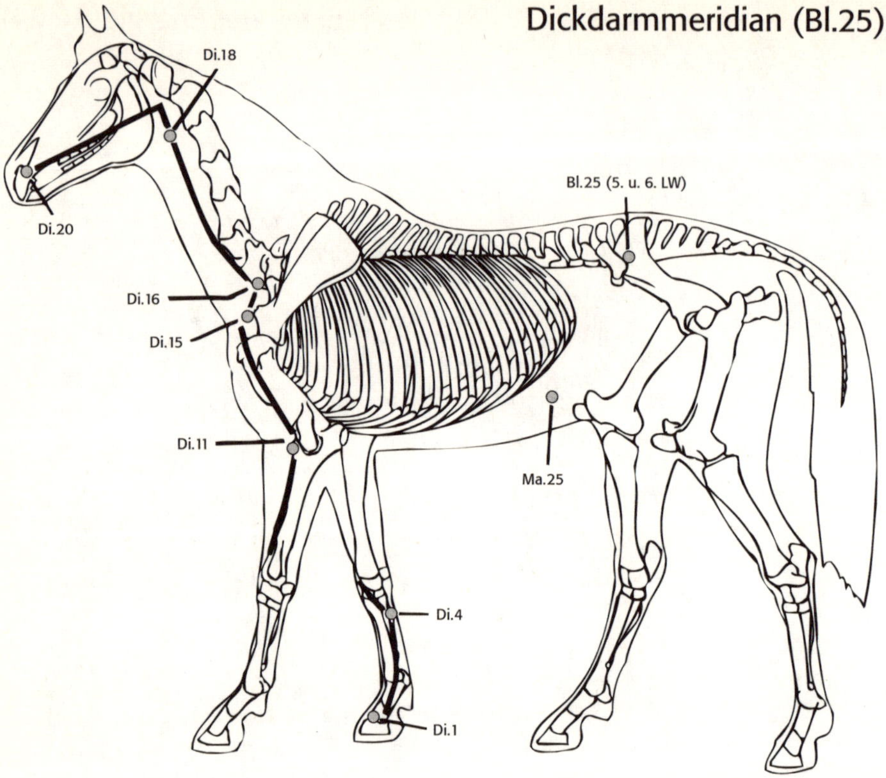

in einer Vertiefung vor dem Ohr liegt. Die inneren Meridianäste ziehen zum Herzen und Dünndarm.
Druckdolenzen können bei Bl.25 immer dann vorkommen, wenn die Hinterseite der Vorderhand erkrankt ist. Hierunter fallen beispielsweise Erkrankungen der Sehnen, der U-förmig verlaufenden Fesselbein-Strahlbein-Hufbein-Bänder sowie der Sesambeine (an allen Knöcheln). Druckdolenz kann auch dann vorliegen, wenn der Bereich Kreuzbein-Schwanzwirbelsäule oder der Plexus sacralis (Hüftgeflecht) verletzt sind, der zweiköpfige Oberschenkelmuskel (Musculus biceps femoris) schmerzt oder Verdauungsstörungen bestehen. Dü.19 (Tinggong, der in einer Vertiefung vor dem Ohr liegt, hat ausgesprochen beruhigende Eigenschaften. Dü.9 (Jianzhen, *Schulter*), den man in einer Grube zwischen den Muskelwölbungen des Trizepsmuskels unterhalb der Schulter findet, ist ein guter Diagnosepunkt, um eine lahme Schulter zu erkennen.
Ren 4 (Guanyuan, *Umschlossene Ursprungsenergie*), der Mu-Punkt des Dünndarmmeridians, liegt 3 Cun unterhalb des Bauchnabels auf der ventralen Mittellinie.

Shu zur umschlossenen Ursprungsenergie (Bl.26)

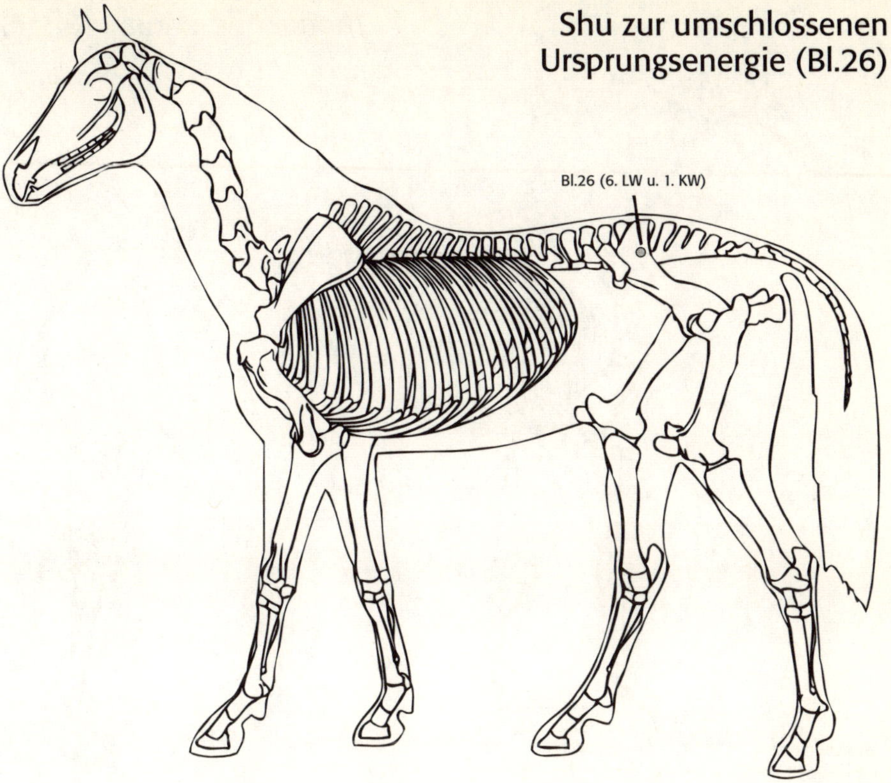

Bl.28 (Pangguangshu, Shu der Blase) ist der dorsale Segmentpunkt für den Blasenmeridian und befindet sich auf dem Blasenmeridian unterhalb des Foramens (des Beckens) zwischen 2. und 3. Kreuzwirbel (siehe Abbildung der Lage des Balsenmeridians, Seite 59). Blasenmeridian und Nierenmeridian bilden ein Meridianpaar. Ihre zugehörige Wandlungsphase ist das Wasser. Der Meridian beginnt am Punkt Bl.1 (Jingming, *Klare Augen*) im inneren Augenwinkel, wandert über den Kopf, dann auf der Innenseite der Ohren bis zu den seitlichen Fortsätzen des Atlas. Von diesem Punkt aus, dem Bl.10 (Tianzhu, *Himmelssäule)*, läuft der Meridian den Hals hinab bis zur Oberkante des Schulterblatts (Scapula). Hier teilt sich der Meridian in zwei Schenkel, die beide vom 3. Brustwirbel bis zum 4. Kreuzwirbel parallel zur Wirbelsäule verlaufen. Verbindungspunkte (Luo) auf den inneren und äußeren Meridianschenkeln liegen jeweils im gleichen Intercostalraum und sind funktionell gekoppelt. Beide Äste wandern die Hinterhand hinab. Der innere Ast zieht durch eine Grube zwischen dem Musculus biceps femoris und dem Musculus semitendinosus.

Dünndarmmeridian (Bl.27)

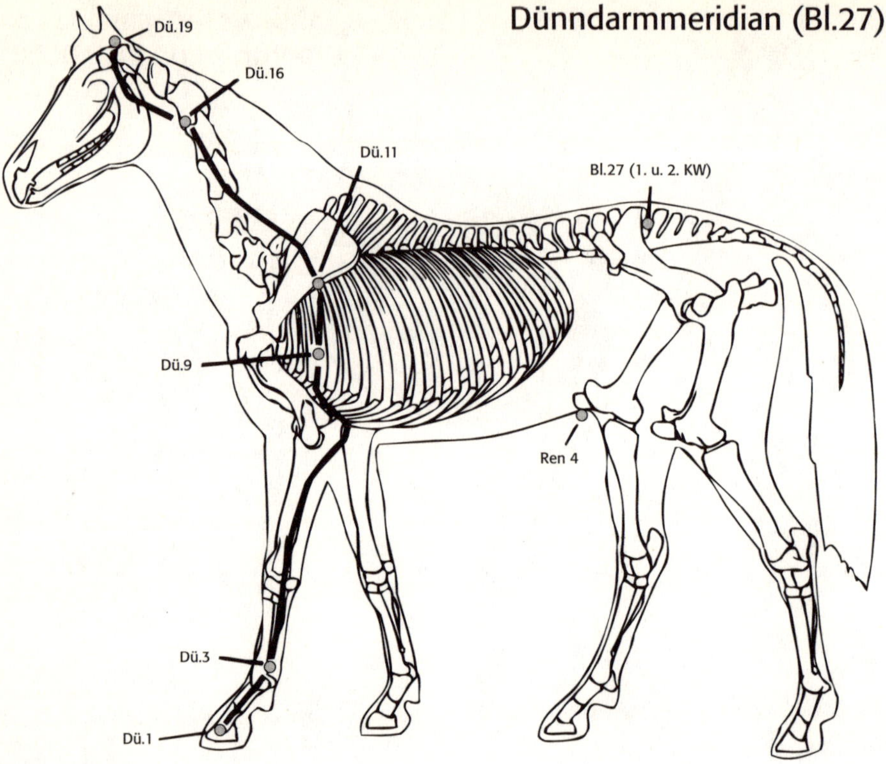

Der äußere Ast liegt etwa 7,5 Zentimeter davor. Beide Äste vereinigen sich hinter dem Sprunggelenk und ziehen dann am Sprungbein, Griffelbein und Sesambein entlang bis zur posterolateralen Partie des Kronbandes, zum Endpunkt Bl.67 (Zhiyin, *Yin erreichen*). Innen verlaufende Meridianäste gehen zur Niere, Harnblase und zum Becken ab.

Der Blasenmeridian ist nicht nur diagnostisch gesehen, sondern auch von den therapeutischen Möglichkeiten her der bedeutendste Meridian. Auf ihm liegen sämtliche Transport- oder dorsalen Segmentpunkte (Shu-Punkte), und bei fast allen Akupunkturbehandlung findet er Verwendung.

Bei Bl.25 können Druckdolenzen auftauchen, wenn die Tiere im Urogenitalbereich erkrankt sind – beispielsweise Stuten, die an Endometritis (Entzündung der Gebärmutterschleimhaut) oder an einer Scheidenentzündung durch Zugluft leiden. Reagiert eine Stute an diesem Akupunkturpunkt empfindlich, dann ist evtl. als Behandlung angeraten, die Schamlippen (Vulvae) der Stute zusammenzunähen, um eine Infektion zu vermeiden.

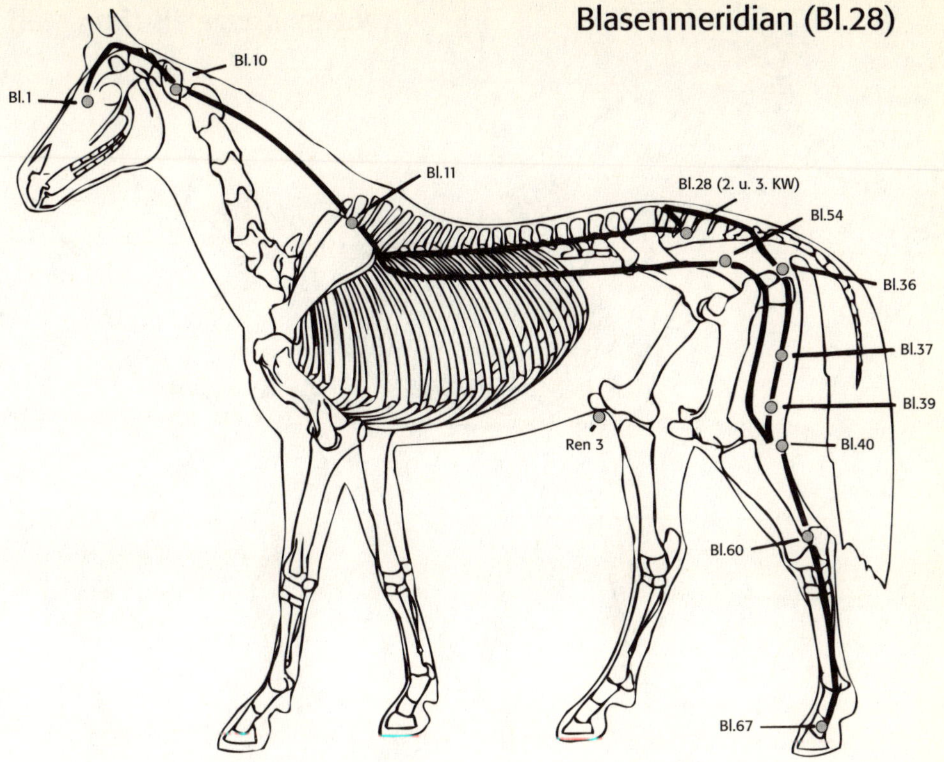

Bl. 28 ist ein bedeutender Punkt für sämtliche Leiden in jenem Bereich der Wirbelsäule, der vom Atlas bis zum Kreuzbein reicht. Druckschmerz wird im Pangguangshu u. a. durch verrenkte Halswirbel, bei Verletzungen im Bereich Kreuzbein-Schwanzwirbelsäule oder bei gezerrten Hinterbackenmuskeln (Musculus semimenbraneus, Musculus semitendinosus) ausgelöst. Dem Meridian werden auch sämtliche Erkrankungen und Leiden zugeordnet, die auf der Außenseite der Hinterhand lokalisiert sind.

Ren 3 (Zhongji, *Mitte zwischen den Polen)* liegt etwa 4 Cun unterhalb des Bauchnabels auf der ventralen Mittellinie und ist der Alarmpunkt (oder Mu-Punkt) des Blasenmeridians.

Zusammenfassung

Im allgemeinen wird man keine Druckdolenzen feststellen, wenn man ein gesundes Pferd untersucht; dies gilt auch für die Untersuchung von oberflächlichen Wunden, Gelenken, die bereits mit Kortison- oder Hyaluronsäurespritzen behandelt wurden, oder bei akuten Krankheiten, die erst seit drei oder vier Tagen bestehen. Die Schmer-

Konzeptionsgefäß (Ren Mai)

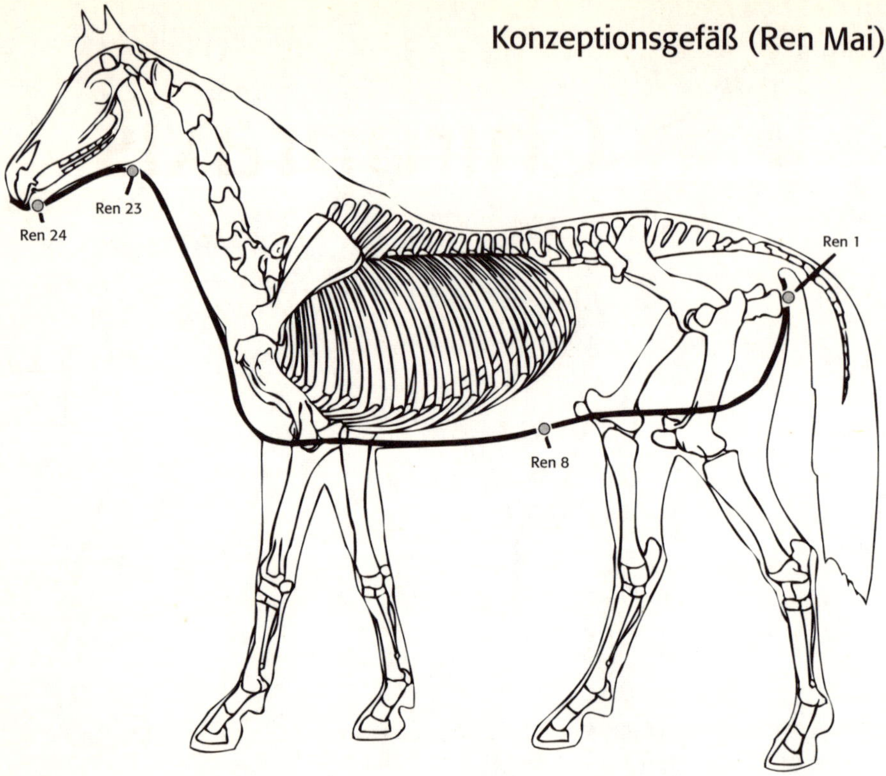

zen, die beim Drücken eines Diagnosepunktes auftreten, werden offenbar nicht durch Verabreichung von Antiphlogistika wie beispielsweise Phenylbutazon abgeschwächt. Diese Tatsache macht die Akupressur zu einem sinnvollen Diagnoseverfahren bei der Untersuchung von Pferden, die bereits Medikamente erhalten – z. B. scheinbar gesunde Tiere, denen es nach Bewegung besser geht, die in Wirklichkeit aber an einer nicht augenfälligen Lahmheit leiden.

Oft treten die Druckdolenzen an mehreren Shu-Punkten gleichzeitig auf. Versuchen Sie beim Drücken der einzelnen Punkte, den Druck zu variieren, um so herauszufinden, wo die intensivsten Schmerzen auftreten. Das verlangt natürlich eine Menge an Geduld und Erfahrung, doch kann es sich für den Halter oder Reiter eines Pferdes als durchaus nützlich erweisen, auf diese Weise einen erkrankten Bereich zu erkennen. Diese Methode soll keinesfalls eine Untersuchung oder Behandlung durch den Tierarzt ersetzen; wenn das Pferd lahmt, sollten Sie immer einen Veterinär herbeirufen. Allerdings ist die Akupressur ein altbewährtes Verfahren, das sich durchaus auch in der modernen Medizin einen Platz verdient hat.

2. Chiropraxis

von Sharon L. Willoughby, D.V.M., D.C.

Einführung

Auf allen Turnieren und Pferdeschauen gibt es Tiere, die aufgrund von Schmerzen und steifen Gliedern weniger leisten, als sie theoretisch könnten. Meist ist sehr viel Zeit und Geld erforderlich, um bei einem solchen Pferd die Ursachen seiner »Fehlleistungen« herauszufinden und zu beheben. Halter und Trainer verabreichen den Tieren Schmerzmittel (Analgetika) und Muskelrelaxantien oder mischen Aufbau- und Zusatzstoffe unter das Futter; sie versuchen es mit sogenannten »orthopädischen« Sätteln oder stellen das Pferd längere Zeit im Stall ruhig. Manchmal gelingt es, das Leiden mit diesen Methoden aus der Welt zu schaffen; häufig werden jedoch nur kurzfristig die Symptome abgeschwächt. Das Pferd muß anschließend mit den gleichen Beeinträchtigungen und Leiden weiterarbeiten.

Die unerkannte Ursache solcher Schmerzen und Steifheiten können Probleme in der Wirbelsäule sein. Eine Subluxation (Bezeichnung für ein nicht vollständig verrenktes Gelenk) der Wirbel kann dazu führen, daß die Beweglichkeit des Pferdes abnimmt, daß Muskeln und manchmal sogar Nerven nicht ordnungsgemäß arbeiten. Indem sie die Hals- und Rückenpartie des Pferdes wieder voll funktionstüchtig macht, bietet die Chiropraxis nun einzigartige Möglichkeiten, um viele gesundheitliche wie Leistungsschwächen zu beseitigen.

Die folgenden Fallbeispiele zeigen einige typische Pferdekrankheiten und -leiden. Alle Tiere sind durch chiropraktische Maßnahmen geheilt worden.

- ❒ Einem Schwedischen Warmblut, das zur Dressur (Klasse M) verwendet wird, gelingt es nicht, die Hinterhand zu aktivieren, da es sie im Übergangsbereich zwischen Lendenwirbelsäule und Kreuzbein nicht richtig beugen kann.
- ❒ Ein American Quarter Horse, das beim Barrel Race (Turnierform des Westernreitens, bei dem ein Parcours-Dreieck aus drei Tonnen nach Zeit umrundet werden muß) eingesetzt wird, kann sich an der ersten Tonne nur mit großen Mühen nach rechts wenden.
- ❒ Ein Vollblut, das als Jagd- und Springpferd geritten wird, ist im Lendenbereich steif und außerdem nicht in der Lage, sich zu »lösen« oder beim Springen den Rücken zu dehnen.
- ❒ Ein Five-gaited-Saddler kann nur sehr schwer in den »Rack« verfallen, weil er im Iliosakralgelenk steif ist.
- ❒ Ein Standardbred-Paßgänger fällt bei schnellem Rennen immer aus der Gangart, da sein Becken verdreht ist.
- ❒ Immer wenn ein Araber, der bei Showeinlagen geritten wird, die Muskeln seines steifen Rückens (hinterer BWS-Bereich) beugt und streckt, muß er vor Schmerzen die Zähne zusammenbeißen.
- ❒ Ein Polo-Pony, das sich nicht an den Zügel stellen läßt, leidet an einem subluxierten Kiefergelenk (Articulatio temporomandibularis).
- ❒ Ein Vollblutrennpferd mit Rückenschmerzen läuft mit zu weit gehobenem Kopf und verkürzter Schrittlänge.
- ❒ Ein für den Vielseitigkeitssport verwendeter Hannoveraner kann im Hinterhauptbereich nicht beugen, da er Probleme mit dem Atlas (1. Halswirbel) hat.
- ❒ Ein einjähriges American-Quarter-Horse-Stutenfohlen wurde bei einem Transport-Unfall verletzt und kann seitdem nicht mehr den Kopf heben, da einige Halswirbel subluxiert wurden.

Seit über 100 Jahren wird Chiropraxis erfolgreich beim Menschen angewendet. Obwohl bereits mehrere Chiropraktiker dieses Verfahren auch bei Tieren angewendet haben, wird erst seit kurzer Zeit vermehrt untersucht, wie weit man diese Heilmethode zur Behandlung von Wirbelsäulenschäden bei Pferden gebrauchen kann. Die Chiropraxis wird sicherlich nicht die traditionelle Tiermedizin ersetzen, könnte aber wesentlich zur ganzheitlichen Behandlung von Pferden beitragen.

Eine chiropraktische Behandlung sollte immer nur von Experten (Chiropraktikern oder Tiermedizinern) mit langjähriger Ausbildung durchgeführt werden. Allerdings gibt es ein paar Handgriffe, die in diesem Kapitel erklärt werden und die auch vom Halter angewendet werden können, um Rücken- und Halsbereich seines Pferdes zu untersuchen und gegebenenfalls zu »kurieren«. Anschließend werden hier einige Grundlagen der Chiropraxis erläutert, damit der Halter erkennen kann, in welcher Situation er einen »Pferde-Chiropraktiker« zu Rate ziehen sollte.

Grundlagen der Chiropraxis

Der bekannte amerikanische Chiropraktiker A.E. Homewood hat von der Chiropraxis einmal behauptet, sie sei »Wissenschaft und Kunst zugleich, die sich der dem Körper innewohnenden Kräfte, aber auch der Beziehung zwischen Nervensystem und Wirbelsäule einschließlich ihrer unmittelbaren Gelenkpunkte bedient, wobei sie die Rolle dieser Wechselbeziehung ausnutzt, um die körperliche Gesundheit aufrechtzuerhalten und wiederherzustellen.« Eine bedeutende Prämisse, damit Chiropraxis funktionieren kann, sind die Selbstheilungskräfte des Organismus, die diesem angeboren sind. Dieses Potential wiederum wird durch das Nervensystem gesteuert. Nur wenn das Nervensystem ordnungsgemäß arbeitet, funktionieren auch die einzelnen Organe und Gewebeabschnitte des Körpers »normal« – d.h., sie können Krankheitserreger abwehren und verletztes Gewebe heilen. Durch die Wiederherstellung der normalen Arbeitsweise des Nervensystems korrigiert der chiropraktische Eingriff letzten Endes die Funktionsstörungen der Wirbelsäule.

Eine chiropraktische Behandlung verzichtet auf Medikamente und chirurgische Maßnahmen; aus diesem Grunde bietet sie für die Gesundheit und Leistungsfähigkeit eines Pferdes viele Vorteile. Dem eigentlichen Eingriff geht eine intensive Untersuchung voraus, bei der die vorhandenen Problembereiche der Wirbelsäule, die behandelt werden müssen, erkannt werden. Bloßes Ziehen an Bein oder Schweif ist nicht das, was ein Chiropraktiker unter Behandlung versteht. Vielmehr nimmt der Chirotherapeut einen korrigierenden Eingriff vor, indem er eine gezielte Kraft auf die langen Dornfortsätze, die von den Wirbeln abgehen, ausübt. Obwohl ein Pferd verhältnismäßig groß ist, bedeutet das nicht zwangsläufig, daß die erforderlichen ausgeübten Kräfte dementsprechend hoch sein müssen.

Die Zwischenwirbelgelenke sind von Natur aus sehr beweglich, so daß das Einrenken, wenn man den richtigen Winkel gewählt hat, relativ leicht und ohne sonderlichen Kraftaufwand vonstatten geht. Da die Dornfortsätze der Wirbel ziemlich lang sind, können sie dem Chiropraktiker quasi als Hebel dienen, der die dislozierten Wirbel dann lediglich mit den Händen wieder einzurenken braucht.

Die Wirbelsäule

Die Wirbelsäule (oder Rückgrat) des Pferdes besteht aus 32 Knochen, nicht mitgerechnet die Schweifwirbel. (Hierbei werden die fünf miteinander verwachsenen Kreuzwirbel als ein Knochen gezählt.) Im Halsbereich besitzt das Pferd sieben Halswirbel (siehe hierzu auch Kapitel 1, Seite 31: Skelett des Pferdes). Es folgen 18 Brustwirbel im Bereich von Widerrist und Rücken, sechs Lendenwirbel (im Lendenbereich) und fünf Kreuzwirbel (unter der Kruppe); die Kreuzwirbel sind, wie schon gesagt, miteinander zum Kreuzbein verwachsen, das wiederum gelenkig mit dem Becken verbunden ist. Der Schweif besteht aus 16 bis 18 z. T. unterschiedlich gebauten Schweifwirbeln. Die Anzahl der Wirbel kann rassenspezifisch variieren; so besitzen einige Araberpferde beispielsweise nur fünf Lendenwirbel und gelegentlich sogar nur 17 Brustwirbel.

Der Verlauf der Wirbel über Hals und Rücken läßt sich leicht anhand der Dornfortsätze, die von jedem Wirbelkörper nach oben zeigen, ertasten. Diese Fortsätze fallen in manchen Zonen sehr lang aus, wie etwa am Widerrist. Die eigentlichen Wirbelkörper der Brust- und Lendenwirbel liegen jedoch tief unter der kräftigen Rückenmuskulatur.

Die einzelnen Wirbel werden nun von Bändern (Ligamenten) und knorpeligen Verbindungen zusammengehalten; diese geben der Wirbelsäule Festigkeit, machen sie gleichzeitig aber auch elastisch. Die Wirbelknochen sind untereinander auch durch synoviale Gelenke (beim Pferd insgesamt über 200) verbunden. Diese Gelenke machen zusammen mit den anheftenden Bändern die Beweglichkeit des Rückgrats aus. Als Stoßdämpfer wirken die (beim Pferd relativ dünnen) Zwischenwirbelscheiben. Durch diese Strukturen bleibt die Wirbelsäule flexibel und kann auf sie einwirkende Belastungen (Stöße, Scherkräfte) abfangen, d.h sie braucht nicht darunter zu »zerbrechen«.

Aufgrund zahlreicher Muskeln, die an den Wirbelkörpern haften, ist die Wirbelsäule an den Gelenken beweglich. Selbst wenn die Bewegungen zwischen den einzelnen Wirbeln nur gering sind, können sich Hals und Rücken doch insgesamt recht gut bewegen, beispielsweise beim Heben oder Senken des Kopfes. Die Beweglichkeit seiner Wirbelsäule ist für ein Pferd unerläßlich, da es sonst weder eine Gangart sauber einschlagen noch bei einem Parcours ein Hindernis überspringen könnte.

Im Zentrum der Wirbelkörper liegt der Wirbelkanal, durch den das Rückenmark verläuft. Das Rückenmark, neben dem Gehirn ein wichtiger Teil des zentralen Nervensystems, erstreckt sich vom Kopf durch die gesamte Wirbelsäule. Vom absteigenden Rückenmark zweigen Nerven ab, welche die Wirbelsäule durch bestimmte Aussparungen (Foramina intervertebralia) zwischen den Wirbelkörpern verlassen. Über diese Nerven verläuft der Informationstransport in beiden Richtungen zwischen Gehirn einerseits und Organen, Zellverbänden und einzelnen Zellen. Die efferenten oder motorischen Nervenfasern leiten »Befehle« zu den Effektororganen – z. B. Kontraktion eines Muskels, Sekretion einer Drüse oder Regeneration eines Zellverbandes. Umgekehrt leiten afferente Nervenfasern Informationen von der Peripherie an das ZNS (sprich vom Körper zum Gehirn). Über diese Botschaften »erfährt« das Gehirn beispielsweise, wie stark ein Gewebe verletzt ist, wo Schmerzen auftreten, wie warm oder wie kalt es ist, oder an welcher Position sich gerade eine bestimmte Extremität befindet. Weil das zentrale Nervensystem sämtliche Organe und Gewebeverbände überwacht und steuert, muß der ungestörte neuronale Informationstransport in beide Richtungen gewährleistet sein, damit der Körper ordnungsgemäß funktionieren kann.

Aufgaben der Wirbelsäule

Das Rückgrat übernimmt im Körper verschiedene Aufgaben, die wichtigste ist sicherlich ihre Stütz- und Haltefunktion. Der schwere Kopf wie auch die Hauptlast des Pferderumpfes werden dabei von den Brust- und Lendenwirbeln getragen. Die Wirbelsäule bietet außerdem vielen wichtigen Muskeln ausreichend Ansatzfläche. Diese Muskeln sorgen zusammen mit den Gliedmaßen für eine geregelte Bewegung (Lokomotion) des Tieres; zudem erhöhen sie die Stabilität der Wirbelsäule.

Eine weitere Aufgabe der Wirbelsäule ist der Schutz des Rückenmarks. Wie oben erwähnt, zieht dieses durch den Wirbelkanal, wobei an bestimmten lateralen Stellen zwischen den Wirbelkörpern einzelne Nerven in den Körper abzweigen. Nervengewebe ist sehr empfindlich; ein winziger Druck kann bereits ausreichen, um die Funktion eines Nerven zu stören und den Informationsfluß zwischen Gehirn und Körper (s.o.) zu unterbrechen. Sehr häufig werden Nerven an den Austrittstellen aus der Wirbelsäule eingequetscht.

Auch einige andere Organe werden mehr oder weniger direkt durch die Wirbelsäule geschützt. So liegen die Nieren beispielsweise ventral dicht unterhalb der Wirbelsäule (im Übergangsbereich zwischen Brust- und Lendenwirbelsäule), und auch einige große Blutgefäße ziehen ventral an ihr entlang.

Was ist eine chiropraktische Subluxation?

Unter einer Subluxation versteht der Chiropraktiker einen anomalen Zustand der Wirbelsäule, meist einen verrutschten Wirbel, der

»klemmt« oder sich nicht normal bewegen kann und auf diese Weise auf einen Nerv drückt. Eine Subluxation beeinträchtigt daher immer die Beweglichkeit von Hals und Rücken und stört die Arbeit der Nerven.

Bei beschränkter Beweglichkeit zwischen zwei Wirbeln kann das Pferd seine Wirbelsäule nicht mehr vollständig bewegen; als Folgeerscheinung werden die unteren Gliedmaßen steif, die das Tier auch nur noch sehr unwillig bewegen will. Ein Pferd mit einer Versteifung in der Rückenmitte kann keine Seitwärtsbewegung mehr ausführen. Dies wird besonders beim American Quarter Horse auffällig, wenn es scharfe Wendemanöver durchführen muß (z. B. um beim Barrel Race eine Tonne zu umrunden.) Leidet ein Pferd an einer Versteifung im Lendenbereich, ist es möglicherweise nicht in der Lage, richtig zu springen, da es den Rücken beim Sprung nicht mehr wölben kann. Steife Gelenke zwischen den Halswirbeln verhindern wiederum, daß sich das Pferd richtig an die Zügel stellen läßt oder es den Kopf normal drehen kann.

Normalerweile dürfte eine Versteifung zwischen zwei Wirbeln die Leistungsfähigkeit des Pferdes kaum beeinträchtigen. Diese Bewegungsbeschränkungen werden im Laufe der Zeit jedoch zunehmen. Je stärker das Rückgrat seine Flexibilität einbüßt, desto intensiver versucht das Pferd, die Beschwerden zu kompensieren, indem es beispielsweise das Gewicht verlagert oder ein Bein anders bewegt. Diese Bewegungs- und Haltungsänderungen können weiter zunehmen, bis das Tier plötzlich eine völlig andere Gangart besitzt. Häufig braucht es dann nicht einmal zu lahmen. Die einzigen, für Reiter oder Halter auffälligen Symptome sind diese geringfügigen Veränderungen in der Bewegung und Haltung.

Besonders häufig stößt der Chiropraktiker bei Pferden auf eine Subluxation des Iliosakralgelenks (Kreuzdarmbeingelenk). Dieses Gelenk verbindet das Darmbein des Beckens mit dem Kreuzbein der Wirbelsäule. Obwohl es normalerweile nicht sehr stark bewegt wird, ist es dennoch für eine saubere Bewegung der Hinterhand erforderlich. Eine Subluxation dieses Gelenks führt zu einer Kette von Gangartveränderungen, die im Lauf der Zeit eintreten können. Zunächst verkürzt sich bei einer Subluxation des Iliosakralgelenkes die Schrittlänge der betroffenen Hinterhand. (Wenn also rechts eine Subluxation vorliegt, wird auch die rechte hintere Schrittlänge kürzer.) Parallel zu dieser Versteifung kann es häufig auch zu einer Verdrehung des Beckens kommen. Diese Anomalie versucht das Pferd im Bewegungsablauf auszugleichen, indem es die gegenüberliegende Hinterhand entweder weiter nach innen setzt, also von der normalen Schrittlinie abweicht, oder das Bein ausdreht, wenn es belastet wird. (In dem oben genannten Fallbeispiel würde demnach die linke Hinterhand weiter innen aufsetzen und das Sprunggelenk würde ausgedreht.) Hierdurch werden alle Gelenke der Hinterbeine auf unnatürliche Weise belastet, so daß das Pferd nun versucht, mit den Vorderbeinen die Beschwerden zu kompensieren. Dies wiederum verändert seinen Gewichtsschwerpunkt, was gleichzeitig die Belastung der Vorderbeine durch Erschütterung erhöht. Für die Vorhand, die dem subluxierten Iliosakralgelenk diagonal gegenüberliegt, kann die Situation so brisant werden, daß dieses Bein zu lahmen beginnt. Darüber hinaus kann das Pferd auch versuchen, Subluxation und Beckenverdrehung durch eine vermehrte Belastung der Lendenwirbelsäule auszugleichen. Bei Pferden mit einer Subluxation des Iliosakralgelenks können diese Symptome einzeln oder alle zusammen auftauchen. Je schneller das Gelenk wieder eingerenkt wird, desto weniger Komplikationen tauchen auf.

Die Subluxation eines Wirbels kann auch zu Beeinträchtigungen des Nervensystems führen. Meist passiert dies an den Austrittsstellen der Nerven aus der Wirbelsäule, die durch einen verschobenen Wirbelkörper rasch eingeklemmt oder gequetscht werden können. Lokal können dadurch Schmerzen in Hals und Rücken auftreten; häufig kann sich der Schmerz aber auch über das gesamt Bein ausdehnen. Ein bekanntes Beispiel ist die Ischias-Neuralgie, bei der die Schmerzen am ganzen Hinterbein entlangziehen, wodurch dieses lahm oder auf unnatürliche Weise bewegt wird. Oft wird diese Lahmheit nicht richtig diagnostiziert, weil ihre Ursache in der Wirbelsäule und nicht in den Gelenken des Beins liegt.

In einem gequetschten oder abgedrückten Nerven wird auch die Reizleitung gestört sein, die für eine saubere Koordinierung aller Körperfunktionen, somit auch jeglicher Muskelkontraktion, erforderlich ist. Jede Bewegung, vom leichten Zucken mit dem Schweif bis zur komplizierten Piaffe während einer Dressur, wird erst durch eine koordinierte Muskelarbeit möglich. Wenn die motorischen Nervenfasern (die die Muskeln innervieren) an irgendeiner Stelle blockiert sind, bricht diese Koordinierung zusammen. Kleine Störungen werden meist nur eine geringfügige Beeinträchtigung verursachen, können jedoch schon bei anspruchsvollen Turnieren oder schwereren Wettkämpfen dazu führen, daß das Pferd nicht seine volle Leistung erbringt und beispielsweise Punkte einbüßt, weil es eine Passage nicht sauber ausführen konnte. Fehltritte infolge mangelhafter Muskelkoordination können auch dazu führen, daß weitere Gelenke und Sehnen am Bein verletzt werden.

Unterbrochene Nervenbahnen können auch viele andere Bereiche des

Körpers in Mitleidenschaft ziehen: So werden beispielsweise eine verminderte oder unregelmäßige Schweißbildung, eine gestörte Rosse und chronische Bauchschmerzen ebenfalls auf Subluxationen zurückgeführt.

Neben der Wirbelsäule können auch andere Gelenke wie Karpal-, Schulter- und Kiefergelenk durch den Chiropraktiker wieder »eingerenkt« werden. Ziel sämtlicher chiropraktischer Eingriffe ist es, die vollständige Bewegungsfähigkeit des Gelenkes wiederherzustellen.

Ursachen einer Subluxation

Hochleistungspferde werden tagtäglich mit Situationen konfrontiert, in denen es zu Verletzungen oder übermäßiger Belastung kommt. Zu den Faktoren, die zu Wirbelsäulenproblemen führen, zählen Sättel, Trächtigkeit und zu intensives Training genauso wie möglicherweise der Reiter selbst. Häufigste Ursache einer Wirbelsubluxation ist jedoch eine Wirbelsäulenverletzung oder eine andere gewaltsame Einwirkung (Trauma) auf die Wirbelsäule. Größere Verletzungen kann sich das Pferd bei einem Verkehrsunfall (im Hänger) oder bei schweren Stürzen zuziehen, kleinere Traumata passieren hingegen beinahe alltäglich – beim Ausrutschen, Stolpern oder bei einem Fehltritt. Sogar ruckartige Bewegungen des treibenden Schenkels können zu den genannten Hals- oder Rückenproblemen führen. Sport- und Turnierpferde sind aufgrund ihrer »Tätigkeit« anfälliger für kleinere Verletzungen in Gelenken, Bändern und Muskeln. Mit der Zeit können dann die Beschwerden in der Wirbelsäule zunehmen.

Auch die unterschiedliche Anatomie einiger Pferderassen ist ein Grund für deren Rückenprobleme. So sind bei langhalsigen Pferderassen die stützenden Rückenmuskel und -bänder stärkeren Belastungen ausgesetzt. Unzureichende Winkelbildung bei den Gliedmaßen erhöht beispielsweise die Stoßkräfte, die auf die Wirbelsäule übertragen werden. Es kann also vorkommen, daß ein Pferd aufgrund seines Körperbaus eine bestimmte »Sportart« gar nicht ausüben kann.

Turnierpferde verbringen sehr viel Zeit auf dem Transportweg zwischen Wettkampf und heimatlichem Stall; häufig liegt hierin bereits die Ursache eines Traumas. Ein schlecht gefederter Anhänger läßt die Muskeln des Pferdes schneller ermüden, wodurch die Verletzungsgefahr für das Tier größer wird. Häufig kann es sich bei abrupten Brems- oder Wendemanövern nicht rechtzeitig abfangen. Wenn Pferde in Großraumtransporter verladen werden, ziehen sie es oft vor, mit dem Gesicht nach hinten zu fahren. Zusätzliche Stabilität wird dem Pferd in speziell konstruierten Schräglader-Trailern gegeben (die Pferde stehen schräg zur Fahrtrichtung).

Manches Wirbelsäulentrauma entsteht während einer schweren Geburt, weil sich durch gewaltsames Herausziehen des Fohlens möglicherweise einige seiner noch nicht vollständig verhärteten Wirbel verschoben haben. Diese Verrenkungen können später zu einer Kette von Rückenproblemen führen, welche die Leistungsfähigkeit des Fohlen stark beeinträchtigen.

Bei Zuchtstuten, die häufig trächtig sind, können ebenfalls Probleme auftauchen. Die trächtige Stute kann nicht beliebig den Rücken krümmen oder sich frei auf ihm wälzen, um ihn auf diese Weise zu entlasten. Oft kommt die Stute auch nicht mit unebenem Terrain klar und bewegt ihre Füße nur unkoordiniert. Eine natürliche Abhilfe besteht darin, das Pferd auf der Wiese grasen zu lassen, da durch das stete Heben und Senken des Kopfes die Nacken- und Rückenmuskulatur gekräftigt wird. Trächtige Stuten sollten also neben einer großen, separaten Box auch immer einen ausgedehnten täglichen Auslauf bekommen.

Im Reitsport werden Pferde als Springpferde, Vielseitigkeitspferde oder zur Dressur eingesetzt. Das tägliche Training führt bei den Tieren jedoch dazu, daß sie sich permanent kleinere Verletzungen an Gelenken, Knochen, Muskeln, Bändern und Sehnen zuziehen. Die einzelnen Pferdesportdisziplinen belasten die Wirbelsäule des Pferdes auf jeweils unterschiedliche, spezifische Weise. Bei der Dressur kommt es beispielsweise darauf an, daß die einzelnen Wirbel sehr beweglich sind, damit das Pferd den Rücken strecken und seine Hinterhand auf die Vorhand einrichten kann. Springpferde hingegen müssen den Rücken gut beugen und strecken können. Vollblutrennpferde benötigen wiederum eine elastische Wirbelsäule, um so eine hohe Geschwindigkeit und weite Schrittlänge zu erreichen.

Manche Rückenprobleme lassen sich auch auf die Unfähigkeit des Reiters zurückführen. Wenn ein Pferd mit zusätzlichem Gewicht belastet ist, verliert es das normale Gleichgewicht und Koordinationsvermögen. Wenn der Reiter die Balance nicht richtig hält, muß das Pferd dieses Ungleichgewicht kompensieren. Es reicht schon aus, den Kopf zu senken und nach seinen Händen zu sehen, um die Vorhand des Pferdes mit fünf Kilogramm zusätzlich zu belasten. Wenn es dem Pferd nicht gelingt, das Gewicht auszubalancieren, kann es sich leicht eine Subluxation zuziehen.

Schlecht sitzendes Zaumzeug kann dem Pferd ebenfalls Probleme mit der Wirbelsäule verschaffen. Häufiger Fehler ist ein Sattel, der nicht richtig paßt oder schief sitzt. Ein Sattel sollte dem Pferd auch ohne kostspielige Polster passen. Auch ein zu schmaler Sattelbaum oder ein Sattel, der zu weit vorne liegt, können die Schulterbewegungen des Pferdes beeinträchtigen. Hierdurch wird das Tier oft die Muskeln im Widerrist verhärten, was zu Subluxationen der oberen Brustwirbel führen kann. Hals- und Rückenbeschwerden können auch durch den unsachgemäßen Gebrauch von Martingalen, Ausbindern, Kappzäumen oder Beinfesseln (beim »Hobbeln«) hervorgerufen werden.

Mit zunehmendem Alter der Pferde zeigen auch die Spätfolgen der unzähligen kleinen und großen Traumata, Verletzungen und Fehlbelastungen ihre Wirkung auf die Wirbelsäule. Durch diesen kumulierenden Effekt nimmt dann nach und nach auch die Leistungsfähigkeit des Tieres ab. Ein chiropraktischer Eingriff kann gerade bei älteren Pferde wirken, die leistungsmäßig nicht mehr ganz auf der Höhe sind.

Auch eine unzureichende Hufpflege oder schlechtes Hufwerk können zu vielen Kompensationserscheinungen in der Wirbelsäule führen. Bewegung und Haltung des Pferdes werden beispielsweise durch überstehendes Horn, hohe Trachten oder kleine Hufeisen beeinträchtigt. Damit ein Pferd normal laufen kann, müssen seine Hufeisen korrekt sitzen.

Gelegentlich kann eine Subluxation auch infolge einer Streßsituation im Umfeld des Pferdes eintreten; solche Streßfaktoren können beispielsweise mangelnde Gesellschaft (durch Artgenossen oder Menschen), Stallwechsel oder Verlust eines Stallgenossen sein.

Symptome einer Subluxation

Eine Subluxation der Wirbelsäule kann sich beim Pferd anhand vieler Symptome äußern, am häufigsten sind jedoch Schmerzen zu beobachten. Diese Beschwerden versucht das Pferd zu kompensieren, indem es Haltung oder Gang verändert, oft aber auch nur durch Widersetzen oder Leistungsverweigerung. Nachfolgend werden einige der häufigsten Symptome einer schmerzhaften Subluxation aufgezählt.

- Haltungsanomalie; das Pferd steht mit angezogenem bzw. abgestrecktem Bein oder setzt ein Bein anomal auf.
- Unruhe beim Satteln; das Pferd sträubt sich, wenn ihm Sattel oder Sattelgurt angelegt werden.
- Unruhe beim Reiten; es wird nur langsam warm, es bockt und sträubt sich beim Aufsitzen des Reiters; es hat Probleme beim ausgesessenen Trab.
- Ausweichbewegungen: Kopf und Hals werden überstreckt, »Hohlkreuz«.
- Nervöses Schlagen mit dem Schweif.
- Aufgestellte Ohren.
- Zähneknirschen.
- Verweigerung oder große Unlust beim Springen eines Hindernisses.
- Das Pferd weigert sich, seitliche Bewegungen auszuführen oder sich an den Zügel stellen zu lassen.

- ❒ Das Pferd legt ein ungewöhnliches Verhalten an den Tag, z. B. plötzliches Scheuen oder Verweigern.
- ❒ Ängstlicher oder schmerzhafter Gesichtsausdruck.
- ❒ Berührungsempfindlichkeit, selbst gegen Bürsten oder leichtes Abtasten.
- ❒ »Böses Verhalten«, wie Beißen oder Schnappen.

Eine Subluxation kann manchmal auch bewirken, daß die Koordination und Beweglichkeit der Muskeln nicht mehr richtig funktioniert, wodurch es zu verminderter Leistung des Tieres kommt. Hierbei sind u. a. folgende Symptome zu sehen:

- ❒ Oftmals unerklärliche Ganganomalien; diese sind von Bein zu Bein, aber auch bei den einzelnen Gangarten verschieden. Dem Reiter oder Trainer mag auffallen, daß mit dem Pferd etwas nicht stimmt, die genaue Ursache kann er jedoch nicht erkennen. Obwohl es nicht lahmt, erbringt das Pferd nicht die gewöhnlichen Leistungen.
- ❒ Mangelnde Koordinierung der Gangarten.
- ❒ Das Pferd ist beim Verlassen des Stalls steif.
- ❒ Steife Seitwärtsbewegungen von Hals oder Rücken.
- ❒ Muskelschwund (Atrophie), besonders hoch oberhalb des Beckens und an der oberen Beinpartie.
- ❒ Das Pferd »schnürt«, d.h. es setzt beim Gehen einen oder beide Hinterhufe zu weit nach innen.
- ❒ Verkürzte Schrittlänge eines oder zweier Beine.
- ❒ Das Pferd kann seine Hinterhand nicht auf die Vorhand einrichten; im Lenden-Kreuz-Bereich kann es den Rücken nicht krümmen.
- ❒ Das Pferd kann den Rücken nicht richtig dehnen.
- ❒ Der Rahmen des Pferdes stimmt irgendwie nicht.
- ❒ Probleme beim Beugen der Wirbelsäule im Hinterhauptbereich.
- ❒ Das Pferd läßt sich nicht an den Zügel stellen.
- ❒ Der Kopf ist zur Seite geneigt.
- ❒ Merkwürdiges, unerklärliches Lahmen.
- ❒ Das Pferd reagiert nicht auf einen der beiden Zügel.
- ❒ Dem Reiter ist es nicht möglich, auf der Mitte des Pferderückens zu sitzen.
- ❒ Das Pferd schleift den Huf nach.
- ❒ Probleme bei einigen Gangarten, wie beispielsweise »Rack« oder Kanter.

Bei einer Subluxation können infolge von abgeklemmten Nerven auch Symptome in anderen Körperbereichen (Haut, Drüsen, Blutgefäße) auftreten. Hierzu zählt beispielsweise, daß das Pferd sich häufiger den Rücken oder Schwanz scheu-

ert, stärker auf Hitze und Kälte reagiert oder ein ungewöhnliches Schwitzverhalten zeigt (nur an bestimmten Stellen, oder aber überhaupt nicht schwitzt).
Diese Symptomeliste ist sicherlich nicht vollständig, doch zeigt sie, auf welch vielfältige Weise sich eine Subluxation manifestieren kann.

Diagnose einer Subluxation beim Pferd

Ein Chiropraktiker wird speziell dazu ausgebildet, Subluxationen zu lokalisieren und zu korrigieren. Bei Pferden besteht die chiropraktische Diagnose zunächst in einer genauen Untersuchung des Tieres: Der Chiropraktiker überprüft Gang, Haltung, gleichmäßige Verteilung der Muskeln, Muskeltonus, Lage der Wirbel und Beweglichkeit der Gelenke, um diese Informationen anschließend mit den beobachteten Symptomen und der bekannten Anamnese des Pferdes zu korrelieren. Jeder Reiter, Trainer und Halter eines Pferdes sollte lernen, wie man mögliche Probleme der Wirbelsäule erkennen kann. Eine genaue Untersuchung der Wirbelsäule, z. B. vor dem Kauf eines Pferdes, ist genauso wichtig wie jede andere Untersuchung auch. In den folgenden Abschnitten sollen ein paar einfache Methoden vorgestellt werden, mit denen auch der Laie den Zustand der Wirbelsäule bewerten kann.

Anamnese

Gehen Sie innerlich noch einmal alle Leistungen durch, die Ihr Pferd gegenwärtig und in der Vergangenheit erbracht hat. Wie sehen die momentanen Beschwerden des Tieres aus? Leistet es weniger als früher? Welche Körperbereiche oder Gliedmaßen will das Pferd nicht bewegen? Wirkt es steifer, wenn es sich zu einer bestimmten Seite dreht? Will das Pferd neuerdings nicht mehr richtig »arbeiten« oder mit seinem Reiter kooperieren? Welche Medikamente haben Sie ihm häufiger und aus welchen Gründen verabreichen müssen? Hat sich seine Gangart geringfügig verändert, ohne daß das Pferd lahmt? Derartige Leistungseinbrüche sind oft die ersten Anzeichen einer Fehlfunktion der Wirbelsäule. Ein guter Pferdekenner ahnt oft schon, daß irgendetwas nicht in Ordnung ist, ohne die eigentliche Ursache zu kennen. Häufig glaubt man in solchen Fällen, die Pferde seien zu träge, verhielten sich falsch oder sind ungehorsam. Die Tiere sind hingegen meist willig, könen aber aufgrund von Schmerzen und steifer Glieder nicht ihre volle Leistung bringen.

Haltung

Untersuchen Sie das Pferd, wenn es ganz normal auf einer ebenen Fläche steht. Nachdem Sie seine Haltung untersucht haben, lassen

Sie das Pferd ein paar Schritte machen und notieren anschließend, was sich gegenüber der Ausgangsposition geändert hat bzw. gleich geblieben ist. Achten Sie besonders darauf, ob ein Bein dauernd geschont oder anomal aufgesetzt wird, ob die Haltung verspannt ist oder die Beine auseinandergestellt werden. Untersuchen Sie nun die Rückenlinie des Pferdes. Können Sie auffällige Einzelschwellungen oder einen größeren erhabenen Bereich auf dem Rücken feststellen? Hängt das Rückgrat leicht durch? Ein steifer, schmerzender Rückenbereich kann das Pferd veranlassen, eine unnatürliche, teilweise verspannte Haltung einzunehmen, um weniger Schmerz zu verspüren.
Auch die Kopfhaltung ist von Bedeutung: Hält es den Kopf seitlich abgeneigt, zu hoch oder zu tief? Wird der Hals eher nach oben gekrümmt oder mehr gerade gestreckt? Diese Symptome verweisen auf mögliche Probleme im Halswirbelsäulenbereich.

Gang und Auftreten

Einen problematischen Gang erkennt jeder erfahrene Reiter sofort, wenn er im Sattel sitzt, da er nur hier Spannungen, Aufregung oder Rhythmusstörungen spürt. Spätestens beim Reiten wird ihm auffallen, ob sein Pferd steif ist, ob es verweigert, unruhig ist oder weniger Aktivität als sonst besitzt. Oft ist es ganz gut, wenn eine weitere Person Roß und Reiter beobachtet. Setzt das Pferd beispielsweise ein Bein mit verkürzter Schrittlänge auf? Erscheint das Pferd richtig versammelt?
Den Gang kann der Betrachter überprüfen, wenn das Pferd vor ihm im Kreis läuft, beispielsweise an der Longe. Idealerweise wird die Longe von einer anderen Person gehalten, so daß sich der Beobachter völlig auf die Bewegung des Pferdes konzentrieren kann. Eine solche Beobachtung ist nicht einfach; sie bedarf eines geschulten Auges, da sämtliche Bewegungen der Beine, des Rückens und des Kopfes gleichzeitig erfaßt werden müssen. Folgende zwei Kniffe sollen Ihnen die Untersuchung erleichtern:

1. Konzentrieren Sie sich immer nur auf eine bestimmte Zone, beispielsweise ein Gelenk oder ein Bein.
2. Stellen Sie Ihre Augen so ein, daß Ihre Sicht verschwommen wird, und beobachten Sie nun alle Bewegungen des Pferdes in ihrer Gesamtheit.

Während das Pferd auf einer geraden Linie von Ihnen weggeht, sollten Sie zuerst nur auf den oberen Kruppen- bzw. Hüftbereich achten. Wirkt die eine Seite eingefallen, während die andere höher liegt und verspannt aussieht? Beide Hüften sollten auf gleicher Höhe liegen. Wenn dies nicht der Fall ist (also eine Flanke niedriger liegt), ist das ein möglicher Hinweis, daß das Iliosakralgelenk auf der gegenüberliegenden Seite steif oder subluxiert ist. Lassen Sie nun das Pferd ein paar Schritte traben und beobachten dabei seine Hüftbewegungen. Auch beim Traben sollten sich die Hüften gleichmäßig auf und ab bewegen.

Lassen Sie jetzt das Pferd im Schritt von sich wegführen, und achten Sie nun auf seine Sprunggelenke. Erscheint Ihnen eines der Sprunggelenke instabil oder gar »wackelig«? Knickt möglicherweise ein Gelenk unter Belastung nach außen weg? Dies sind potentielle Anzeichen eines verdrehten Beckens, so daß ein Hinterbein nun etwas »länger« ist als das andere. Bei einer Belastung dieser »längeren« Hinterhand durch das Gewicht des Pferdes knickt das Sprunggelenk leicht ein; möglichweise wird der Huf beim Auftreten weiter nach innen gesetzt.

Anschließend können Sie das Pferd an der Longe laufen lassen. Will es lieber rechts herum oder lieber die andere Richtung laufen? In diesem Fall liegt vielleicht ein steifer Rücken vor, der das Pferd darin hindert, eine saubere Kreisbahn zu laufen. Halten Sie auch nach anderen Symptomen wie Straucheln, verkürzte Schrittlänge, »Schnüren«, eingeschränkte Rückenbeweglichkeit oder anomale Hüft- bzw. Gelenkbewegungen Ausschau.

Abtasten (Palpation) der Muskulatur

Die Muskulatur eines trainierten Reitpferdes sollte gut gespannt sein und auf beiden Körperseiten symmetrisch aussehen. Wenn Sie Mähne und Schweif beiseite schieben, können Sie die Symmetrie der Nacken- und Kruppenmuskeln gut erkennen. Besondere Aufmerksamkeit sollten Sie der Schultermuskulatur (die über den Schulterblättern sitzt) widmen; diese sollte fest, aber weder verhärtet noch nachgiebig sein. Nehmen Sie sich etwas Zeit, um in Ruhe ein Gefühl für den richtigen Muskeltonus zu gewinnen. Bei Pferden mit einem schmerzhaften, steifen Rücken finden Sie oft sehr verhärtete Rückenmuskeln. Diese fühlen sich außerordentlich hart an, und das Pferd scheut vor einer Berührung in diesem Bereich zurück. Ein gesunder Muskel würde bei normalem Druck niemals schmerzen. Wenn das Pferd daher selbst bei leichter Berührung zurückscheut, seine Haut stark »in Falten legt« oder sich sonstwie abweisend verhält, können die Muskeln in diesem Bereich schmerzempfindlich sein – möglicherweise aufgrund einer Verletzung oder zu intensiver Belastung, vielleicht aber auch, weil eine Subluxation vorliegt.

Bei gut trainierten Pferden tritt das Muskelprofil nicht zwangsläufig stark hervor. Dieses erkennen Sie an den markanten Einsenkungen oder Trennlinien zwischen einzelnen Muskelgruppen. Oft ist ein zu deutliches Muskelprofil Symptom eines verspannten Muskels. Derartige Verspannungen beeinträchtigen die Beweglichkeit des Pferdes und können so auch sein Leistungsvermögen einschränken.

Abtasten (Palpation) der Wirbelsäule

Tasten Sie die Mitte des Rückens bzw. die Brust- und Lendenwirbelsäule nach deutlichen Erhebungen oder Dellen ab. Die oberen Enden der Wirbel sollten auf einer Ebene liegen. Wenn ein Wirbel deutlich hervorsteht, könnte das eine Dislokation dieses Knochens bedeuten. Bei älteren Turnier- und Sportpferden steht die Wirbelsäule häufig kurz vor dem Beckenbereich deutlich hervor. Wenn diese Tiere weiterhin lendenlahm wirken oder ihre Hinterbeine dichter unter den Rumpf setzen, könnten diese vorstehenden Wirbel ein Alarmzeichen sein, daß ein chiropraktischer Eingriff erforderlich ist.

Vergleichen Sie die beiden Erhebungen, die sich neben der Mittellinie oben auf den Hüften befinden. Die Knochenbereiche entsprechen dem oberen Beckenrand und sollten beide auf einer Höhe liegen. Wenn eine Seite deutlich höher als die andere ist, könnte eine Beckenverdrehung vorliegen.

Tasten Sie auch die Wirbel an beiden Halsseiten ab. Wenn Sie wissen wollen, welcher Halswirbel wo liegt, können Sie das Diagramm der Pferdeanatomie auf Seite 31 zu Hilfe nehmen. Auch hier sollten Sie bei der Palpation (Abtasten) auf hervorstehende Wirbel achten; diese könnten Symptom einer seitlichen Verschiebung der Wirbelsäule oder einer Subluxation sein.

Beweglichkeit der Wirbelsäule

Ein Pferdeexperte kann evtl. vorhandene Wirbelsäulenbeschwerden anhand der Beweglichkeit der Zwischenwirbelgelenke diagnostizieren. Ein gesundes Pferd sollte seine Wirbelsäule nach allen Richtungen spannungsfrei bewegen können, selbst wenn es gesattelt ist oder unter vollem Geschirr steht. Außerdem sollte es in der Lage sein, bei seitlichen Halsbewegungen mit den Nüstern rechts und links seine Flanken zu berühren.

Zur Überprüfung der Beweglichkeit des Halses stellen Sie sich neben die Schulter des Tieres und ziehen den Kopf solange sanft am Halfter zur Seite, bis der Hals vollständig gekrümmt ist. Das Pferd darf dabei nicht die Füße bewegen. Wiederholen Sie diese Übung auf der anderen Seite. Versuchen Sie es dann erneut, indem Sie das Pferd mit einer Möhre ködern. Wenn das Tier sich sträubt oder ab einem gewissen Punkt den Hals nicht mehr weiterbiegen kann, könnte eine Halswirbelversteifung, vielleicht auch eine Subluxation vorliegen.

Dem Reiter des Pferdes könnte die eingeschränkte Beweglichkeit bereits aufgefallen sein, da das Tier auf einer Seite nicht mehr auf den Zügel reagierte.
Um die seitliche Beweglichkeit der Brust- und Lendenwirbel festzustellen, stellen Sie sich mit dem Gesicht zum Flankenbereich neben das Pferd. Ergreifen Sie nun die Schweifbasis fest mit einer Hand, während Sie die andere auf den Rücken des Pferdes legen, wobei Sie das obere Ende eines Wirbels berühren sollten. Wenn Sie nun den Schweif zu sich herüberziehen, sollte sich der Wirbel unter Ihrer anderen Hand bewegen. Mit etwas Übung werden Sie lernen, einzelne Wirbel in den verschiedenen Bereichen der Wirbelsäule zu ertasten und auch das jeweilige Ausmaß der seitlichen Bewegung dieser Wirbel erkennen. Verfahren Sie mit dieser Methode auch auf der anderen Seite des Pferdes. Sollte eine Seite unbeweglicher als die andere sein, könnte auch die Beweglichkeit der Wirbelsäule durch eine Subluxation eingeschränkt sein.
Ein gesundes Pferd sollte seine Wirbelsäule sowohl strecken und krümmen als auch seitlich auf und ab bewegen können. Nehmen Sie nun eine erhöhte Position ein, von der aus Sie auf das Pferd hinabblicken können (beispielsweise, indem Sie sich auf zwei übereinandergestapelte Heuballen stellen). Dieser »Hochsitz« sollte zum einen stabil sein und darf keine scharfen Kanten haben. Mit ausgestreckten Armen drücken Sie nun mit mäßigem Druck auf einzelne Wirbel an verschiedenen Stellen. Der Rücken sollte bei einem gesunden Pferd auf den Druck mit leichtem Federn reagieren. Mit Ausnahme des Bereichs um den Widerrist herum sollte sich der Rücken straff-elastisch, und nicht steif oder verhärtet anfühlen. Indem Sie dem Pferd eine Möhre zwischen oder unmittelbar hinter den Vorderbeinen entgegenhalten, bringen Sie es dazu, den Rücken zu wölben. Achten Sie auf die Aufwärtsbewegung des Rückens, wenn das Pferd seinen Hals beugt, um an die Möhre zu gelangen. Auch hier sind steife Bewegungen oder mangelhafte Beweglichkeit ein Indiz für eine mögliche Subluxation der Wirbelsäule.

Wie können Subluxationen behoben werden?

Nachdem der Chiropraktiker eine Subluxation in der Wirbelsäule entdeckt hat, wird er versuchen, sie wieder zu beheben. Bei diesem chiropraktischen Eingriff wird der Wirbel wieder eingerenkt, indem der Chiropraktiker ihn durch eine kurze, kräftige Ruckbewegung aus der »Klemme« befreit und in seine alte Position zurückdrückt.
Diese Eingriffe werden natürlich nur an solchen Wirbeln durchgeführt, die bei der vorausgegangenen Untersuchung als subluxiert diagnostiziert wurden. Bei einem Pferd

können ein oder mehrere Wirbel gleichzeitig subluxiert sein. Der Eingriff erfolgt direkt über die (bei Pferden besonders) langen Dornfortsätze der Wirbelkörper, die dem Chiropraktiker als Hebel dienen. Gleichzeitig nutzt dieses Heilverfahren auch die spezielle Anordnung der Zwischenwirbelgelenke. Der Chiropraktiker muß sich selbstverständlich genauestens in der Pferdeanatomie auskennen, damit der Eingriff erfolgreich ist. Ein falscher Ruck, und die Therapie ist umsonst, eventuell können dann sogar noch andere Gelenke der Wirbelsäule in Mitleidenschaft gezogen werden. Ein richtiger chiropraktischer Eingriff hingegen kann den Wirbel ohne sonderlichen Kraftaufwand wieder einrenken und dem Gelenk seine alte Beweglichkeit zurückgeben.

Durch den Eingriff wird der verrenkte Wirbel wieder zurechtgerückt und die Wirbelsäule wieder in ihre alte Form gebracht; gleichzeitig werden aber auch die eingequetschten Nerven befreit, und der Körper kann nun beginnen, seine alten Funktionen wieder aufzunehmen.

In der Chiropraxis werden verschiedene Techniken für derartige Eingriffe verwendet. In der Regel renken die Chiropraktiker subluxierte Wirbel bei Pferden mit den bloßen Händen ein. Einige Ärzte verwenden hierfür aber auch ein hochspezifisches, schnell arbeitendes Schlaggerät, während eine Handvoll Tiermediziner wiederum nach der »Holzhammer-Methode« vorgeht: Der Chiropraktiker legt ein kleines Polster über den betreffenden Wirbel; anschließend schlägt er gezielt mit dem Holzhammer auf den gepolsterten Wirbel und rückt ihn so in seine alte Position. Diese im Prinzip sehr effektive Methode sollte nur von versierten Chiropraktikern ausgeführt werden, da sie bei einem »Fehlschlag« mehr schadet als Nutzen bringt. Einige Kurpfuscher versuchen sich in der Chiropraxis, indem sie einfach nur ruckartig am Bein ziehen, um die Wirbelsäule wieder in ihre alte Form zu bringen. Dieses Verfahren richtet sich überhaupt nicht auf die subluxierten Wirbel des Rückgrats, sondern kann allerhöchstens die Gelenke der Beine verletzen. Man sollte also unbedingt zugunsten sicherer, spezifischerer Methoden auf diese diffuse Technik verzichten.

Ein Tier-Chiropraktiker kann außer der Wirbelsäule natürlich auch ausgerenkte Gelenke der Extremitäten und am Kiefer behandeln. Zu den Subluxationen am Bein, die sehr oft chiropraktisch korrigiert werden, gehört ein verrenktes Karpalgelenk (»Knie«). Beim Pferd besteht dieses Gelenk aus zwei Knochenreihen, den Karpalknochen. Gelegentlich rutscht einer der oberen Knochen nach vorne weg, so daß die Beweglichkeit des Gelenks beeinträchtigt ist. Mitunter kann sich dieser Defekt zu einer Entzündung (Karpitis) ausweiten, hin und wieder bricht der fragliche Knochen sogar. Darüber hinaus kann der verrutschte Karpalknochen auf die an der Gelenkinnenseite verlaufenden Nerven drücken und so Schmerzen verursachen. Diese Schmerzen erinnern an das Karpaltunnel-Syndrom beim Menschen, einem schmerzhaften Leiden des Handgelenks. Beim Pferd können die Schmerzen, die bei einem Vorfall des Karpalknochens entstehen, ähnlich stark wie die Beschwerden einer Podotrochlose (Hufrollenentzündung) ausfallen.

Das Kiefergelenk (Articulatio temporomandibulare) kann ebenfalls ausgerenkt werden oder »klemmen«. Pferde mit diesem Leiden lassen sich nicht an den Zügel stellen und knirschen stark mit den Zähnen; ferner müssen bei ihnen öfters Zahnbehandlungen durchgeführt werden. Mit einigen Spezialhandgriffen kann ein guter Chiropraktiker die verrenkten Kiefergelenke wieder in Ordnung bringen.

Viele Menschen verstehen nicht, warum ein Chiropraktiker mehrere Eingriffe vornehmen muß. Oberstes Ziel ist es, die alte Form der Wirbelsäule vollständig wiederherzustellen. Aufgabe der Muskeln und Bänder ist es dann, die korrigierte Wirbelsäule zu stützen und in dieser Form zu halten. Wenn ein Kieferorthopäde beispielsweise eine Zahnreihe begradigen will, setzt er seinem Patienten eine feste Spange (Zahnklammer) direkt auf die Zähne. Ein Chiropraktiker kann dergleichen mit der Wirbelsäule natürlich nicht machen; er muß gegebenenfalls mehrfach Wirbel einrenken, bis der Körper die neue Lage der Wirbelsäule als normal akzeptiert hat. Nach ein bis vier Eingriffen zeigen sich bei den meisten Pferden sichtbare Besserungen; chronische Beschwerden können hingegen etwas mehr Zeit in Anspruch nehmen. Bei einem Sportpferd, das im Grunde genommen kerngesund ist und vor allem die geeignete Konstitution für die gewünschte Disziplin mit sich bringt, werden chiropraktische Eingriffe relativ rasch Erfolge zeigen und die Wirbelsäulenkorrekturen lange beibehalten.

Vorbeugemaßnahmen gegen Subluxationen der Wirbelsäule

Da ein gut »funktionierender« Rücken und Hals für die Leistungsfähigkeit eines Pferdes von besonderer Bedeutung sind, sollte die Pflege dieser Körperbereiche allen Reitern und Pferdehaltern besonders am Herzen liegen. Im nächsten Abschnitt erfahren Sie, mit welchen Methoden Sie selbst für eine korrekte und dauerhafte Funktionsweise der Wirbelsäule sorgen können.

Wenn Sie ein Pferd für eine bestimmte Disziplin trainieren wollen, sollten Sie sich bei Ihrer Wahl nicht von persönlichen Wünschen, sondern von Konstitution und Anatomie des Pferdes leiten lassen. Viele Pferderassen wurden selektiv verändert, damit ihre Vertreter in ihrem Metier Spitzenleistungen erbringen können. Allerdings sind eine bestimmte Rasse oder ein guter Stammbaum kein Freibrief, daß dieses Fohlen dann tatsächlich auch ein erfolgreiches Sportpferd wird. Generell sollten Sie an die »Problemzonen« bei Pferden denken, die andauernd Goldmedailen und Preise gewinnen: Langrückige Pferde sind besonders anfällig für Bänderriß und Muskelverletzungen, während Pferde mit steilen Schultern eher mal an den Vorderbeinen erkranken.

Massage und Muskelbehandlung wirken sich generell positiv auf eine gesunde Wirbelsäule aus. Massage fördert die Durchblutung, wodurch die Muskeln stärker mit Sauerstoff versorgt und auch »entschlackt« werden. Gleichzeitig lockert dieses Heilverfahren verspannte Muskelpartien, welche die Leistungsfähigkeit des Tieres beeinträchtigen können, und fördert aber auch die Heilung verletzten Gewebes, indem sie Verwachsungen löst sowie den Abtransport von Flüssigkeit und Gerinnseln beschleunigt. Im Anschluß an einen chiropraktischen Eingriff sorgt die Massage weiterhin dafür, daß die Muskeln des Pferdekörpers die neue Lage der Wirbelsäule rascher annehmen und diese Position auch stützen (siehe Kapitel 4: Massage).

Pferde leiden häufiger an Subluxationen und anderen Traumata der Wirbelsäule, wenn ihre Muskeln, Sehnen und Bänder zuwenig oder überhaupt nicht trainiert sind. Geeignete Maßnahmen wie z. B. Intervalltraining, geeignetes Aufwärmtraining und wechselnde Bewegungsformen können die Kondition des Sportpferdes schon bald steigern. Das Training der Rückenmuskulatur, wie es beispielsweise für Dressurpferde erforderlich ist, sollte stufenweise gesteigert werden, um eine Verletzung des Rükkens zu vermeiden.

Stellen Sie sicher, daß der Sattel paßt; die häufigsten Beschwerden entstehen nämlich, weil der Sattel zu klein ist oder zu weit vorne liegt war. Ein kleiner Sattel überträgt das gesamte Gewicht des Reiters auf eine kleine Stelle, während ein großer Sattel dieses über eine große Fläche verteilt. Ein relativ schmaler Sattelbaum bewirkt einen zu starken Druck auf die Brustwirbel. Sättel, die zu weit vorne liegen, beeinträchtigen oft die Bewegungsfreiheit der Schulterblätter. Die Sattelbäume sollten dem Rücken in ganzer Länge aufliegen. Überprüfen Sie immer, ob Ihr Sattel beispielsweise asymmetrisch verschleißt oder ob der Sattelbaum gebrochen ist.

Die Sattelpolster sorgen normalerweise für eine Verteilung des aufliegenden Drucks; aus diesem Grunde braucht ein Sattel, der ordentlich sitzt, keine Extrapolster. Hervorragende Polster werden beispielsweise aus Schafsvlies hergestellt, wobei die Naturkrause der Wollfasern besonders gut den Druck abfängt. Filzpolster hingegen besitzen keine so guten »Stoßdämpfer-Eigenschaften«, da die Filzfasern während der Verarbeitung zusammengepreßt wurden. Außerdem gibt es noch »orthopädische« Sattelpolster und Satteldecken.

Beim Training des Pferdes sollten Sie unbedingt solche Ausrüstungsstücke meiden, die auf eine geschädigte Wirbelsäule zusätzliche Belastungen ausüben. Ausbinder sind möglicherweise ein Hilfsmittel, um dem Pferd eine korrekte Kopfhaltung beizubringen, können ihrereits jedoch zu Subluxationen beitragen, wenn das Tier allzu früh damit konfrontiert wird. Permanentes Ziehen am Zügel, was man beim Korrigieren junger Pferde gerne macht, führt nur zu Verspannung im Halsbereich des Tieres. Es lernt rasch, den Kopf hoch zu halten, wodurch sein Hals anomal gekrümmt wird. Auf diese Weise entsteht hier eine potentielle Problemzone.

Ohne hinreichende Hufpflege ist es praktisch unmöglich, Wirbelsäulenfehler dauerhaft zu korrigieren. Einem Pferd, dessen eines Bein länger ist als das andere, kann mit ein paar Veränderungen an der Tracht und am Ballen geholfen werden. Auf diese Weise bleibt eine Wirbelsäulenkorrektur dann auch dauerhaft. Die Pflege der Hufe sollten Sie einen versierten Hufschmied überlassen, der auch weiß, welche Leistungen das Pferd erbringen soll.

Sehr viele Sportpferde werden in Boxen gehalten, in denen sie kaum Platz zur freien Bewegung haben. Je mehr Zeit ein Pferd im Stall verbringt, desto stärker wird es sein Koordinationsvermögen und Gleichgewichtsgefühl einbüßen. Das wiederum zieht eine erhöhte Verletzungsgefahr der Rücken- und Beingelenke nach sich. Achten Sie deshalb darauf, daß das Pferd genug Auslauf hat. Bewegungen wie Buckeln oder Herumwälzen im Gras sorgen beim Pferd normalerweise dafür, daß sich sein Rücken wieder einrenkt. Lassen Sie daher ruhig zu, daß Ihr Pferd sich auf der Wiese so richtig austoben kann!

Weitere wirksame Hilfsmethoden zur Behandlung des Pferderückens sind Akupunktur und Akupressur (siehe hierzu Akupunktur, ab Seite 11). Auch wenn erfahrene Pferdeexperten den einen oder anderen Handgriff dieser beiden chinesischen Heilverfahren lernen können, sollte eine Akupunktur- oder Akupressurbehandlung immer nur von einem ausgebildeten Tierarzt oder Akupunkteur durchgeführt werden. Eine Kombination von Chiropraxis und Akupunktur bringt bei vielen Eingriffen an der Wirbelsäule häufig lang andauernde Erfolge.

Chiropraktische Techniken für Pferdehalter

Ein interessierter und engagierter Pferdehalter kann sicherlich zahlreiche Techniken lernen, mit denen sich Rückenprobleme beim Pferd vermeiden lassen. Wichtig ist vor allem die Beweglichkeit der Wirbelsäule, und da helfen manchmal schon ein paar einfache Übungen, die den Bewegungsradius des Halses vergrößern, um dieses Ziel zu erreichen. Stellen Sie sich neben die Schulter des Tieres, und ziehen Sie den Kopf sanft am Halfter zur Seite. Bringen Sie das Pferd dazu, den Hals so weit wie möglich zu krümmen. Manchmal hilft eine Möhre als Köder, am besten ist jedoch, wenn das Tier allein Ihren Anweisungen gehorcht. Das Pferd sollte in der Lage sein, mit den Nüstern bis seitlich hinter seine Schultern zu kommen. Wenn der Hals steif wirkt, sollten Sie das Pferd mit sanftem Druck, jedoch nie gewaltsam auffordern, ihn weiter zu krümmen. Denken Sie bei allen sportlichen Belastungen, die Sie Ihrem Pferd zumuten, an seine natürlichen Grenzen. Erlauben Sie nun dem Pferd, seinen Hals wieder gerade zu strecken, und probieren Sie diese Übung noch einige Male aus. Wiederholen Sie die Übung auch auf der anderen Seite, aber konzentrieren Sie sich auf die Seite, die steifer ist.

Auch im Brust- und Lendenbereich können Pferdebesitzer die Beweglichkeit der Wirbelsäule auf sanfte Weise durch Bewegungsübungen erhöhen. Stellen Sie zwei Heuballen, wie Sie sie sonst zum Besteigen des Pferdes benutzen, seitlich neben dem Tier auf. Es sollten schon Heuballen sein, da beispielsweise Trittschemel oder Bierkästen für die folgende Behandlung nicht hoch genug sind. Eine Trittleiter hingegen ist vielleicht zu instabil, zudem besteht eine erhöhte Verletzungsgefahr für das Pferd, wenn dieses beispielsweise seitlich auskeilt und mit dem Huf an einem Holm hängenbleibt. Wenn Sie eine geeignete, erhöhte Position eingenommen haben, legen Sie nun den Handballen unmittelbar vor dem Becken auf die Mittellinie des Rückens. Üben Sie dann einen konstanten Druck abwärts aus, bis der Rücken leicht gegenfedert. Gehen Sie anschließend mit der Hand zum nächstvorderen Wirbel, und behandeln Sie die restlichen Wirbel der Wirbelsäule ebenfalls auf diese Weise. Drücken Sie dabei nicht zu kräftig, und vermeiden Sie abrupte Schläge auf die Fläche. Bei wiederholter Behandlung werden die Zwischenwirbelgelenke schonend gedehnt. Sollte ein Gelenk steif bleiben, müssen Sie evtl. einen Chiropraktiker zu Rate ziehen, bevor Sie mit dieser Behandlung weitermachen.

Auch die seitliche Beweglichkeit des Rückens kann trainiert werden. Die hierzu erforderlichen Übungen ähneln der Untersuchungsmethode, anhand derer speziell diese Mobilität festgestellt wird. Stellen Sie sich neben den Flankenbereich, das Gesicht zum Pferd gewandt. Ergreifen Sie nun das obere Schweifende fest mit einer Hand, während Sie den Handballen der anderen auf das obere Ende eines Wirbels legen. Beginnen Sie auch hier im Beckenbereich. Wenn Sie nun den Schweif zu sich herüberziehen, sollte sich der Wirbel unter Ihrer anderen Hand bewegen. Bringen Sie das Pferd dazu, aktiv die seitliche Beweglichkeit seiner Wirbelsäule zu erhöhen. Führen Sie diese Übung niemals gewaltsam oder ruckartig durch. Auch in diesem Fall können Sträuben oder Unfähigkeit des Pferdes, die Wirbelsäule zu biegen, Anzeichen einer Schädigung sein, die durch einen chiropraktischen Eingriff behoben werden sollte.

Eine »Stretching-Übung« für die gesamte Wirbelsäule besteht darin, dem Pferd eine Möhre zwischen den Vorderbeinen entgegenzuhalten, so daß es Kopf und Hals beugen muß, um an diese zu gelangen. Sie können die Beweglichkeit des Pferdes steigern, indem Sie die Möhre peu à peu weiter zurückziehen. Auch hier sollten Sie nie das Pferd gewaltsam zu dieser Übung zwingen, beispielsweise, indem Sie am Halfter ziehen.

Damit ein Pferd seinen Rücken stärker heben und senken kann, sollte es seine Bauchmuskeln trainieren. Indem Sie ihm einen Finger in den Bauch pieken, bringen Sie es dazu, seinen Rücken zu heben. Wenn Sie dabei auf den Rücken schauen, sehen Sie, wie sich dessen Konturlinie hebt. Drücken Sie ein paar Sekunden lang in den Bauch, damit das Pferd in dieser Stellung bleibt. Lassen Sie die Muskeln wieder entspannen und wiederholen die Übung anschließend mehrmals. Diese Spezialübung, dem »Klappmesser« oder »Sit-up« beim Menschen vergleichbar, trainiert gezielt die Bauchmuskeln des Pferdes.

Einfache Übungen können auch die Beweglichkeit der Beingelenke erhöhen. Achten Sie darauf, die Übungen nur an gesunden Gelenken durchzuführen (das Pferd sollte beispielsweise nicht an Arthritis leiden). Wurde das Gelenk bereits von einem Tierarzt behandelt, sollten Sie ihn fragen, ob Sie dieses Gelenk trainieren dürfen. Auch hier darf keine Übung gewaltsam durchgeführt werden; brechen Sie das Training ab, wenn das Pferd sich heftig dagegen sträubt oder im Anschluß lahmt. Wenn Sie am Bein eines Pferdes arbeiten, sollten Sie allerdings auch immer auf Ihre eigene Sicherheit bedacht sein.

Die Beweglichkeit des Schulterblatts (Scapula) läßt sich beispielsweise durch eine Übung erhöhen, bei der das Bein gehoben wird. Ergreifen Sie dazu das Röhrbein fest mit einer Hand, während Sie mit der anderen das Fesselbein packen. Bei diesem Vorgang sollten alle Fußgelenke gebogen sein. Ziehen Sie das gesamte Bein in Richtung Rücken hoch, und beobachten Sie dabei, wie sich das Schulterblatt hebt und beinahe auf einer Ebene mit der Oberkante des Widerrists liegt. Achten Sie bei der Übung darauf, ob sich das Pferd sträubt sowie auf Versteifungen. Bringen Sie das Vorderbein in seine Ausgangsposition zurück, damit es entspannen kann, und führen anschließend die Übung noch zwei- bis viermal durch.

Verfahren Sie genauso auf der anderen Seite des Pferdes. Sie selbst sollten diese Übung auch nur mit durchgestrecktem Rücken und lediglich mit Hilfe der Kraft Ihrer Beine ausführen.

Eine weitere Lockerungsübung für Schulterblatt und Schultergelenk besteht darin, das Vorderbein des Pferdes festzuhalten und dann nach vorne zu gehen, um vor dem Tier stehen zu können. Ziehen Sie das Bein nun nach vorne. Dadurch wird das Schulterblatt am Thorax entlang abwärts gezogen, während gleichzeitig das Schultergelenk gedehnt wird.

Die Beweglichkeit des Karpalgelenks (»Knie«) kann ebenfalls durch Dehnübungen gesteigert werden. Heben Sie dazu das »Knie« Ihres Pferdes mit einer Hand und legen Ihren anderen Unterarm dicht hinter das Karpalgelenk. Mit konstantem, sanftem Druck biegen Sie nun das Gelenk um Ihren Arm. Wiederholen Sie dann die Übung am anderen Bein. Hin und wieder werden Sie dabei Knackgeräusche vernehmen; das ist jedoch normal.

Bei Dehnübungen für das Fesselgelenk wird der Huf mit beiden Händen umfaßt. Drehen Sie ihn am Fesselgelenk nach rechts und nach links. Auch hier sollten Sie zu kraftvolle Bewegungen vermeiden, da dieses Gelenk kein Drehgelenk ist.

Ein subluxiertes Kiefergelenk erkennt man daran, daß das Pferd sich nicht an den Zügel stellen läßt oder stark mit den Zähnen knirscht. Die Beweglichkeit dieses Gelenks wird durch eine kombinierte Dehn- und Druckübung trainiert. Zunächst stellen Sie sich in Blickrichtung des Pferdes neben seinen Hals. Ergreifen Sie mit jeder Hand eine Seite des Unterkiefers, und üben Sie konstant einen nach oben, in Richtung der Ohren zielenden Druck aus. Sobald das Pferd seine Kiefermuskulatur in Ihren Händen entspannt, wiegen Sie den Kiefer sanft hin und her. Dabei wird das Gelenk zusammengedrückt. Anschließend lassen Sie Ihre Finger am Kieferknochen entlang bis zu einer schwachen Eindellung wandern und haken sie dort ein. Mit sanftem, festen Druck ziehen Sie den Kiefer abwärts. Sobald das Pferd die Muskeln entspannt, schaukeln Sie den Kiefer sanft hin und her. Hierdurch werden Zugkräfte auf beide Kiefergelenke ausgeübt. Eine einzige Übung dieser Art sollte bereits ausreichen, die Beweglichkeit des Kiefergelenks zu erhöhen. Falls die Gelenke sehr steif sind, sollten Sie einen Chiropraktiker zu Rate ziehen.

Chiropraktische Versorgung durch den Veterinär

Chiropraktische Vorsorge kann die Leistungsfähigkeit Ihres Pferdes im Prinzip relativ kostengünstig aufrechterhalten. Ziel der Chiropraxis ist es, die Ursachen von Schmerzen oder Leiden zu beseitigen und ein gesundes Funktionieren der Gelenke, speziell der Wirbelsäule, zu gewährleisten. Wie aber finden Sie einen geeigneten veterinärmedizinischen Chiropraktiker, wenn Sie der Ansicht sind, daß diese Therapie Ihrem Pferde nützen kann?

Zunächst sollten Sie alle anfallenden Probleme und Krankheiten durch Ihren Hausveterinär abchecken lassen. Möglicherweise kann dem Tier nämlich nur durch eine Operation geholfen werden.

In den USA organisiert die American Veterinary Chiropractic Association (ein Dachverband der US-Tierchiropraktiker) die Aus- und Weiterbildung von Veterinären, die chiropraktisch arbeiten möchten. Ein normaler Tierarzt kann ein krankes Pferd dann an diese Spezialisten »überweisen«. In Deutschland gibt es keinen zentralen Dachverband chiropraktisch arbeitender Veterinärmediziner. Wenn Sie daher einen solchen Experten konsultieren wollen, schlagen Sie am besten im Branchenverzeichnis oder in den Gelben Seiten nach, oder befragen Sie Ihren Tierarzt. Evtl. kann sich Ihr Hausveterinär auch mit einem Humanchiropraktiker kurzschließen, und beide können ihren jeweiligen Erfahrungsschatz kombinieren, um dann bei Ihrem Pferd einen chiropraktischen Eingriff vorzunehmen.

Wenn Sie einen Chiropraktiker auswählen, sollten Sie sich unbedingt bewußt machen, daß Chiropraxis kein Universalheilverfahren für sämtliche Malaisen und Wehwehchen ist, die einem Sportpferd zusetzen können. Selbst ein besonders gesundes Pferd ist nicht vor Krankheiten gefeit, die chronisch werden oder sich im Laufe der Zeit verschlimmern.

Stellen Sie generell keine zu hohen Erwartungen. Gerade bei chronischen oder sehr komplexen Krankheiten wird ein einziger Eingriff wohl kaum die Beschwerden umgehend aus der Welt schaffen. Jeder Heilprozeß braucht nun mal seine Zeit.

Dennoch ist Chiropraxis eine sehr vielversprechende Methode innerhalb der alternativen Heilverfahren. Durch korrigierende Eingriffe an der Wirbelsäule wird deren Beweglichkeit und somit auch die Leistungsfähigkeit eines Sportpferdes wiederhergestellt. Seltsame und rezidivierende Formen der Lahmheit, wie man sie bei Reit- und Sportpferden heute oft antrifft, könnten in Zukunft regelmäßig durch Chiropraxis kuriert werden. Auf dieser Methode basieren darüber hinaus einige Vorbeugemaßregeln, die dazu beitragen, die Leistungsfähigkeit von Sportpferden zu erhöhen.

3. Homöopathie

von Deva Kaur Khalsa, V.M.D.

Einführung

Seit Ende des 18. Jahrhunderts werden homöopathische Mittel zur Behandlung kranker Menschen und Tiere verwendet. Bei der homöopathischen Behandlung werden die Selbstheilungskräfte des Körpers angeregt. Jedes Lebewesen verfügt über natürliche Regulationskräfte, die dafür sorgen, daß Ungleichgewichte im Körper beseitigt werden und daß dort eine gesunde Ausgewogenheit herrscht. Die Homöopathie nutzt die natürlichen Kräfte des Körpers aus, um dessen Gesundung anzuregen. Homöopathische Mittel müssen sorgfältig ausgesucht werden, wobei man sowohl das vorliegende Leiden als auch die besonderen und individuellen Symptome dieser Krankheit berücksichtigen muß, wie sie sich im kranken Tier zeigen.
Homöopathische Arzneien werden aus sehr vielen und sehr unterschiedlichen Substanzen hergestellt. Sehr oft werden hierfür Heilpflanzen und Mineralien genommen, aber auch Insekten, Gifte und moderne Arzneimittel, wie beispielsweise Antibiotika. Im Prinzip kann man eigentlich aus allem ein homöopathisches Mittel machen. Jedes Mittel hat seine ganz besondere Wirkweise und wird dann je nach Krankheit oder Verletzung angewendet.
Der entscheidende Punkt bei der Definition eines homöopathischen Mittels ist nicht derjenige, woraus die Arznei gemacht ist, sondern wie sie hergestellt wird. Die Homöopathie spricht dann auch von der Potenz eines Mittels, um dessen Stärke zu beschreiben. Die Mittel werden in Verdünnungsschritten hergestellt. Um beispielsweise eine D-Potenz (1:10-Verdünnung) zu er-

halten, wird ein Tropfen Ur-Tinktur (Ø) zu neun Tropfen Alkohol gegeben; analog erhält man eine C-Potenz (1:100-Verdünnung), indem ein Tropfen Ur-Tinktur und neunundneunzig Tropfen Alkohol vermischt werden. Nach jedem Verdünnungsschritt wird die Mischflasche durch kräftige Abwärtsschläge geschüttelt. Die einzelnen Potenzen ergeben sich infolge dessen aus der Anzahl der Verdünnungsschritte: Eine Potenz D30 wurde 30 Mal im Verhältnis 1:10 verdünnt, eine Potenz M1 wurde 1000 Mal verdünnt, eine M10 sogar 10.000 Mal! Demnach befindet sich in einer homöopathischen Arznei kaum noch oder überhaupt keine Substanz des Ausgangsstoffes (ab der 23. Verdünnung ist kein Molekül der Ausgangssubstanz mehr vorhanden). Für viele Neulinge in der Homöopathie ist nun die Tatsache schwer verständlich, daß ein Mittel mit zunehmender Verdünnung (trotzdem) immer stärker wird. Ein Mittel in der Potenz D30 wird als stärkeres Mittel als in der Potenz D6 angesehen. Die Schüttelschläge und Verreibungen sind die wichtigsten Schritte im Herstellungsprozeß, weil nur dabei die Energie freigesetzt wird, die im Mittel stecken. Da homöopathische Mittel ja meist keinerlei Stoffe (Moleküle) der Ausgangssubstanz mehr enthalten, sind sie auch weder im Harn, noch in Blut oder Speichel nachweisbar. Ein homöopathisches Mittel wird niemals die schädlichen Nebenwirkungen oder Vergiftungserscheinungen der Ausgangssubstanz hervorrufen.

Homöopathische Mittel werden oral oft in Form von Streukügelchen oder Globuli aus Milchzucker (Laktose) verabreicht, können aber auch als Tropfen in wäßriger Lösung gegeben werden. Die Milchzucker-Globuli können Sie Ihrem Pferd problemlos zu fressen geben. Eine Gabe (Dosis) besteht aus mehreren Streukügelchen oder einer Pipettenspitze wäßriger Tropfen, die jeweils direkt ins Maul gegeben werden. Sie brauchen die Globuli nicht einzeln abzuzählen, da es weniger auf die Anzahl verabreichter Tabletten als vielmehr auf die Häufigkeit der Verabreichung ankommt. Als wichtigen Punkt sollten Sie immer bedenken, daß homöopathische Mittel gegen elektromagnetische Strahlung und strengen Geruch sehr anfällig sind. Achten Sie bei der Lagerung der Arzneien immer darauf, daß der Mindestabstand zu einem evtl. vorhandenen Mikrowellenherd vier bis fünf Meter beträgt. Die Mittel sollten auch nicht in der Nähe von Computern, Fernsehgeräten oder sonstigen Strahlungsquellen aufbewahrt werden. Lagern Sie niemals homöopathische Mittel, insbesondere keine angebrochene Fläschchen, zusammen mit stark riechenden Substanzen, wie beispielsweise Kampher, Mottenkugeln, Japanischem Heilöl, Pfefferminze, Kaffee oder Terpentin. Homöopathische Mittel können sowohl durch elektromagnetische Strahlung als auch durch strengen Geruch inaktiviert werden. Außerdem sollten Sie ein Mittel nie über längere Zeit hohen Temperaturen oder intensivem Sonnenlicht aussetzen.

Homöopathische Arzneimittel sind überall erhältlich. Bis auf einige Tiefpotenzen sind in Deutschland alle Potenzen frei verkäuflich. Ideal ist natürlich, wenn Sie sich eine Hausapotheke mit den wichtigsten Mitteln anlegen, so daß diese im Notfall sofort verwendet werden können.

Die Homöopathie ist ein Therapieverfahren, das klinisch das Simile-Prinzip (s.u.) anwendet und medizinische Substanzen in sehr kleiner oder unendlich geringer Dosis anwendet. Hippokrates, der berühmte Arzt der Antike, meinte einmal: »Die gleichen Ursachen, die eine Krankheit hervorrufen, heilen sie auch.« Doch erst gegen Ende des 18. Jahrhunderts untersuchte der deutsche Arzt Samuel Hahnemann dieses Phänomen, das auf dem von ihm definierten Ähnlichkeitsprinzip *(»Similia similibus curentur«)* beruht. Ich möchte dieses Prinzip an zwei Beispielen erläutern: Allium cepa ist ein homöopathisches Mittel, das aus der Küchenzwiebel gewonnen wird. Allium ist nun ein geeignetes Mittel für einen Patienten, der an einer einfachen Erkältung mit laufender Nase und tränenden Augen leidet. Die gleichen Symptome treten bei einem gesunden Menschen auf, der Zwiebeln schneidet. Das zweite Beispiel, Belladonna (Tollkirsche), ruft beim Gesunden plötzlich ansteigendes, hohes Fieber, geweitete Pupillen und pochenden Puls hervor. In der Homöopathie wird dieses Mittel daher einem Grippekranken verabreicht, der die gleichen Symptome aufweist.

Homöopathische Mittel wirken im Prinzip auf ähnliche Weise wie die normalen Abwehrmechanismen des Körpers. Sie unterstützen seine Selbstheilungskräfte und steigern deren Wirksamkeit. Doch gleichzeitig wird die Individualität eines Organismus und seiner Leiden berücksichtigt. Beispielsweise können zwei Menschen die gleiche Erkältung unterschiedlich erleiden. Der eine möchte sich lieber allein in einem verdunkelten Schlafzimmer verkriechen, der andere wünscht hingegen, dauernd umsorgt zu werden; der eine ist sehr durstig, der andere hat gar keinen Durst, usw. Deshalb richtet sich die Auswahl des Mittels nach den unterschiedlichen körperlichen, geistigen und gefühlsmäßigen Symptomen des jeweiligen Patienten.

Unter Modalitäten versteht man die Unterschiede und Veränderungen der Symptome: Wird das Leiden durch Wärme oder Kälte verbessert oder verschlimmert? Geht es dem kranken Tier besser, wenn es bewegt wurde oder geruht hat? Zu welcher Tageszeit treten die Symptome verstärkt auf? Wird das Fieber von großem Durst begleitet, oder will das Tier überhaupt nicht trinken? Diese Modalitäten werden in der folgenden Beschreibung der einzelnen Mittel berücksichtigt, da sie für die Auswahl des richtigen Mittels entscheidend sind.

Anmerkung des Übersetzers: Da in den USA sehr häufig C-Potenzen verwendet werden, in Deutschland jedoch fast ausschließlich D-Potenzen üblich sind, wurden bei der Übersetzung alle C-Potenzen in D-Potenzen geändert. Im Bereich der tiefen und mittleren Potenzen (bis C200) ist dies auch problemlos möglich, bei höheren Potenzen (wie beispielsweise C1000) ist dies u. U. nicht so einfach. Gelegentlich werden Potenzen wie M1 oder M10 auftauchen. Dabei handelt es sich um eine traditionelle Abkürzung für die Hochpotenz C1000 (in Anlehnung an die römische Ziffer M für 1000), die dem Original entsprechend so belassen wurde. D-Potenzen, die im amerikanischen Original auch als solche aufgeführt sind, wurden in der Übersetzung mit einem hochgestellten Stern (*) gekennzeichnet.

Homöopathische Notfallmittel

Arnica montana

Arnika oder Bergwohlverleih; die Ø wird aus der ganzen, frisch gepflückten Pflanze bereitet.

Arnica wird in erster Linie bei Wunden eingesetzt, in jedem Fall jedoch bei traumatischen (d. h. gewaltsam von außen hervorgerufenen) Verletzungen und Muskelzerrung. Wenn ein Pferd sehr stark belastet (trainiert) wurde, kann Arnica Muskelverspannungen verhindern helfen. Es ist ein ideales Mittel vor und nach einem chirurgischen Eingriff. Nach der Geburt verabreicht, beschleunigt Arnica die Heilung von überdehntem, eventuell gequetschtem Gewebe, bei regelmäßiger Gabe während der Schwangerschaft fördert sie eine schonende Geburt. Als Tinktur oder Salbe hilft Arnica äußerlich (topisch) bei gequetschten Sehnen, Bändern oder Muskeln.

Potenz und Gabe (Dosierung): Arnica kann in jeder Potenz oberhalb der D4 verabreicht werden. Die Potenz D30* eignet sich in allen Fällen.

- ❒ **Traumatische Verletzungen und Muskelzerrung**
  Dosis: D30*, 4 Gaben stündlich (im akuten Zustand), anschließend 1 Gabe 3mal oder 4mal täglich.
- ❒ **Zur Verhinderung von Muskelverspannungen**
  Dosis: 1 oder 2 Gaben täglich (vor dem Training) und ein paar Gaben danach.
- ❒ **Bei chirurgischen Eingriffen**
  Dosis: 3mal täglich (beginnend ein paar Tage vor dem Eingriff), nach der Operation 6mal täglich 1 Gabe (bis zur deutlichen Heilung).

❒ **Trächtigkeit**
Dosis: 1 Gabe ein paar Mal wöchentlich (während der Tragzeit), mehrere Einzelgaben während der Geburt, dann 3mal täglich 1 Woche lang nach der Geburt.

Äußerliche (topische) Behandlung: Anwendung als feuchter Wickel (mit zehnfach verdünnter Arnica-Tinktur); kann auch als Salbe oder Lotion auf der zu behandelnden Stelle verteilt werden. Offene Wunden oder Schnittwunden nicht äußerlich behandeln! Bei solchen offenen Wunden sollte Arnica nur oral gegeben werden; äußerlich werden nur nicht offene, innere Quetschungen und Zerrungen behandelt.

Calendula officinalis

Ringelblume; die ∅ wird aus Blättern und Blüten hergestellt.
Calendula sollte als Mittel für offene Wunden wie beispielsweise Schnittwunden, Abschürfungen und Rißwunden in Betracht gezogen werden. Es wird in erster Linie äußerlich angewendet. Die Tinktur wird 1:5 oder 1:10 verdünnt; anschließend wird der verletzte Bereich mit reichlich Lösung gewaschen oder mit einem tinkturgetränkten, feuchten Wickel abgedeckt. Wenn die offenen Stellen abzuheilen beginnen, können sie mehrmals täglich mit Calendula-Salbe behandelt werden. Gibt man Calendula auf eine offene Wunde, dann hört die Blutung recht bald auf; außerdem wird das Abheilen gefördert und eine Wundinfektion unterbunden. Das Mittel wirkt auch der Bildung von Narbengewebe entgegen. Einmal behandelte ich eine graue Araberstute, die sich im Stacheldrahtzaun verfangen und sich dabei schwere Rißwunden an den Hinterbeinen zugezogen hatte. Oberhalb des Scheidenbereichs stellte ich sogar eine fast 8 Zentimeter tiefe Rißwunde fest. Die Stute erhielt mehrmals täglich oral Arnica D30*, alle Wunden wurden drei- bis viermal täglich mit verdünnter Calendula-Tinktur gewaschen bzw. umwickelt. Die Wunden des Tieres heilten rasch und ohne Komplikationen; die verletzten Bereiche schwollen auch kaum an, und die Narbenbildung war gering.

Hypericum perforatum

Johanniskraut; die ∅ wird aus der ganzen, frisch gepflückten Pflanze bereitet.
Hypericum ist das Mittel zur Behandlung von Nervenverletzungen, vor allem wenn Nervenendigungen betroffen sind. Auch bei Verletzungen der Wirbelsäule, insbesondere im Bereich der Kruppe, werden gute Heilerfolge erzielt. Auch Stichwunden lassen sich sehr gut mit Hypericum behandeln, besser sogar noch in Kombination mit Ledum (s.u.). Beide Mittel sollten in jedem

Fall gegeben werden, wenn die Gefahr einer Infektion der Wunde durch Tetanuserreger (Erreger des Wundstarrkrampfs) besteht.
Hypericum nimmt für Schädigungen des Nervensystems denselben Stellenwert ein wie Arnica für Muskelverletzungen. Es ist eine sehr gute Erste-Hilfe-Medizin, die sowohl oral in potenzierter Form als auch äußerlich in Form von Bädern oder Salben verabreicht werden kann.
Vor allem kann Hypericum sehr rasch die Schmerzen verletzter Nerven in den Extremitäten beheben – eine Tatsache, die jeder gerne bestätigen wird, der einmal einen gequetschten Finger oder Zeh mit Hypericum behandelt hat.
Potenz und Gabe (Dosierung):
Hypericum kann man je nach Indikation in den Potenzen von D6* bis M1 verwenden, meist bedenkenlos jedoch als D30*. Wenn diese Potenz die Beschwerden offenbar nicht lindert, können auch höhere Potenzen (bis M1) oral gegeben werden. Die Gabenhäufigkeit kann sehr unterschiedlich ausfallen – nach der Verletzung halbstündlich über mehrere Stunden hinweg bis hin zu drei- bis viermal täglich.
Hypericum-Tinktur kann gleichfalls 1:10 verdünnt und zum Waschen von Riß- oder Stichwunden genommen werden, bis diese völlig abgeheilt sind. Calendula- und Hypericum-Tinktur kann man auch miteinander kombinieren, verdünnen und zum Wundauswaschen verwenden. Hypericum-Salbe bzw. Calendula-Hypericum-Salbe sind außer in Apotheken auch in Bio-Läden, Reformhäusern und manchen Drogerien erhältlich.

Ledum palustre

Sumpfporst; die ∅ wird aus der ganzen frisch gepflückten Pflanze hergestellt.
Das Mittel wird hauptsächlich bei schmerzhaften Stichwunden eingesetzt, vor allem dann, wenn die Verletzung sich schwarzblau verfärbt. Es ist gleichfalls ein gutes Mittel gegen Hornhautgeschwüre der Augen. Wenn es infolge einer Stichverletzung zu derartigen Hornhautbeschwerden kommt, lassen sich diese mit einer Kombination von Ledum mit Hypericum behandeln. Gilt als gutes Mittel gegen Stichwunden, die nicht bluten, wird aber auch gegen Insektenstiche gegeben (hier vor allem in der Kombination mit Apis [s.u.] sehr erfolgreich). Stumpfe Verletzungen am Auge sprechen gut auf eine gemeinsame Gabe von Ledum und Symphytum (s.u.) an; in der Kombination mit Hypericum kann es Wundstarrkrampf (Tetanus) vorbeugen. Ledum wird oral in potenzierter Form verabreicht.
Potenz und Gabe (Dosierung):
Die besten Ergebnisse werden mit D30* (1 Gabe mehrmals täglich) erzielt.

Apis mellifica

Honigbiene. Die Urverreibung wird aus dem ganzen Insekt bereitet.

Apis ist ein bedeutendes Mittel gegen Ödeme (Wasseransammlungen). Es sollte in jedem Fall nach einem Bienenstich, aber auch bei solchen Insektenstichen gegeben werden, bei denen das Gewebe stark anschwillt. Gelenkschwellungen infolge vermehrter Bildung von Synovia (Gelenkschmiere) sprechen gleichfalls gut auf Apis an. Weiterhin können Leiden wie akute Hufrollenentzündung (Podotrochlose), Sprunggelenkgalle und andere Gelenkerkrankungen, bei denen Schwellungen auftreten, durch dieses Mittel abgeschwächt werden. Weiterhin ist Apis bei Lungenödem und Bauchwassersucht (Aszites) angezeigt; ferner soll es bei Tieren mit Nierenbeschwerden, die außerordentlich wenig Urin ausscheiden, die Harnausscheidung anregen. Zwei Modalitäten, die eindeutig auf Apis verweisen, sind Durstlosigkeit und Ödeme, die nach Kälteeinwirkung besser werden.

Potenz und Gabe (Dosierung):
Chronische Beschwerden wie Bauchwassersucht oder Wasser in der Lunge können auf folgende Dosis ansprechen: Apis D30*, 3mal oder 4mal täglich, bei Verbesserung des Zustandes tägliche Gabenhäufigkeit reduzieren.

Akute Beschwerden (wie beispielsweise ein Bienenstich) behandelt man mit Apis M1 oder M10, stündlich in wenigen Gaben. (Wenn keine Hochpotenzen verfügbar sind, kann man zur Not auch Apis D30* geben.)

Aconitum napellus

Blauer Eisenhut oder Sturmhut; zur Bereitung der Urtinktur (∅) wird die ganze Pflanze samt Wurzeln und Blüten verwendet.

Aconitum wird vorwiegend gegen Fieber und Unterkühlung (z. B. durch Zugluft) eingesetzt, wenn die Symptome schlagartig auftauchen. Man sollte es in den Frühstadien eines jeglichen Fieberzustandes geben. Aconitum hilft auch, wenn die Gelenke eines Pferdes, das sich unterkühlt hat, plötzlich anschwellen und sich heiß anfühlen.

Ein exzellentes Mittel gegen Schock, das auch solchen Pferden hilft, die vor einer neuen Umgebung oder Fremden scheuen. Vor einem Rennen oder Turnier können Sie Ihrem Pferd eine Kombination aus Aconitum und Gelsemium verabreichen, um Nervosität oder evtl. auftauchendes »Lampenfieber« zu beseitigen.

Pferde, deren Krankheitsfrühsymptome Aconitum verlangen, sind oft unruhig und schreckhaft; manchmal erscheint ein solches Pferd gereizt oder verängstigt. Wenn es dann zusätzlich plötzlich fiebert und seine Temperatur rasch ansteigt, können einige Gaben Aconitum das Leiden im Keim ersticken

– vorausgesetzt natürlich, daß das Mittel frühzeitig verabreicht wird.
Potenz und Gabe (Dosierung):
Im Prinzip reicht Aconitum D30* in den meisten Fällen aus, im akuten Frühstadium einer Entzündung kann man mit der Hochpotenz M1 jedoch bemerkenswert rasche Heilergebnisse erzielen.

- ❒ **Fieber sowie heiße, angeschwollene Gelenke**
  Dosis: M1, 1 Gabe alle 15 Minuten eine Stunde lang; sollten die Symptome nicht abklingen, nach einer Stunde notfalls wiederholen.
- ❒ **Nervosität vor Turnieren und Rennen**
  Dosis: Aconitum D30* sowie Gelsemium D30* etwa 1 Gabe stündlich (ein paar Stunden bevor das Turnier beginnt).
  Sie sollten dem Pferd die erste Dosis verabreichen, sobald es die ersten Anzeichen von Nervosität aufweist.

Ruta graveolens

Edelraute, Weinraute oder Gartenraute; die ∅ wird aus der ganzen, frisch gepflückten Pflanze hergestellt.
Ruta ist ein ideales Heilmittel für Bänderzerrungen, Sehnenüberdehnungen und traumatische Beschwerden von Knochenhaut (Periost) und Knorpel. Für gewöhnlich ist die Potenz D30*, dreimal täglich gegeben, ausreichend. Wenn sowohl Muskelgewebe wie Sehnen in Mitleidenschaft gezogen sind, kann Ruta zur Behandlung mit Arnica kombiniert werden.

Rhus toxicodendron

Giftsumach (Rhus tox.); die ∅ wird aus frisch gepflückten Blättern hergestellt, die vor der Blüte geerntet wurden.
Rhus tox. ist ein hervorragendes Mittel gegen Arthritis und Muskelverspannungen, die bei leichter Bewegung des Pferdes besser werden. Die entscheidende Modalität, die auf Rhus tox. verweist, ist der verbesserte Zustand des Tieres nach langsamen Bewegungen bzw. umgekehrt, daß es ihm schlechter geht und mehr Schmerzen hat, wenn es geruht hat.
Die Arthritis verschlechtert sich bei naßkaltem Wetter und verbessert sich bei warmer Witterung. Das Pferd wird einen großen Bewegungsdrang haben, um sich Linderung der Beschwerden zu verschaffen. Rhus tox. kann auch bei Verstauchungen und Zerrungen verwendet werden, die die gleichen Modalitäten aufweisen.

Bryonia alba

Zaunrübe; die ∅ wird aus der Wurzel hergestellt, bevor die Pflanze geblüht hat.
Im Gegensatz zu Rhus tox. werden bei Bryonia alle Symptome durch Bewegung verschlimmert, während

Mercurius corrosivus D30. Charakteristisch für dieses Mittel ist der oft schleimige Kot, der Schleimhautfetzen oder Blutspuren (manchmal auch beides) enthält; das Pferd preßt häufig nach dem Abkoten noch nach.
Lycopodium clavatum D30. Ein sehr gutes Mittel bei chronischen Störungen des Verdauungstraktes. Das Pferd reagiert möglicherweise mit Unbehagen auf Berührung im Leberbereich; außerdem hat es oft kaum oder überhaupt keinen Appetit. Es stellt sich oft mit seinem Kopf in die Ecke und gähnt sehr viel. Häufig gähnende Pferde sprechen in der Regel gut auf Lebermittel an. Chronische Fälle werden über mehrere Wochen mit 1 Gabe pro Tag behandelt.

Erkrankungen der Haut

Nesselfieber (Urtikaria)

Hierunter versteht man eine allergische Hautreaktion, bei der sich auf der Haut Quaddeln und Bläßchen bilden. Die Quaddelbildung tritt gehäuft auf, und die Beschwerden verschlimmern sich meist sehr rasch.
Urtica urens D30*. Gilt als dasjenige Mittel, das man zuerst bei Nesselfieber verabreicht. Dosis: 4 Gaben stündlich.
Apis mellifica D30*. Die Papeln (Plaques) mit einer rötlich durchscheinenden Verfärbung können sehr groß und aufgedunsen sein. Die Symptome verschlechtern sich bei Hitze und werden durch kalte Umschläge gelindert.
Antimonium crudum D6. Leitsymptome für dieses Mittel sind viele kleine, juckende Papeln (Plaques).

Glatzflechte (Trichophytie)

Bacillinum D200. Gilt generall als das geeignete Mittel gegen Trichophytie. Die Lederhaut (Sklera) – das Weiße im Augapfel – kann bläulich verfärbt sein. Die Hautläsionen sind oft kreisförmig angeordnet. Dosis: 1- oder 2mal wöchentlich ein paar Wochen lang.
Tellurium D30. Das Mittel ist dann geeignet, wenn die Hautläsionen kreisförmig sind, jedoch gleichmäßig auf beiden Seiten verteilt. Dosis: 1mal wöchentlich ein paar Wochen lang.
Araroba (Chrysarobinum) D30*. Die Flechte sieht trocken und verkrustet aus und juckt gelegentlich.
Psorinum M1. Ein ideales Mittel für Pferde mit chronischen Hautproblemen. Das Pferd riecht »muffig«, und sein Fell sieht ungesund und struppig aus. Dosis: 2mal wöchentlich, 1 Monat lang.
Sepia D30. Ein Mittel, das in erster Linie bei Tieren mit Fortpflanzungsschwierigkeiten wirkt, jedoch auch bei Glatzflechte angezeigt sein kann.
Berberis vulgaris D30. Homöopathisch bereitete Berberitze kommt ebenfalls als Mittel gegen Trichophytie in Betracht.

Warzen

Thuja occidentalis D30. Ein hervorragendes Mittel gegen Warzen, die bei Pferden auftauchen, insbesondere gegen knötchenförmige Warzen in der Leistengegend. Empfohlene Dosis 1mal täglich, 30 Tage lang. Thuja-Tinktur kann man auch äußerlich auf die Warzen streichen.

Verschiedene Krankheiten und Leiden

Schock

Aconitum napellus D30*. Wird in 4 Gaben alle 15 Minuten verabreicht.
Arnica D30*. 4 Gaben in stündlichem Abstand.
Phosphorus D30. Wird vor allem dann gegeben, wenn ein Schock eingetreten ist, weil das Pferd sehr viel Blut verloren hat. 1 oder 2 Gaben sollten bereits ausreichen.
Carbo vegetabilis D30. Der Beiname des Mittels »Erwecker der Toten« spricht für sich. Typische Indikatione sind ein kalter Körper, zyanotische Schleimhäute und ein flacher Atem. Das Pferd zeigt alle Symptome eines schweren Kollaps.

Dehydrierung (Starkes Austrocknen)

China D30*. Das wohl beste Mittel für Tiere, die viel Flüssigkeit verloren haben und deshalb sehr geschwächt sind. China hilft dem Körper, rasch wieder sein Flüssigkeitsgleichgewicht zu finden. Selbstverständlich sollte von außen Flüssigkeit und Elektrolytersatz zugeführt werden. Sie sollten dem Pferd ein paar Wochen lang 3mal täglich 1 Gabe verabreichen.

Abszesse

Myristica D30*. Ein Mittel, das sehr gut bei Fisteln und Abszessen hilft. Es genügt schon, 3mal täglich 1 Gabe zu verabreichen, bis sich der Abszeß öffnet und austrocknet.
Hepar sulfuris D30*. Hilft hervorragend bei schmerzhaften Abszessen. Das Pferd reagiert äußerst empfindlich auf Berührungen. Hepar sulfuris wirkt auf zweierlei unterschiedliche Weisen: Entweder öffnet es einen Abszeß, der kurz vor der Reife war, oder es löst einen kleinen Abszeß auf, der noch fest ist. Das Mittel sollte in 4 bis 6 Gaben halbstündlich oder stündlich verabreicht werden.
Silicea D30*. Gilt als hervorragendes Mittel, um in den Organismus eingedrungene Fremdkörper (beispielsweise Splitter oder Dornen, die in einer Wunde sitzen) aus diesem zu entfernen. Silicea eignet sich

allerdings nicht für gerötete, warme Abszesse, sondert ist eher für chronische Fälle und tuberkulöse, »kalte« Abszesse (d.h. nicht gerötete, nicht warme Abszesse) gedacht. Der Eiter selbst kann sahnig sein. Silicea wirkt dahingehend, daß der Eiter verstärkt abfließt. Außerdem fördert es das Wachstum des abheilenden Gewebes und unterbindet auch starke Narbenbildung. Dosis: einige Tage lang 2mal täglich, dann nur noch 1mal täglich, bis sich die ersten Symptome zeigen, daß der Abszeß gut verheilt.

Äußerliche (topische) Behandlung: Nachdem ein Abszeß aufgegangen ist, kann man ihn mit verdünnter Calendula- oder Hypericum-Tinktur auswaschen. Falls Sie Hepar sulfuris verabreichen wollen, damit sich der Abszeß öffnet, können Sie dem Pferd darüber eine heiße Packung auflegen – natürlich nur unter der Voraussetzung, daß das Tier diese Behandlung über sich ergehen läßt.

Nasenbluten (Epistaxis)

Vipera D30, D200 oder **M1.** Sollte immer als erstes Mittel gegeben werden, wenn Nasenbluten auftritt. Die tieferen Potenzen werden 1mal täglich verabreicht, die Hochpotenzen 2mal pro Woche. Geben Sie zunächst Tiefpotenzen, und wechseln Sie nach einer Woche zu den Hochpotenzen.

Crotalus horridus D30. Typische Hinweise auf Crotalus ist die dunkle Farbe des Blutes. Dosis: 3mal täglich, 1 Woche lang.

Phosphorus D30. Ideal für solche Fälle, bei denen hellrotes, dünnflüssiges Blut aus den Nüstern des Pferdes austritt. Es kann ein paar Tage lang 2mal täglich verabreicht werden, dann nur noch 1mal pro Tag für 1 oder 2 Wochen.

Aconitum napellus, Arnica. Beide Mittel sollten bei akutem Nasenbluten verabreicht werden; die beste Potenz ist D30*, die über 2 Stunden hinweg jeweils halbstündlich gegeben wird.

China. Sollte immer solchen Pferden gegeben, die geschwächt sind und zittern. Zwei bis drei Gaben China D30* sollten bereits ausreichen.

Erkrankungen der Augen

Allgemeine Augenmittel

Euphrasia. Homöopathisch aufbereiteter Augentrost sollte immer dann als Mittel in Betracht gezogen werden, wenn das Auge entzündet ist und tränt. Sie können das Mittel auch lokal anwenden, indem Sie hierzu spezielle Euphrasia-Augentropfen verwenden. Euphrasia (am besten in der Potenz D30*) kann 3mal täglich lokal und oral gegeben werden.

Phosphorus. Ein ideales Mittel für alle Bestandteile des Auges. Im Gegensatz zu Euphrasia, das auf die außenliegenden Augenbereiche wirkt, ist die Wirkung von Phosphorus auf die inneren Strukturen gerichtet. Deshalb eignet er sich hervorragend zur Behandlung von Grünem Star (Glaukom) sowie von Entzündungen der Netzhaut (Retina), Regenbogenhaut (Iris) und Bindehaut (Konjunktiva). Man gibt die Potenz D30*, 2- bis 3mal täglich.

Augenverletzungen

Aconitum, Arnica, Hypericum und **Ledum** können dem Pferd per os verabreicht werden. Als Augendusche kann eine verdünnte Calendula-Hypericum-Lösung genommen werden; zur Anwendung im Augenbereich sollten die Tinkturen mindestens 3mal mit destilliertem Wasser verdünnt werden.

Bindehautentzündung (Konjunktivitis)

Aconitum D30*. Bei den ersten Symptomen dieser Entzündung wird das Mittel in 4 Gaben im Verlauf 1 Stunde verabreicht.
Arnica D30*. Sollte die Konjunktivitis infolge einer Augenverletzung eingetreten sein, dann 3mal täglich verabreichen.
Mercurius solubilis D6. Wird eingesetzt, wenn aus dem Auge ein grünlicher Eiter ausfließt. Dosis: 3mal täglich.

Periodische Augenentzündung oder Mondblindheit (Irido-Zyklo-Chorioditis)

Phosphorus D6. Ein hervorragendes Mittel zur Behandlung rezidivierender (d.h. wiederkehrender) Augenkrankheiten. Beginnen Sie die Behandlung mit der Dosis D6, 2mal täglich 1 Woche lang. Anschließend wechseln Sie zur Hochpotenz M1, die erst 1 Monat lang 2mal pro Woche und dann 1mal wöchentlich für einen weiteren Monat gegeben wird.
Silicea M1. Ist als Mittel bei dieser rezidivierenden Entzündung geeignet. Dosis: 1 Gabe 2mal täglich, mindestens 2 Wochen lang.

Erkrankungen der Atemwege

Grippe (Influenza)

Aconitum M1. Nur während der ersten Symptome der Krankheit wird das Mittel 1 Stunde lang im Abstand von 15 Minuten verabreicht.
Belladonna M1. Wird in solchen Fällen gegeben, wenn plötzlich hohes Fieber einsetzt. Der Puls ist kräftig und hüpfend, und die Pupillen sind geweitet. Das Tier fühlt sich überall warm an und ist leicht reizbar. Geben Sie dem Tier 4 bis 6 Stunden lang stündlich eine Gabe.
Bryonia D30*. Das Pferd will sich partout nicht bewegen, und seine Schleimhäute sind trocken. Häufig tritt auch Husten auf, und das Tier

will große Mengen Wasser saufen. Beginnen Sie mit 4 Gaben täglich; notfalls müssen Sie dann die Potenz erhöhen.

Phosphorus D30*. Die Augen sehen glänzend und glasig aus; außerdem zeigt das Pferd Durst. Die Grippe kann sich zu einer Lungenentzündung ausweiten. Beginnen Sie mit 2 Gaben täglich; notfalls müssen Sie dann die Potenz erhöhen.

Gelsemium D200. Das Pferd wirkt allgemein schläfrig; seine Muskeln sind geschwächt, und es treten manchmal unkoordinierte Bewegungsabläufe auf. Empfohlene Dosis 3mal täglich.

Antimonium tartaricum D30. Wenn Stauungsbeschwerden im Brustraum (insbesondere Lungenödeme) auftreten, erkennbar an erschwerter Atmung, ist diese Arznei angezeigt. Empfohlene Dosis 2mal täglich.

Lungenentzündung

Phosphorus M1 oder **M10.** Ist das wichtigste Mittel, um das Anfangsstadium einer Lungenentzündung beim Pferd zu behandeln. Eine Gabe 2mal pro Stunde sollte bereits gute Heilerfolge liefern. Sollte die Lungenentzündung bereits fortgeschritten sein und sich das Tier nicht mehr in der akuten Phase befinden, dann geben Sie ihm mehrere Tage lang täglich 4mal Phosphorus D30, derweil sich sein Zustand zusehends verbessert.

Einige der oben aufgeführten Grippemittel können auch bei Lungenentzündung verabreicht werden, sofern die Modalitäten dies anzeigen.

Lahmheiten und andere Erkrankungen des Bewegungsapparates

Sehnenentzündung (Tendinitis)

Diese Krankheit ensteht meist infolge einer schweren Überdehnung oder nach schwerer körperlicher Belastung im Training oder im Wettkampf. Die Sehne ist angeschwollen und schmerzt. Eine Tendinitis bildet sich typischerweise an Beugesehnen und verengten Ringbändern (Ligamenta annularia) aus. Ein Beispiel ist die Sehnenhasenhacke (Tendinitis an der Rückseite des Sprunggelenks).

Sehnenscheidenentzündung (Tendosynovitis oder Tendovaginitis)

Hierunter versteht man die Entzündung und Schwellung der Sehnenscheide (Synovialscheide), die eine Sehne umhüllt, sie quasi »führt« und gleitfähig hält. Solange die Sehne nicht mit entzündet ist, verläuft die Schwellung (Galle) häufig schmerzlos, und die Pferde sind lahmheitsfrei. Typische Fälle von Tendosynovitiden sind Sprunggelenkbeugesehnengallen, Sprunggelenkgallen, Kreuzgallen und Fesselgelenkgallen.

Arnica D30*. Sollte möglichst bald nach einer Verletzung gegeben werden. Arnica kann 4mal täglich verabreicht und mit den folgenden Mitteln kombiniert werden.

Ruta D30*. Ein ideales Heilmittel für Verletzungen und Leiden an Bändern und Sehnen. Am besten verabreichen Sie Ihrem Pferd 2 bis 3 Wochen lang Ruta 3mal täglich in dieser Potenz; sollte sich sein Zustand dennoch nur zögerlich verbessern, können Sie auch zu höheren Potenzen (Ruta M1) greifen.

Rhus tox. D30*. Das entscheidende Kriterium, das auf Rhus tox. verweist, ist der verbesserte Zustand des Tieres nach langsamen Bewegungen. Auch entzündete Sehnen können mit dem Mittel behandelt werden. Dosierung wie bei Ruta.

Bryonia D30*. Das Mittel sollten Sie wählen, wenn alle Symptome durch Bewegung verschlimmert werden und sich der entzündete Bereich heiß anfühlt. Das Pferd wird sich nicht dagegen wehren, wenn Sie behutsam, aber dennoch fest auf die Entzündung drücken. Allerdings kann der eigentliche Gelenkbereich empfindlich sein.

Apis D30. Warme, aufgedunsene Schwellungen und ausgeprägte Ödembildung im entzündeten Bereich können durch einige Gaben Apis behoben werden.

Äußerliche (topische) Behandlung: Der Heilprozeß kann durch äußerliche Behandlung mit Arnika unterstützt werden, das in Öl oder Salben enthalten ist, mit denen man den entzündeten Bereich einreibt.

Schleimbeutelentzündung (Bursitis)

An den beweglichen Teilen des Skelettes finden sich an besonders druckbelasteten Stellen (zum Beispiel den Gelenken) Schleimbeutel (Bursae), die das Gleiten der Muskeln und Sehnen über die Knochen erleichtern. Wenn sich ein Pferd mehrfach an der gleichen Stelle verletzt hat (z. B. ein Gelenk verstaucht oder geprellt hat), dann kann ein Schleimbeutel gelegentlich anschwellen oder sich entzünden. Die Entzündung kann sich auf das entsprechende Gelenk ausdehnen. Die Hufrollenentzündung oder Strahlbeinkrankheit (Podotrochlose) ist eine Entzündung des Strahlbeins (Os sesamoideum distale) samt der darüber laufenden Sehne und jenes Schleimbeutels, der das Strahlbein schützt. Podotrochlose ist die wohl häufigste krankhafte Ursache, wenn Pferde wiederholt an den Vorderbeinen lahmen. Die Symptome dieser Krankheit verschwinden, wenn das Tier nicht mehr gearbeitet wird, kehren jedoch regelmäßig nach Training oder Bewegung des Pferdes wieder. Weitere Formen der Schleimbeutelentzündung sind u. a. die Bursitis intertubercularis (am Schultergelenk), die Bursitis olecrani oder Stollbeule (am Ellbogen), die Bursitis calcanei subcutanea oder Piephacke (am Fersenhöcker) sowie die Bursitis praepatellaris (an der Kniescheibe).

Ruta D30* oder **M1.** Meist sind Sehnen und Muskeln angegriffen, wenn man zu diesem Mittel greifen muß. Auch die Knochenhaut (Periost) kann entzündet sein. Verabreichen Sie Ihrem Pferd ein paar Tage lang 1 Gabe 3mal täglich; senken Sie die Dosis, wenn sich sein Zustand verbessert.

Bryonia D30*, D200 oder **M1.** Dem Pferd geht es nach Bewegung schlechter, während seine Symptome durch Ruhigstellung abklingen. Das Mittel können Sie 2- bis 3mal täglich verabreichen. Bei zunehmender Besserung sollten Sie die Dosis senken, ansonsten können Sie notfalls auch zu höheren Potenzen greifen.

Arnica D30*. Fördert das Abheilen des angrenzenden Gewebes (Muskeln, Bindegewebe). Empfohlene Dosis 3mal täglich 1 Gabe.

Hypericum D30*. Das Mittel wirkt vor allem auf verletzte Nervenendigungen und lindert Schmerzen. Empfohlene Dosis 2- bis 3mal täglich 1 Gabe; notfalls müssen Sie zu höheren Potenzen greifen.

Apis D30*. Das Gelenk fühlt sich sehr heiß an, im entzündeten Bereich haben sich evtl. auch Ödeme gebildet. Ein kalter Wickel schafft dem Pferd sichtbar Erleichterung. Empfohlene Dosis 2- bis 4mal täglich eine Gabe.

Chronische Hufrollenentzündung (Podotrochlose)

Die im folgenden aufgeführten Mittel sollen verhindern helfen, daß fibröse Adhäsionen im Schleimbeutel bzw. daß pathologische Knochenveränderungen entstehen.

Calcium fluoratum D200. Wird in Fällen mit Knochenveränderungen verabreicht. Empfohlene Dosis 6 Wochen lang eine Gabe 2mal wöchentlich.

Silicea D200. Das Mittel wirkt sich sehr förderlich auf die Heilung aus und sorgt auch dafür, daß nur wenig fibröses (Narben-) Gewebe wachsen kann. Die empfohlene Dosis beträgt zunächst 7 Tage lang täglich eine Gabe, anschließend 6 Wochen lang eine Gabe pro Woche. Silicea und Calcium fluoratum sollten nie gleichzeitig verabreicht werden.

Gelenkverletzungen

Derartige Verletzungen kommen durch Überdehnung sowie durch Verletzung der Gelenkkapsel und jener Bänder, die sie halten, zustande. Dies passiert beispielsweise, wenn eine Bewegung gewaltsam überzogen wird. Häufige Dehnungen passieren u. a. an den Kniebändern, den Stützbändern der Fesseln, den Bändern des Strahlbeins (Os sesamoideum distale) und den Bändern des Kniegelenks.

Arnica D30*. Dieses Mittel fördert die Heilung aller Gewebstypen des

Bewegungsapparates (Muskeln, Bindegewebe, Knochen). Ein paar Tage lang 1 Gabe 3mal täglich sollte bereits den gewünschten Erfolg bringen.

Ruta graveolens D30* oder **M1.** Eignet sich generell zur Behandlung verletzter Sehnen und Bänder. Bereits durch 1 Gabe Ruta 3mal am Tag wird die Heilung gefördert.

Rhus tox. D30* oder **M1.** Verstauchungen und Zerrungen sprechen sehr gut auf Rhus tox. an – insbesondere wenn die Beschwerden des Pferdes nach langsamer Bewegung abklingen. Auch hier wird die Heilung durch 3mal täglich 1 Gabe des Mittels gefördert.

Symphytum D30*. Homöopathisch aufbereiteter Beinwell lindert die Schmerzen, die durch verletzte Knochenhaut – was bei Verstauchungen häufig vorkommt – hervorgerufen werden. Empfohlene Dosis 1 oder 2 Wochen lang 2mal täglich eine Gabe.

Bryonia D30*. Dieses Mittel sollten Sie wählen, wenn gleichzeitig die Gelenkhaut entzündet und die Gelenkkapsel schmerzhaft angeschwollen ist. Das Pferd wird sich nicht dagegen wehren, wenn Sie behutsam, aber dennoch fest auf den entzündeten Bereich drücken, es wird sich jedoch heftig dagegen sträuben, das Gelenk zu bewegen.

Silicea D30*. Das Mittel kann starke Narbenbildung und pathologische Knochenveränderungen verhindern, wenn man es 2mal wöchentlich verabreicht.

Äußerliche (topische) Behandlung: Als Zusatz von Salben oder Lotionen können Arnica und Ruta auch äußerlich zur Behandlung verletzter Gelenke verwendet werden.

Entzündungen der Knochenhaut (Periostitis)

Die Knochenhaut (Periost) überzieht als dicke Bindegewebsschicht sämtliche Knochen; ihre Entzündung wird in der Medizin auch als Periostitis bezeichnet. Da die Bänder am Periost ansetzen, kann bei einem Bänderriß oder einer Bänderdehnung auch die angrenzende Knochenhaut in Mitleidenschaft gezogen sein. Auch durch direkte Knochenverletzungen (wie beispielsweise durch einen Schlag) kann das Periost geschädigt werden. Zu den weiteren Folgen einer Periostitis zählen u. a. Leist, Schale oder Krongelenkschale, Sesamoiditis (Entzündung der Sesambeine) und Exostosen (Knochenauswüchse) im Bereich der Mittelhandknochen.

Arnica D30*. Eignet sich hervorragend, wenn Muskeln und Bindegewebe geschwollen sind. Empfohlene Dosis 3mal täglich, bis die Schwellungen zurückgehen.

Ruta D30* oder **M1.** Ein bedeutendes Mittel, wenn es um Zerrungen sowie Verletzungen der Knochenhaut geht. Empfohlene Dosis 3mal täglich; senken Sie die Dosis, wenn sich der Zustand des Pferdes eindeutig verbessert. Dadurch wird die Heilung beschleunigt.

Symphytum D30*. Dieses Mittel bewirkt, daß Knochenverletzungen aller Art rasch verheilen. Folgende Dosierung sollten Sie befolgen: Geben Sie ein paar Tage lang 3mal täglich, dann 1 oder 2 Wochen lang nur noch 1mal am Tag.

Rhus tox. D30* oder **M1.** Verstauchungen und Zerrungen bei Pferden sprechen generell gut auf Rhus tox. an; es gilt als ein hervorragendes Mittel für lahmende Pferde. Sie sollten immer zu Rhus tox. greifen, wenn Ihr Pferd nach längerem Ruhen steif ist, während es ihm nach langsamer Bewegung besser geht.

Calcium fluoratum D200. Sie sollten dieses Mittel geben, wenn Sie während der Periostitis Knochenauswüchse (Exostosen) feststellen. Empfohlene Dosis 2mal wöchentlich.

Silicea D30*. 1mal wöchentlich verabreicht, kann dieses Mittel sowohl alte Narben verschwinden lassen als auch eine starke neue Narbenbildung verhindern.

Hypericum D30*. Homöopathisch aufbereitetes Johanniskraut lindert schmerzende, verletzte Nervenendigungen. Empfohlene Dosis 3mal täglich.

Äußerliche (topische) Behandlung: Ruta und Arnica können als Einreibemittel auch äußerlich die Behandlung unterstützen.

Arthritis

Unter den Begriff Arthritis fallen zahlreiche Gelenkleiden, wie beispielsweise alle Gelenkentzündungen und degenerativen Veränderungen an und in den Gelenken. Bei einer serösen (blutigwäßrigen) Arthritis, die meist infolge äußerer Gewalt wie etwa Schläge oder Stöße entsteht, können Gelenkergüsse auftreten. Eine infektiöse Arthritis bildet sich aus, weil Bakterien oder andere Krankheitserreger in das Gelenk gelangt sind. Unter Osteoarthritis versteht man eine degenerative Gelenkkrankheit, bei der der Gelenkknorpel angegriffen wird und neues Knochenmaterial in Form knochiger Auswüchse an den Gelenkrändern abgelagert wird. Beispiel für eine solche Form der Arthritis ist der Spat, eine degenerative Entzündung des Sprunggelenks.

Rhus tox. M1. Ein typisches Zeichen für Rhus tox. ist, wenn Ihr Pferd bei feucht-kalter Witterung und nach längerem Ruhen zusehends steif wird und seine Schmerzen stärker werden. Nach langsamer Bewegung geht es ihm sichtlich besser. Empfohlene Dosis für Rhus tox. M1 ist 1 Woche lang 1mal täglich. Mit den Potenzen D30 und D200 können Sie problemlos eine Routinebehandlung chronisch steifer, arthritischer Pferde durchführen; als Dosis wird eine Gabe 1mal täglich empfohlen. Rhus tox. gilt als eines der besten homöopathischen Mittel gegen Arthritis.

Bryonia D30* oder **D200.** Wird bei solchen Formen der Arthritis verabreicht, wenn es dem Pferd nach

Ruhigstellung besser geht. Je nach Bedarf können Sie das Mittel 1- oder 2mal täglich verabreichen. Sanftes Drücken auf die entzündeten Gelenke verschafft dem Tier Linderung.

Ruta, Symphytum und **Arnica** können zusammen mit einem der oben genannten Mittel verabreicht werden, um das Abheilen von wundem Gewebe und verletzter Knochen zu unterstützen.

Stichverletzungen und Hufabszesse

Ledum D30*. Ein gutes Mittel gegen Stichwunden aller Art (zum Beispiel Nageltritt). Empfohlene Dosis 2 Tage lang 3mal täglich eine Gabe.

Hypericum D30*. Angezeigt bei allen Wunden mit verletzten Nervenendigungen, aber auch bei Stichverletzungen. Empfohlene Dosis ein paar Tage lang 3mal täglich eine Gabe.

Myristica D30*. Hilft sehr gut bei Hufabszessen, aber auch bei anderen Abszeßformen, insbesondere bei tiefsitzenden. Empfohlene Dosis 3mal täglich 1 Gabe, bis der Abszeß austrocknet und abheilt.

Hepar sulfuris D30*. Ein bedeutendes Mittel bei schmerzhaften Hufabszessen. Das Pferd reagiert äußerst empfindlich, wenn dieser berührt wird. Es genügt schon, 3- bis 4mal täglich 1 Gabe zu verabreichen, bis sich der Abszeß öffnet und austrocknet.

Silicea D30*. Dieses Mittel wirkt dahingehend, daß bestehendes Narbengewebe abgebaut wird, hilft aber auch bei kalten Abszessen (das sind »tuberkulöse« Abszesse, die weder gerötet noch warm sind). Empfohlene Dosis (zur Verminderung der Narbenbildung) eine oder zwei Gaben im Abstand von ein paar Tagen bzw. 1mal täglich (bei Abszeß).

Calcium sulfuricum D30*. Dieses Mittel wird gegeben, wenn sich der Abszeß geöffnet hat, um seine Austrocknung und Abheilung zu fördern. Empfohlene Dosis ein paar Tage lang 2mal täglich eine Gabe.

Wildes Horn

Silicea D30*. Das Mittel wird bei wildem Hornwuchs verabreicht, der vereitert. Wildes Horn bildet sich bevorzugt am Vorderhuf zwischen Wand (Paries corneus) und Eckstrebe (Pars inflexa lateralis), häufig nach Verletzung oder infolge einer chronischen Hufrehe. Silicea soll die Infektion eindämmen. Die empfohlene Dosis beträgt 2 Wochen lang täglich eine Gabe.

Calcium fluoratum D200. Sorgt für den Abbau verhärteten Gewebes. Empfohlene Dosis 2mal wöchentlich.

Strahlfäule oder Hornfäule

Bei diesem Leiden, einer übelriechenden Infektion des Strahls, zerfallen Teile des Hornstrahls zu einer schwarzen, nekrotischen Masse, die sich in den Strahlfurchen (Sulci paracuneales) ansammelt. Häufig führen unhygienische Haltung dazu, daß diese Krankheit auftritt.

Kreosotum D200. Das wichtigste homöopathische Mittel gegen Strahlfäule. Empfohlene Dosis ein oder zwei Wochen lang 1- oder 2mal täglich.

Silicea D30*. Fördert die Abheilung des erkrankten Gewebes und wirkt sehr intensiv auf das gesunde Wachstum neuer Zellen.

Der Strahl kann 1mal täglich mit einem feuchten Wickel bandagiert werden, der mit Calendula- und Arnica-Tinktur getränkt ist.

Spröde Hufe und Hornspalten

Silicea D200. 3mal wöchentlich verabreicht, fördert Silicea die Heilung und kräftigt die Hufe.

Akute Hufrehe (Entzündung der Huflederhaut; Pododermatitis aseptica diffusa)

Aconitum M1. Sobald sich die ersten Symptome der Krankheit zeigen, kann Aconitum sofort verabreicht werden, und zwar 4 Gaben im Abstand von je 15 Minuten.

Crotalus horridus M10. Das homöopathisch aufbereitete Klapperschlangengift zielt auf das Blutgefäßsystem, in diesem Fall auf den Hufbereich, dessen Gefäße verengt sind. Empfohlene Dosis dieser hohen Potenz: 5 Tage lang 2mal täglich; anschließend sollte dem Pferd dann Secale gegeben werden.

Secale cornutum D6. Das Mittel sorgt dafür, daß sich die Durchblutung der Hufe wieder normalisiert. Es wird im Anschluß an Crotalus einen Monat lang jeden 2. Tag verabreicht

Belladonna M1. Wird gegeben, wenn das Pferd schwitzt und unruhig ist; sein Puls ist außerdem kräftig und hüpfend, und ab und zu fiebert das Tier auch. Verabreichen Sie ihm halbstündlich 4 Gaben, anschließend eine weitere Gabe 1 Stunde nach der letzten (insgesamt also 5 Gaben).

Chronische Hufrehe (Hufverschlag)

Rhus tox. M1. Empfohlene Dosis 2 Wochen lang 1mal täglich, anschließend für einen Monat an jedem 2. Tag eine Gabe.

Calcium fluoratum D200. Dieses Mittel beugt Narbenbildung und Abbau von gesundem Gewebe vor. Empfohlene Dosis einen Monat lang 2mal wöchentlich.

Erkrankungen des Nervensystems

Wobbler-Syndrom

Diese Krankheit zählt zu den häufigsten nervösen Leiden bei jungen Pferden. Die Symptome äußern sich in Bewegungsstörungen der Hinterbeine, Schwäche, einer allgemeinen

Koordinationsstörung (Ataxie), einem gesenkt gehaltenen Kopf und wankendem Gang. Das Wobbler-Syndrom ist ein genetisch bedingtes Leiden; ähnliche Symptome zeigen sich bei spinaler Ataxie, die z. B. durch ein Trauma des Rückenmarks im Bereich der Halswirbelsäule verursacht wurde. (Ein Trauma ist ein gewaltsamer Eingriff von außen, beispielsweise ein Schlag, Sturz oder Rückwärtsüberschlagen.)

Helleborus niger D30* oder **D200.** Homöopathisch aufbereitete Christrose wirkt speziell auf Gehirn, Rückenmark und Wirbelsäule. Kennzeichnende Symptome sind Muskelschwäche und ein wackliger Gang. Das Pferd wirkt teilnahmslos. Wenn es gehen will, hat es Schwierigkeiten loszulaufen, und ähnliche Schwierigkeiten treten auf, wenn es im Gehen verhält. Empfohlene Dosis 3mal täglich eine Gabe; notfalls müssen Sie zu höheren Potenzen greifen.

Gelsemium D200. Ein Pferd, das Gelsemium benötigt, leidet an leichtem Muskelzittern und ermüdet rasch. Empfohlene Dosis eine Woche lang 3mal täglich; ggf. müssen Sie mit der Behandlung fortfahren.

Hypericum und **Ruta,** beides als **Potenz D30*.** 3mal täglich verabreicht, können diese Mittel die Heilung der Nervenquetschung beschleunigen. (Einige Formen von Nervenquetschungen heilen jedoch nicht; das zeigt sich aber erst bei der Behandlung. In solchen hoffnungslosen Fällen sind die einzigen Möglichkeiten Vitamin-B-Komplex-Mittel und Ruhe.)

Conium maculatum D30*. Ein gutes Mittel gegen Lähmungen, insbesondere bei rumpfwärts aufsteigender Paralyse. Die Arznei wirkt besonders dann, wenn die Potenzen nach und nach erhöht werden. Zunächst wird die Potenz D30* verabreicht (ein paar Tage lang 3mal täglich), dann wird Conium D200 gegeben (2mal täglich) und anschließend die Hochpotenzen M1 und höher verabreicht.

Lähmung der Gesichtsnerven (Facialisnerv)

Hypericum D30*. Ein hervorragendes Mittel für verletzte Nerven. Empfohlene Dosis 3mal täglich eine Gabe.

Gelsemium D30*. Hilft vor allem in solchen Fällen, wenn mehrere Nervengruppen gelähmt sind, insbesondere im Kopfbereich. Gelsemium sollte generell bei Lähmungen motorischer Nerven – ganz besonders, wenn der Lähmung eine Infektion vorausging – in Erwägung gezogen werden. Beginnen Sie die Behandlung mit der Potenz D30* (3mal täglich für einige Tage), und wechseln Sie zu einer höheren Potenz, wenn sich mit der tieferen kein Erfolg einstellte.

Causticum D30*. Das Mittel ist vor allem dann angebracht, wenn eine lokale Lähmung einzelner Nerven, etwa der Gesichtsnerven, Kehlkopfnerven oder Schließmuskelnerven vorliegt, und weniger ganze Nervengeflechte gelähmt sind. Besonders gute Wirkung zeigt Causticum bei Harnblasenschwäche, die infolge einer Nervenlähmung eintritt. Der Hahnemannsche Ätzstoff ist immer in solchen Leiden angezeigt, die nach längerem Aufenthalt in der Kälte aufgetaucht sind.

Lähmungen des Ischiasnervs und des Radialisnervs (Speichennervs)

Zur Behandlung dieser Nervenlähmungen können Sie die gleichen Mittel verabreichen wie bei einer Facialislähmung. Zusätzlich können Sie aber auch auf folgende Arzneien zurückgreifen:

Plumbum metallicum D30. Eine entscheidende Modalität für die Wahl dieses Mittels ist, daß bei diesem Pferd oft die Reflexe ausbleiben. Empfohlene Dosis eine Woche lang 2mal täglich eine Gabe.

Curare D30. Bei dieser Arznei finden wir außer einer ausgeprägten Muskelschwäche auch verstärkt Muskelzittern vor. Empfohlene Dosis eine Woche lang 3mal täglich eine Gabe.

Schlußwort

In diesem Abschnitt konnten nur einige häufig vorkommende Pferdekrankheiten und eine Auswahl grundsätzlicher homöopathischer Mittel vorgestellt werden. Weitere Informationen finden Sie in der Literaturliste am Ende dieses Kapitels, in der einige grundsätzliche Werke, aber auch einige spezielle Bücher über Pferdehomöopathie aufgeführt sind.

Grundsätzlich sollten Sie immer ein homöopathisches Apothekenschränkchen in Stall oder Hof bereithalten, da viele akute Beschwerden schneller verschwinden, wenn man sie möglichst früh homöopathisch behandelt. Die wichtigsten Mittel habe ich im folgenden Abschnitt aufgelistet. Sie sind zwar im Prinzip sehr hilfreich, können im Zweifelsfall aber nicht die Beurteilungsfähigkeit und das Wissen eines Tierarztes ersetzen.

Viele der in diesem Buch vorgestellten Behandlungsmethoden wirken Hand in Hand: So kann beispielsweise einem Pferd, das einen unsicheren, schwankenden Gang hat und an einer Nervenlähmung leidet, sowohl durch Akupunktur (durch einen erfahrenen Veterinärakupunkteur) als auch durch das geeignete homöopathische Mittel geholfen werden. Bleibt mir nun nur zu hoffen, daß Sie an diesen wunderbaren Heilmitteln ebensoviel Freude haben werden wie ich.

Alte Bezeichnung	Neue Bezeichnung	Deutscher Name
Antimonium tartaricum	Tartaricum stibium	Brechweinstein
Arsenicum album	Acidum arsenicosum	Arsenige Säure, Weißes Arsenik
Bacillinum	Tuberculinum	Nosode aus Gewebe von Tuberkulosekranken
Calcium fluoratum	Calcium fluoricum	Flußspat
China	Cinchona succiruba	Chinarinde
Chrysarobinum	Araroba	Araroba, Goapulver
Echinacea	Rudbeckia angustifolia	Sonnenhut, Igelkopf, Kegelblume
Rhus toxicodendron	Toxicodendron quercifolium	Giftsumach
Silicea	Acidum silicicum	Kieselsäure

Die homöopathische Hausapotheke

Nachfolgend finden Sie eine Liste mit einigen nützlichen Mitteln für den täglichen Gebrauch.

- **Mittel zur oralen Anwendung:**
  Aconitum napellus, Apis mellifica, Argentum nitricum, Arnica montana, Arsenicum album, Belladonna, Bryonia alba, Cantharis, Caulophyllum, Chamomilla, Colocynthis, Gelsemium, Hepar sulfuris, Ledum, Mercurius corrosivus, Mercurius solubilis, Petroleum, Pulsatilla, Rhus tox., Ruta, Sanicula, Sepia, Silicea, Symphytum und Urtica.

- **Salben, Tinkturen (zur äußerlichen Behandlung)**
  Arnica, Calendula, Hamamelis, Hypericum, Ruta, Euphrasia-Augentropfen

Verzeichnis der Synonyme

Die Bezeichnungen einiger Materia medica haben sich in den letzten Jahren geändert. Bei der Übersetzung wurden weiterhin die alten Namen beibehalten; zur Orientierung des Leser, der beim Kauf eines Mittels oder in anderen Werken vielleicht auf die neuen Bezeichnungen stoßen wird, sollen an dieser Stelle alte und neue Namen aufgelistet werden. Trotz unterschiedlicher Bezeichnungen handelt es sich aber immer um ein und dasselbe Mittel.

4. Massage

von Craig Denega

Einführung

Massage ist ein uraltes Heilverfahren, bei dem verspannte Muskeln, verhärtete Sehnen und steife Gelenke mit den Händen bearbeitet werden, damit diese wieder beweglich, elastisch und normal durchblutet werden. Massage bedeutet aber auch die wechselseitige Begegnung zweier Lebewesen, bei der dem einen Lebewesen ein von dem anderen gewünschter positiver Effekt zuteil wird, ohne daß das Wohlbefinden des zweiten Wesens beeinträchtigt wird. Die Massage konzentriert sich zudem auf solche Bereiche, die für das massierte Lebewesen besonders schmerzhaft sind, und sie weckt die in diesem Wesen schlummernden Selbstheilungskräfte. Dies geschieht durch gezieltes Drücken auf bestimmte Kontrollmechanismen (Akupunkturpunkte – bei der Bindegewebsmassage), durch Stimulation der Organe selbst oder durch Anregung der Kommunikation zwischen den Zellen (wobei das dem Körper angeborene »Wissen« geweckt wird, um die Mängel und Ungleichgewichte zu beheben). Schließlich löst die Massage auch noch physische Spannungen (unkontrollierte Energie), die den Bewegungsfluß blockieren.

Frühgeschichtliche Höhlenmalereien aus den Pyrenäen, die 15.000 Jahre alt sind, und uralte Felsmalereien aus China, Tibet, Indien und Ägypten sind historische Belege, wie lange die Menschheit schon die Massage zu Heilzwecken nutzt.

Von allen Heilkünsten ist aber wohl gerade die Massage diejenige, die am wenigsten erforscht sowie am häufigsten unterschätzt und mißverstanden wird. Sie verläßt sich stärker auf Beobachtungen, Wechselwirkungen und erfolgreichen Annäherungen als die auf Formeln beruhende Schulmedizin. Die Massage gehört zu den fünf Teildiszipli-

nen der klassischen chinesischen Medizin, deren uralter Wissensschatz erst nach und nach in die heutige westliche Medizin einzieht. Die Chinesen, Inder und andere alte asiatischen Kulturen lehren, daß der Mensch ein ausgeglichenes Leben führen soll. Diese Ausgeglichenheit erreicht er nicht nur durch eine ausgewogene Ernährung, körperliche Ausgleichsübungen (Yoga, Tai Chi Chuan, Gymnastik) und Konzentrationsübungen für den Verstand (Meditation, Mathematik), sondern er muß darüber hinaus auch versuchen, auf eine Ebene der seelischen Harmonie zu gelangen. Seine körperliche Ausgeglichenheit kann ein Organismus vermittels Techniken wie Massage, Akupunktur, Kräutertherapie und neuerdings auch Chiropraxis wiederherstellen. Wenn die Fesseln des Körpers gelöst sind, finden Geist und Seele neue Energien und können nun nach Höherem streben. Demnach geht dieser holistische (ganzheitliche) Ansatz davon aus, daß alle Krankheiten aufgrund eines länger bestehenden Ungleichgewichtes zwischen Verstand, Körper, Seele und Emotionen entstehen.
Auch die westliche Medizin erkennt ansatzweise die Bedeutung der Massage bzw. manuellen Berührung für den gesamten Genesungsprozeß. So lautet beispielsweise eine Passage des Hippokratischen Eides: »Ich will niemals die Kunst der Massage vergessen, noch den Meister, der mich diese Kunst lehrte.« Auch das Wort Behandlung impliziert ja schon, wie wichtig die Rolle der Hand ist, damit ein Mensch gesund wird. In vielen alten Religionen wird immer wieder die positive Wirkung eines bloßen »Handauflegens« erwähnt.
Im Verlauf dieses Jahrhundert erzielten die Menschen zwar in Bereichen wie Technologie, Verkehr, Kriegswesen und Sport gewaltige Fortschritte, gleichzeitig wurden aber auch die Dimensionen der Traumata und Verletzungen zunehmend größer. Die moderne Medizin muß daher mit den gravierenden Folgen dieser Zeitgeisterscheinungen Schritt halten. Übersehen werden dabei unauffällige, langsam fortschreitende Gebrechen, die sich erst nach geraumer Zeit in eine richtige Krankheit entwickeln. Häufig handelt es sich um Folgen des ausgeübten Berufes bzw. einer ausgeübten Tätigkeit, und zu den betroffenen Risikogruppen zählen besonders oft Sportler – Menschen wie Pferde.

Wann man nicht massieren sollte

Schmerzen sind Alarmsignale des Körpers, daß irgendwo im Inneren des Organismus etwas nicht in Ordnung ist. Schmerzen wirken oft auch als »Notbremse«, die die bisherigen Bewegungen einschränkt und so weitere Verletzungen zu verhindern hilft. Je intensiver ein Schmerz auftritt, desto gravierender ist meist das vorliegende Leiden. Einen jäh auftretenden Schmerz während einer bestimmten Bewegung kann man getrost übersehen, jedoch sind lang andauernde, ziehende, innere Schmerzen möglicherweise akute Symptome einer lebensgefährlichen Krankheit. Bei solchen Schmerzen müssen Sie unbedingt einen Arzt konsultieren! Schmerzen der ersten Kategorie können hingegen gut mit Massage behandelt werden; häufig ist sie eine schonende Methode, die rasch Erfolge erzielt, vor allem wenn es sich um alte Muskelverletzungen handelt, welche die normale Bewegung des Körpers beeinträchtigen. Idealerweise sollte Massage vorbeugend eingesetzt werden, um Gesundheitszustand und Wohlbefinden konstant zu halten. Zusammen mit einer ausgewogenen Ernährung und einem sinnvollen Körpertraining kann sie helfen die körperliche Kondition lange auf einem hohen Niveau zu halten.

Ursachen von Muskelverletzungen

Zu den verschiedenen Gründen, warum ein Muskel nicht mehr richtig kontrahiert, zählen u. a. Verletzungen (z. B. durch Schläge), Überanstrengung, Dehnung, zu rasches Abkühlen (insbesondere, wenn er sich vorher zu rasch erwärmt hat), asymmetrische Haltung (durch falsches Schuhwerk), Fieber, Krankheit, falsche Ernährung, anatomische oder physiologische Fehler, ja selbst eine träge arbeitende Leber. Extreme sportliche Belastungen können ebfnenfalls zu Muskelschäden führen, insbesondere wenn der Muskel nicht richtig warm wurde: manche Sportarten bergen allerdings auch von Natur aus ein erhöhtes Verletzungsrisiko in sich. Da bei einer Überlastung oder Verletzung eines Muskels andere Muskeln (z. B. seine Antagonisten) oder Gelenke meist die Arbeit des verletzten Muskels übernehmen, um ihn zu schonen, werden sie stärker als normal belastet. Dadurch kann es zu Symptomen wie Reibung, Erwärmung, asymmetrischer Verschleiß, eingeschränkte Beweglichkeit und anderen Kompensationseffekten kommen, so daß die Muskulatur selbst in Ruhe sehr viel mehr Energie verbraucht. Die Aufgabe eines Masseurs besteht nun darin, diese defekten Muskelpartien (die ich im folgenden als »Knurdles« bezeichnen möchte) durch Überlegung und Ertasten zu finden und ihre alte Funktionsweise wiederherzustellen. [1]

Die Bedeutung von Berührungen

Wissenschaftliche Untersuchungen belegen, daß die normale Entwicklung eines Menschen stark von Berührungen beeinflußt wird, und daß zu wenig Berührungen aggressive Neigungen und Gewaltverhalten fördern können. So reagieren beispielsweise unterentwickelte Säuglinge sehr intensiv auf Berührungen, und für Gefängnisinsassen bedeutet Einzelhaft (»Isolationsfolter«) eine besondere Form der Strafverschärfung.

Die Haut ist das größte Organ des Körpers – man nimmt daher an, daß der erste Sinn, der sich entwickelt, der taktile oder Tastsinn ist. Wenn ein Lebewesen auf Berührung reagiert, zeigt es automatisch, daß es lebendig ist. Die Kunst der Massage ist eine Weiterentwicklung und Verbesserung des »Tastens«, um gezielt einen bestimmten Effekt im Körper zu erwirken.

In den verschiedensten Formen hat sich auch die Massage von Pferden seit vielen Jahren bewährt. Auch Tiere reagieren auf Berührung, eine dargebotene Möhre oder eine freundliche Geste – all dies sind Faktoren, die überhaupt die Zähmung von Haustieren erst möglich machten. Aus neuerer Zeit wissen wir beispielsweise, daß Mitte des 19. Jahrhunderts in vielen Kavallerieregimentern Pferde massiert wurden. Um 1900 rieben Stallburschen in Europa ihre Pferde »nach alter Manier« ab. In den USA praktizieren Therapeuten wie Jack Meagher, der auch der »Vater der Sportmassage« genannt wird, seit mehreren Jahren Massage bei Pferden. Demnach muß die Massage schon eine Besonderheit darstellen, wurde sie doch jahrhundertelang in zahlreichen unterschiedlichen Kulturkreisen angewendet.

Was Massage zu leisten vermag

Primär soll die Massage nicht dazu dienen, eine Krankheit zu heilen, vielmehr soll sie die körpereigenen Heilkräfte mobilisieren. Nachweislich kann Massage folgendes leisten:

- ❐ Sie fördert die Durchblutung und erweitert die Blutgefäße.
- ❐ Sie erhöht die Zahl der roten Blutkörperchen (Erythrozyten).
- ❐ Sie regt den Lymphfluß an.
- ❐ Sie beschleunigt die Ausscheidung von Stoffwechselschlacken und toxischen Produkten.
- ❐ Sie lockert verkrampfte Muskeln (Muskelspasmen).
- ❐ Sie löst Verspannungen.
- ❐ Sie steigert die Versorgung der Zellen mit Energie, indem sie den Kreislauf insgesamt anregt (und somit auch den Austausch von Substanzen zwischen Blut und Gewebe sowie den Zellstoffwechsel allgemein erhöht).
- ❐ Sie fördert die Ausscheidung von Flüssigkeit, Harnstoff, Mineralien, Phosphaten und anderen Salzen über die Nieren.
- ❐ Sie dehnt das Bindegewebe, indem sie seine Durchblutung und Energieversorgung fördert und so die Gefahr von Verklebungen und Bindegewebsentartungen (Fibrosen) verhindert.
- ❐ Sie steigert die Durchblutung und Energieversorgung der Gelenke und beschleunigt den Ab-

bau schädlicher Ablagerungen in den Gelenken.

- Sie verringert die Gefahr von Entzündungen und Schwellungen in den Gelenken, wodurch Schmerzen gelindert werden.
- Sie fördert die Durchblutung sowie die Energie- und Sauerstoffversorgung der Muskeln; auf diese Weise wird die »Sauerstoffschuld«, die der Muskel bei kurzfristiger Spitzenbelastung eingegangen ist, ausgeglichen und das dabei entstandene und akkumulierte Laktat (Milchsäure) abgebaut: der »Muskelkater« verschwindet.
- Sie kräftigt die Spannkraft der Muskeln und vergrößert ihre Kontraktionskraft; allgemein verbessert sich dadurch der Zustand des Massierten, weil sein Unwohlsein verfliegt.

Durch die gezielte Bearbeitung der oberflächlichen Muskeln und Muskelfaszien erhöht die Massage die Beweglichkeit des ganzen Körpers und korrigiert Muskelschäden, indem sie Verklebungen und Verspannungen löst. »Jede zusätzliche Verhärtung, Verkrampfung oder Verklebung eines Muskels, wodurch Sauerstoffversorgung und Abbau toxischer Schlackstoffe beeinträchtigt werden, wird sich auf die Gesamtleistung des Muskels auswirken.« [2] Ein weiteres Plus der Massage besteht darin, daß sie die inneren Organe anregt, mit mehr Effizienz und »streßfrei« zu arbeiten. Wenn es uns gelingt, die Beweglichkeit der Muskeln zu erhöhen und gleichzeitig ihren Energiebedarf zu senken, wird das Pferd langfristig seine alte Form wiedergewinnen.

Schmerz und Massage

Schmerzen sind, wie schon erwähnt, eine Art Notbremse des Körpers, nun mal einen Schritt kürzer zu treten. Die meisten Schmerzen verspüren wir unmittelbar. Allerdings gibt es auch »versteckte« Schmerzen, die sich erst dann zeigen, nachdem wir eine ungewöhnliche Haltung eingenommen haben, etwa eine besondere Fitneß-Übung, oder uns besonders stark körperlich verausgabt haben, beispielsweise nach einem spontanen Fußballspiel am Samstagnachmittag. Außerdem versucht der Körper häufig, alte Verletzungen zu kompensieren, die wir nur gelegentlich als Beschwerden verspüren, beispielsweise bei einem Wetterumschwung, wenn irgendetwas auf die verletzte Stelle drückt oder wenn dieser Bereich massiert wird. Massage muß nicht wehtun; mit Ausnahme einiger weniger Stellen (Augen, Kehle) wird der Körper einen festen Druck nicht als unangenehm empfinden. Wenn andererseits ein latent schmerzhafter Bereich vorliegt, werden die Schmerzen nicht etwa durch die Massage ausgelöst, sondern quasi nur »geweckt«. So entspricht beispielsweise der

Druck, den wir mit dem Daumen ausüben, einem Gewicht von nur sechs bis acht Kilogramm – vorausgesetzt, er wird nach und nach appliziert. Abrupte Druckänderungen werden vom Körper nicht als angenehm empfunden; wenn Sie jedoch rhythmisch auf eine Stelle pressen und den Druck wieder lösen, gewöhnt sich der Körper daran und der Schmerz klingt ab. Hierzu ein einfaches Beispiel: Wenn Sie sich mit dem Hammer auf den Daumen schlagen, ergreifen und pressen Sie den Finger instinktiv; indem Sie mehrmals den verletzten Daumen pressen und langsam wieder loslassen, empfinden Sie die Verletzung weitaus weniger traumatisch. Ein »gesunder« Muskel fühlt sich wohl, wenn er berührt wird, verletzte Bereiche hingegen schmerzen bei Berührung.

Während meiner mehr als zwanzigjährigen Tätigkeit als Masseur ist mir noch niemand begegnet, der keine bestimmte »Problemstelle« am Körper besaß, und viele haben sich damit abgefunden. Doch jeder, der schon einmal massiert worden ist, wird mir bestätigen, daß das nicht der Fall sein muß. Die Massage bietet viele verborgene Vorzüge, die manchmal erst nach einiger Zeit offenbar werden und die Geduld des Massierten dann endlich belohnen.

An dieser Stelle möchte ich ein paar Worte zum Thema Stretching sagen. Durch langsames Dehnen der Gliedmaßen bis zu einem Punkt, wo es nicht mehr weitergeht, kann man sehr viel über den Spannungszustand der Muskulatur erfahren. Doch genau wie bei der Massage ist zu rasches Stretching schmerzhaft und außerdem gefährlich, da leicht ein Muskel verzerrt wird oder gar reißen kann. Sowohl Stretching wie Massage können bei vorsichtiger Ausübung verspannte Muskeln lockern und die Gesamtbeweglichkeit erhöhen. Dadurch regen Sie auch vermehrt Kreislauf und Durchblutung an, was u. a. auch die Genesung alter Verletzungen beschleunigt. Beide Methoden tragen somit dazu bei, die Verletzungsgefahr generell zu verringern.

Anleitung zur Pferdemassage

Damit nicht nur Ihr Pferd, sondern auch Sie selbst viel Freude aus der Massage ziehen können, sollten Sie Ihren Verstand gebrauchen und einige Vorsichtsmaßnahmen treffen.

Zu einer ordentlichen Ausrüstung gehören als Kleidung ein fester Hut, der Gesicht und Ohren vor einem schnappenden Pferd bewahrt, weiterhin eine solide Jacke, die dem Pferd keine Gelegenheit zum Festbeißen bieten sollte, Handschuhe mit abgeschnittenen Fingerenden, damit die Kuppen noch die Haut spüren können, sowie festes Schuhwerk (zum Schutz der Zehen).

Nutzen Sie nicht nur Ihre Muskelkraft, sondern setzen Sie auch die Hebelwirkung Ihrer Gliedmaßen und Ihres Körpergewichts ein! Dadurch ermüden Sie nicht so rasch.

Ein gekrümmter Arm wird beispielsweise nur durch Muskelkraft gehalten; wenn Sie ihn durchstrecken, dann setzen Sie Ihr Gewicht mechanisch ein. Selbstverständlich brauchen Sie schon ein paar »Muckis«, um überhaupt ein Pferd massieren zu können, und je häufiger Sie eine Massage durchführen, desto kräftiger werden Ihre Muskeln wachsen. Lassen Sie sich also anfangs nicht entmutigen! Jeder Lernprozeß beruht auf Versuchen und Näherungen, die durch den Erfolg bestätigt werden. Wenn Daumen oder Finger müde werden, versuchen Sie es halt mit Fingerknöcheln oder Ellbogen. Manchmal können Sie auch Ihren Arm mit der Hüfte abstützen, oder Sie lehnen sich mit Ihrem ganzen Körpergewicht gegen das Pferd, um mehr Kraft auszuüben. Oft hilft es schon, wenn Sie das Tier direkt neben eine Stallwand oder einen Weidezaun stellen und diese Fläche als Widerlager verwenden. Wenn Sie das Pferd gut kennen oder es sehr ruhig ist, können Sie sich auch neben das Tier auf einen Heuballen stellen, um einen stärkeren Druck ausüben zu können. Wenn Sie sich mit durchgestreckten Armen unter Ausnutzung Ihres Gewichtes auf das Pferd stützen, können Sie nicht durch plötzliches Auskeilen verletzt werden.

Sicherheitsvorkehrungen

Wenn ich an der Hinterhand eines Pferdes arbeite, lege ich immer meine freie Hand fest gegen dessen Sprunggelenk und stelle mich seitlich daneben. Pferde können hinten zwar sehr kräftig austreten, doch läßt sich ein seitlich gerichteter Tritt relativ leicht abwehren. Wenn Sie spüren, daß das Pferd seitlich auskicken will, stoßen Sie es sofort zurück, so daß der Tritt nach hinten geht. Daher sollte sich nichts und niemand direkt hinter dem Tier befinden! Wenn Sie wirklich einmal hinter einem Pferd arbeiten müssen, sollten Sie einen »Sicherheitspuffer« aus ein oder zwei Heuballen aufstellen. Bei einem anderen Trick muß ein Helfer das Vorderbein derselben Seite, an der Sie massieren, hochhalten. Hundertprozentig sicher ist diese Methode nicht, da ich schon Pferde erlebt habe, die ganz elegant auf zwei Beinen standen und nach hinten auskeilten. Allerdings werden Sie nur sehr schlecht ein Pferd massieren können, wenn Sie selbst eine Verletzung auskurieren müssen.

Überlegen Sie sich vorher schon mal einen Fluchtweg, wenn das Pferd plötzlich aufschrickt und nicht mehr zu bändigen ist; das Tier sollte nie zwischen Ihnen und der Boxentür stehen!

Bei Arbeiten im Schulterbereich legen Sie am besten die Hand, die sich am weitesten kopfwärts befindet, ganz oben auf seinen Hals, damit Sie diesen sofort wegstoßen können, sollte das Tier versuchen, den Kopf zu wenden und nach Ihnen zu schnappen. Tragen Sie weite, bequeme Kleidung und vor allem eine Kopfbedeckung. Wenn das Tier nach Ihnen schnappt, verlieren Sie so nur ein bißchen Stoff anstelle der eigenen Haut.

Meiner Erfahrung nach geht ein Pferd immer ein paar Schritte zurück, bevor es sich auf die Hinterhand stellt und vorne hochgeht. Wenn Sie glauben, daß Ihr Pferd dies gleich tun will, sollten Sie seine Hinterbeine fest in die Stallecke drängen.

Reden Sie während der Massage leise und beruhigend auf das Tier ein. Wenn Sie merken, daß es »aufmucken« will, reden Sie ihm beim ersten Mal ruhig, beim zweiten Mal bestimmt zu. Ein dritter Versuch sollte jedoch bestraft werden. Doch gehen Sie dabei nicht zu streng vor; Pferde sind zwar sehr große Tiere, doch auch recht sensibel, und Sie werden keine große Reaktion auf Schmerzen erhalten. Wenn Sie sich an diese Faustregeln halten, dürften Sie sich eigentlich nicht verletzen. Falls das Pferd sehr nervös ist, sollten Sie es später oder am folgenden Tage erneut versuchen. Im Prinzip ist es sogar ganz gut, zwischen zwei Massagesitzungen ein oder zwei Tage verstreichen zu lassen, da der Pferdekörper in der Zwischenzeit den Effekt der ersten Massage verarbeiten kann.

Wenn ein Pferd partout nicht stillhalten will, können Sie mit Ihrem Tierarzt beratschlagen, ob er es ruhigstellen soll. Diese Option sollte aber nur als allerletzte Lösung in Betracht gezogen werden! Solange es sich nicht um einen wilden Hengst handelt, sollten Sie raffiniertere Tricks entwickeln, um hier eine Massage durchführen zu können: Massieren Sie immer nur ein, zwei Bereiche, wechseln Sie die Intensität von Druck und Handgriffen. Bearbeiten Sie einige Minuten einen bestimmten Bereich, und wechseln Sie dann zu einem anderen und massieren diesen genausolang. Wenn Sie dann wieder zur ersten Stelle zurückgehen, wird das Pferd hier weniger empfindlich sein. Ein Beruhigungsmittel wird immer die Reaktionen eines Pferdes auf die Massage stören. Deshalb werden Sie dann auch nicht herausbekommen, welche Stellen besonders sensibel sind, so daß Sie möglicherweise die Beschwerden des Tieres dadurch sogar noch vergrößern. Massage ist im Prinzip so etwas wie ein Sonnenbad: Ein angenehmes entspannendes Erlebnis, doch sollte man sich am Anfang nur für kurze Zeit dem direkten Sonnenlicht aussetzen. Ein paar Minuten zu viel können jedoch zu einem schmerzhaften Sonnenbrand führen, der den wohltuenden Effekt des vorausgegangenen Sonnenbades wieder aufhebt.

»Knurdles«

»Knurdle« ist ein von mir kreiertes Wort für einen Muskel, der sich anders als das umliegende Muskelgewebe anfühlt. Ein normaler, nicht kontrahierter Muskel fühlt sich weich und angenehm an. Krümmen Sie Ihren Arm rechtwinklig ab und befühlen Sie den Oberarmmuskel von allen Seiten. Na, ist er jetzt nicht weich und schlaff ? Nun spannen Sie Ihren Bizeps und befühlen ihn erneut mit den Fingerspitzen. Spüren Sie die drahtigen Konturen unter der Haut ? So etwa fühlt sich ein »Knurdle« an, allerdings wird ein echter »Knurdle« noch von Schmerzen begleitet. Im Prinzip ertasten Sie solche Muskeln, die unfreiwillig kontrahieren müssen. Jeder Muskel kann nur eine gewisse Zeit kontrahieren und muß dann wieder entspannen. Durch eine Verletzung entsteht sozusagen eine »Dauer-Kontraktion« des Muskels, er kann nicht mehr erschlaffen. Schon bald gehen seine Energievorräte zur Neige, denn er wird nicht mehr mit Sauerstoff versorgt; der Muskel beginnt sozusagen zu »ersticken«, und wie ein ertrinkender Schwimmer wird er sich – voller Panik, wenn mir dieser Ausdruck hier erlaubt ist – mit letzter Kraft versuchen, an jedem Gegenstand festzuklammern, der ihn retten könnte. Dieses »Festklammern« spüren wir bei einem »Knurdle«. Eine Massage kann nun von außen den Muskel »wiederbeleben«, indem sie ihn wiederholt zusammendrückt und losläßt, so daß seine Fasern auseinandergespreizt werden. Hierdurch wird die Durchblutung – und somit auch die Sauerstoffversorgung – angekurbelt, seine »Panik« beseitigt, und der Muskel erschlafft wieder. Sobald der Widerstand des Muskels überwunden ist, kann »verbrauchtes« (mit Kohlendioxid und Milchsäure beladenes) Blut durch weiteres Massieren aus dem Muskel gepreßt und frisches, sauerstoffreiches Blut hineingedrückt werden. Manchmal finden wir »Knurdles« auch an der Kontaktstelle zwischen zwei Muskeln. Jeder Muskel ist von einer isolierenden Scheide umgeben, die es ihm erlaubt, sich unabhängig von benachbarten Muskeln zu bewegen. Hin und wieder kann jedoch zwischen einzelnen Muskeln ein »Kurzschluß« auftreten, durch den das Signal zur Kontraktion in den anliegenden Muskeln »einsickert«; dieser wird sich danach zusammenziehen bzw. verkrampfen. Eine solche »Blutung« können wir nur durch »Abdrücken stillen«, so wie wir es im Prinzip im Erste-Hilfe-Kurs gelernt haben. Erhöhen Sie den Druck nach und nach, halten ihn ca. 30 Sekunden, und lösen Sie ihn dann langsam wieder. Beim zweiten Zudrücken führen Sie nun langsame, kaum auffällige, kreisförmige Bewegungen aus, als ob Sie den Muskel sanft auseinander-

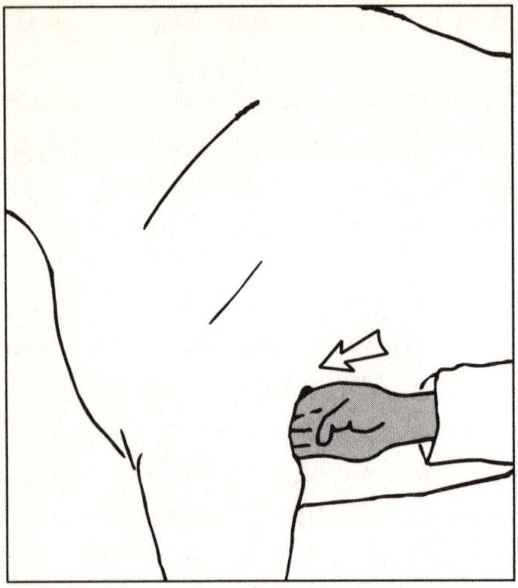

Bei Reitpferden ist dieser Bereich für gewöhnlich sehr empfindlich. Führen Sie nur langsame Bewegungen aus! Wenn das Pferd unter der Achsel »kitzelig« ist, reagiert es meist auch empfindlich, wenn man seinen Widerrist berührt.

drücken wollten. Wenn die Verspannung schon länger besteht, können Sie nicht erwarten, sofort mit einem Erfolgserlebnis belohnt zu werden. Ein anderer »Knurdle-Typ« entsteht durch Traumaeinwirkung – Schlagen (Zusammendrücken) oder Reißen (Auseinanderziehen). Wenn er noch relativ jung ist, fühlt er sich wie ein Loch oder Hohlraum an. Kühlen Sie die Stelle mit Eis, um sie abschwellen zu lassen. Bei älteren Verletzungen fühlen Sie vielleicht nur einen winzigen Knubbel im Muskel. Da Muskelfasern in Längsrichtung kontrahieren, verwenden wir die sogenannte »Transversale Friktions-Technik« (siehe unten), um diese Form der »Knurdles« zu behandeln. Drücken Sie die Haut des

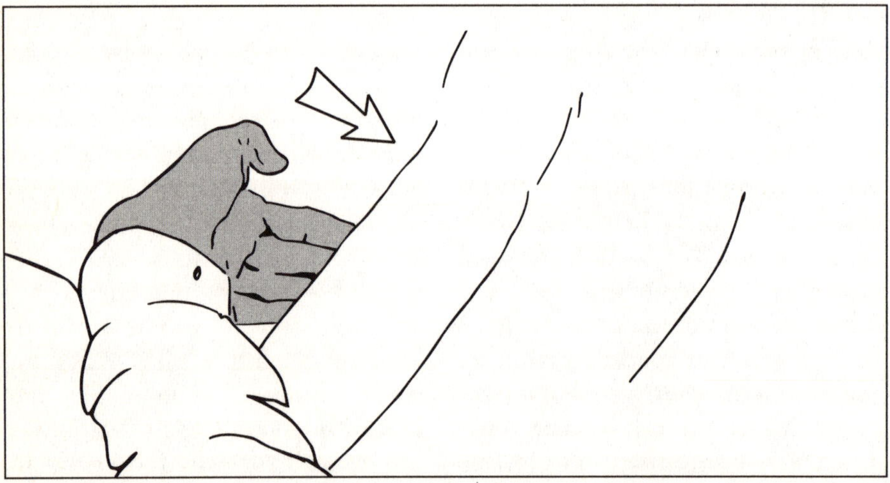

Auf diesen Abbildungen (oben und unten) soll demonstriert werden, wie sich ein »normaler« Muskel anfühlt. In diesem Bereich der Schulter sollten sie weich und nachgiebig sein, wenn man sie mit den Fingern drückt. Verwechseln Sie eine verspannte Muskelpartie nicht mit einem Muskel, der gut trainiert ist. Das ist ein gewaltiger Unterschied!

Pferdes fest zusammen und reiben Sie sie in Längsrichtung der Muskeln ab; beobachten Sie bei dieser Behandlung genau, wie weit die Geduld des Pferdes geht. Gleiten Sie keinesfalls nur mit der Haut über seine Haut, so daß es brennt, sondern drücken und dehnen Sie die Haut, soweit es geht, und drücken sie eine Zeitlang langsam vor und zurück. Machen Sie das solange, bis die Stelle weich wird oder das Pferd sich dagegen auflehnt. Denken Sie immer daran, daß dies ein sehr schmerzhafter Bereich ist. Gehen Sie also schonend vor und versetzen sich in die Lage des Pferdes.

Persönliche Vorbereitung

Das alles mag nun sehr kompliziert und einschüchternd klingen. Ich möchte Ihnen deshalb drei Vorschläge machen, wie Sie Ihre Befürchtungen vor einer ersten Pferdemassage überwinden können.

Vorschlag eins lautet: suchen Sie einen Masseur, der Erfahrungen in der Sportmassage, Akupressur oder einer anderen Form der Massage besitzt, und lassen sich von ihm selbst einmal massieren. Dadurch erfahren Sie am eigenen Leib, daß durch geringfügige Druckveränderungen und bloßen Wechsel zwischen Massagepunkten völlig andere Gefühle empfunden werden. Vielleicht entdecken Sie an Ihrem Körper empfindliche Stellen, von denen Sie zuvor noch nie etwas gemerkt haben.

Zweitens empfehle ich Ihnen, zunächst an einem Freiwilligen eine Massage zu üben, damit Sie so eine Art Feedback bekommen. Sie müssen nun ein Gespür dafür entwickeln, was ein Pferd fühlt, wenn Sie es massieren; ein Freund, den Sie massieren, kann Ihnen dabei helfen, indem er Ihnen beschreibt, was er bei einem bestimmten Massagehandgriffe empfindet.

Als dritte Empfehlung rate ich Ihnen, immer auf Ihre eigene Sicherheit bedacht zu sein. Bevor Sie mit der Massage anfangen (vor allem bei den ersten Malen, oder wenn es sich nicht um Ihr eigenes Pferd handelt), sollten Sie dafür sorgen, daß Halter, Reiter oder eine andere vertraute Person zugegegen ist. Diese Menschen können Ihnen die Eigenarten des Tieres verraten und es notfalls während der ersten Massagesitzungen beruhigen. Wenn Sie irgendwelche Zweifel oder Fragen zum Gesundheitszustand des Tieres haben, sollten Sie es zuvor von einem Veterinär untersuchen lassen. Doch nun können wir uns daran machen, ein Pferd zu suchen, das wir massieren können.

Techniken der Sportmassage

Beim Massieren eines Pferdes müssen Sie sich vorstellen, Sie seien ein Handwerker, der ein altes Bauernhaus restauriert. Je mehr Liebe und Aufmerksamkeit Sie den einzelnen Winkeln, Simsen und Balken widmen, desto intensiver werden Sie für Ihre Mühen belohnt. Lassen Sie sich viel Zeit! Wenn Sie bei der Massage eines Pferdes grob eine Stunde veranschlagen und dazu das Tier auf jeder Seite in drei Bereiche unterteilen (Kopf-Hals-Brust; Widerrist-Schulter-Vorderbein; Rükken-Rumpf-Hinterbein-Schweif), dann können Sie das Pferd in einer Stunde zweimal komplett massieren (bei etwa fünf Minuten Massage pro Teilbereich). Während des ersten »Durchgangs« werden Sie das Pferd kennenlernen. Bei der Massage können Sie folgenden Techniken anwenden, die ich Ihnen im einzelnen erklären werde: Zusammendrücken (Kompression), Schüttelung, Klopfung (Tapotement), direkter Druck und Transversale Reibung (Friktion).

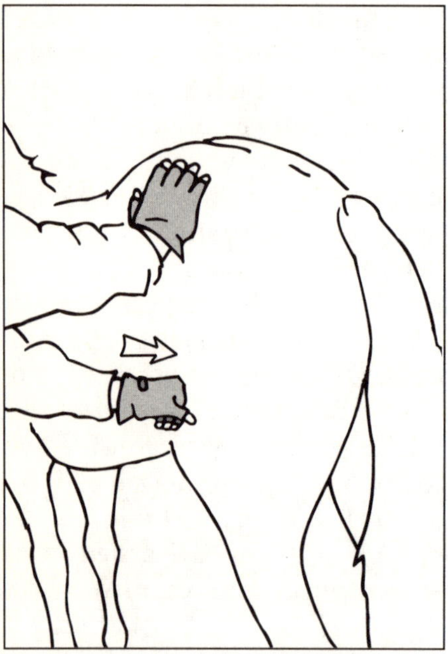

Massieren Sie die hintere Flanke des Pferdes mit einer locker geballten Faust. Wie auf dieser Abbildung legen Sie die rechte Hand auf das Hinterteil, um das Tier zu beruhigen und sich selbst zu schützen. Die Lage der Hand bewirkt, daß ein potentieller Tritt mit dem Hinterhuf nur nach hinten gehen kann. Drücken Sie immer den Arm durch. Wenn das Pferd seitlich auskeilen will, werden Sie durch diese Bewegung automatisch weggedrückt, und Sie können die Richtung des Tritts einigermaßen steuern. Mit der Rechten spüren Sie, wenn sich die Muskeln vor dem Auskeilen anspannen, und gleichzeitig beruhigen Sie so das Pferd.

Zusammendrücken (Kompression)

Diese Technik unterscheidet die Sportmassage deutlich von der klassischen Massage. Wenn der Muskel gegen den Knochen gepreßt wird, werden die Muskelfasern gespreizt, wobei Verspannungen und Verklebungen gelöst werden. Außerdem fließt dadurch auch mehr Blut in den Muskel, so daß seine Sauerstoff- und Nährstoffversorgung erhöht und »Schlackstoffe« besser aus ihm entfernt werden können. Der Muskel verhält sich so, als ob er »arbeitet«, in Wirklichkeit verbraucht er aber viel weniger Energie.
Durch das Zusammendrücken lösen Sie die Verklebungen (Adhäsionen) im zentralen Teil der Muskeln (»Muskelspindel«); die Technik eignet sich aber nicht besonders für verspannte Sehnen und Bänder; diese sprechen besser auf transver-

sale Friktion an. Bei der Kompression setzen Sie Unterarme, Handballen oder die Fingerknöchel einer locker geballten Faust ein. [3] Im allgemeinen dient die Kompression der unspezifischen Auflockerung größerer Flächen. Strecken Sie dazu Ihren Arm durch, und führen Sie aus dem Schultergelenk heraus mit dem Ellbogen leichte Kreisbewegungen durch. Daraus resultiert eine leichte Drehbewegung der Hand, die zum Spreizen oder Auseinanderdrücken der Muskulatur dient. Versuchen Sie, daß das Pferd mit unterstützenden Bewegungen

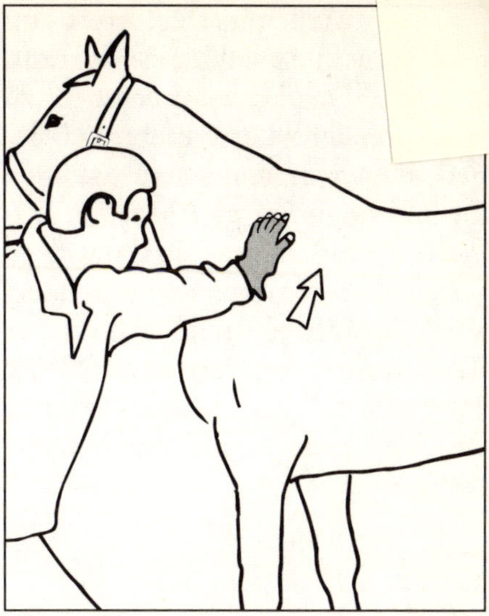

Kompression mit den Handflächen. Achten Sie auf die gestreckten Arme. Der Druck wird über eine größere Fläche verteilt, weshalb Sie sich mit dem ganzen Gewicht gegen das Pferd stemmen müssen. Führen Sie nun rhythmische, schaukelnde Bewegungen durch. Wenn sich das Pferd gegen Sie zurücklehnt, können Sie das als Zeichen werten, daß es sich wohlfühlt. Nach jeder schaukelnden Bewegung lassen Sie wieder los und legen die „Beruhigungshand" an anderer Stelle erneut auf. Beim Durchstrecken des Arms wird Ihre Handfläche möglicherweise eine leichte Drehbewegung ausführen – ähnlich wie beim Umdrehen eines Schlüssels im Schloß.

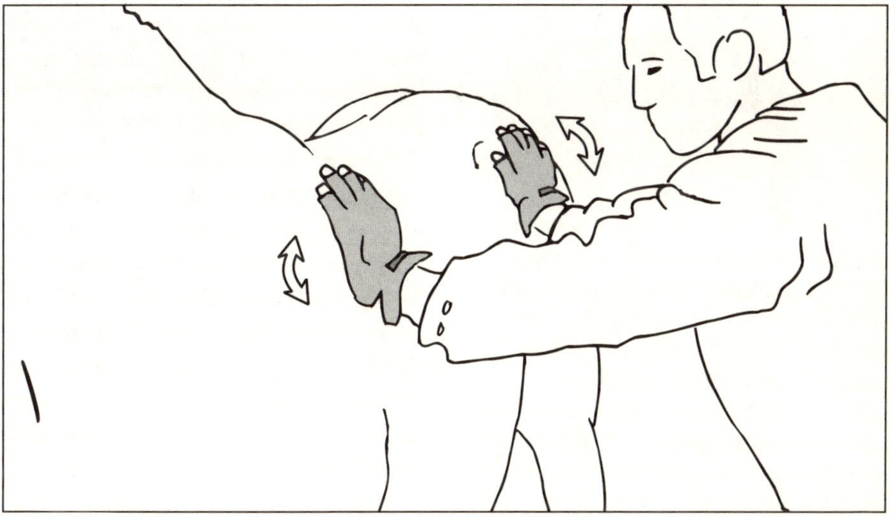

reagiert. Arbeiten Sie stets im Rhythmus, und achten Sie darauf, daß jeder Quadratzentimeter der zu massierenden Fläche mehrmals bearbeitet wird. Versuchen Sie, den Druck möglichst gleichmäßig auszuüben, und achten Sie darauf, an welchen Stellen das Pferd besonders stark reagiert. Je nach Reaktion des Tiers können Sie dann stärker oder schwächer auf diese Stellen drücken. Jedes Pferd, aber auch jeder »Streßpunkt« oder »Streßmuskel« eines Pferdes reagiert anders. Während das »Aufbrechen« einer verkrampften Stelle durchaus schmerzen kann, sollte das Pferd bei einer allgemeinen Massage nicht unter Ihren Händen verkrampfen. Mit Hilfe der Kompressionstechnik können Sie eine kräftige Massage durchführen, ohne beim Pferd Schmerzen und Unbehagen zu erzeugen.

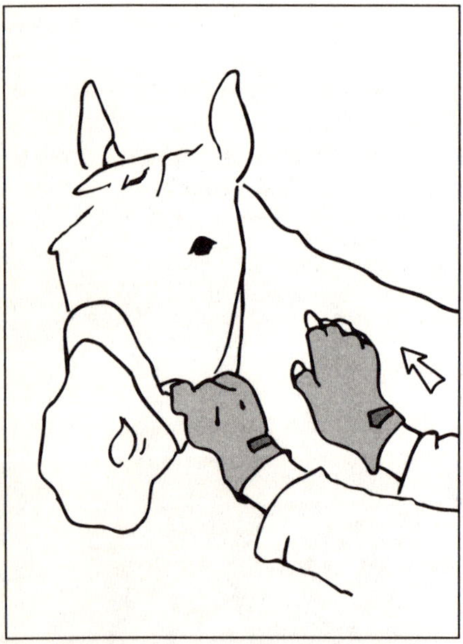

Die Schüttelung des Halses. Während die rechte Hand drückt, zieht die linke mit wiegenden, schaukelnden Bewegungen. Versuchen Sie, bei dieser Bewegung einen Rhythmus zu entwickeln, und schaukeln Sie allmählich immer stärker. Dabei spüren Sie, ob sich die Muskeln unter Ihrer rechten Hand entspannen.

Schüttelung

Diese Technik eignet sich gut für Hals und Schultern sowie bei Gliedmaßen und Gelenken, die locker geschüttelt werden können. Dadurch werden Muskeln und Gelenke ebenfalls »durchgeschüttelt«, so daß Spannungszustände verschwinden und die Muskeln anschließend nach der Kompressionsmethode massiert werden können. Im Gegensatz zur Kompression lockert eine Schüttelung jedoch die Muskelfasern nicht so stark auf und kann sie auch nicht vermehrt mit Blut und Sauerstoff versorgen.
Bei dieser Methode stellen Sie sich seitlich neben das Pferd und beginnen, mit durchgestreckten Armen gegen das Pferd zu schaukeln. Geben Sie vor, daß alles nur ein Spiel wäre, und warten Sie ab, ob das Pferd mitspielt und sich mit seinem Gewicht gegen Ihres stemmt. Passen Sie Ihren Rhythmus so an, daß Ihre Bewegungen und die des Tieres eins werden. Bewegen Sie sich

nun am ganzen Körper entlang. Reagiert der Widerrist sensibel, oder reagiert der Hals auf seiner ganzen Länge auf Berührung? Verlagert das Pferd gleichmäßig sein Gewicht, wenn Sie bei Ihrer Wanderung um das Tier herum den Druck verändern? Belastet es immer nur ein einziges Bein? Machen Sie sich im Geiste entsprechende Notizen.

Klopfung (Tapotement)

Üben Sie diese Methode erst einmal an einer Ihnen freundlich gesonnenen anderen Person. Pressen Sie beide Hände flach gegeneinander (Betstellung), wobei die Finger möglichst weit gespreizt sein sollten. Legen Sie nun beide Daumen übereinander, um die »Bethand« zu stabilisieren. Machen Sie nun aus dem Ellbogen heraus Drehbewegungen, so daß die Handkante auf den Rücken der Testperson trifft. Üben Sie solange, bis Sie einen kräftigen Druck ausüben können.

Manche übermäßig empfindlichen Stellen reagieren nur auf Klopfung (Tapotement). Ein Klopfschlag zielt immer nach innen, wird jedoch an der Haut abgebremst, ohne diese zu durchdringen. Klopfungen werden nie an solchen Stellen durchgeführt, die nicht durch Knochen gestützt werden (z. B. an der Bauchhöhle), aber auch nicht über Knochen, die direkt unter der Haut liegen, wie beispielsweise

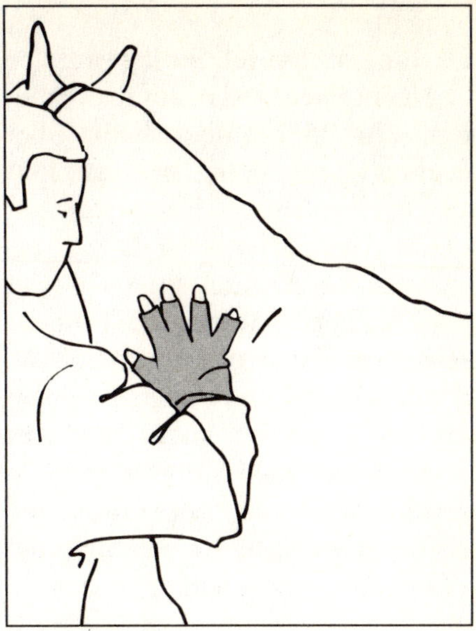

Beruhigen Sie das Pferd, bevor Sie auf es »einschlagen«.

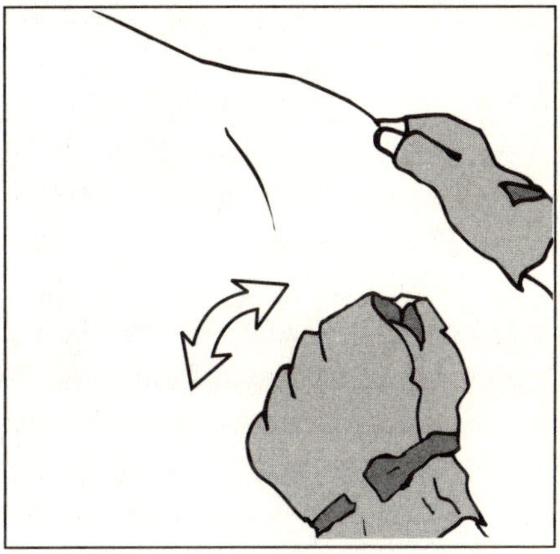

Mit einer geballten Faust sollten Sie auf unterschiedliche Bereiche »einschlagen«, um zu verhindern, daß dieselbe Stelle zu oft getroffen und daher wund wird. Sprechen Sie während der Massage beruhigend auf das Pferd ein, damit es nicht annimmt, es würde bestraft oder müsse auf einen Befehl reagieren.

Schienbein, Wirbelsäule oder Darmbeinschaufel. Schläge auf den Nierenbereich sind ebenfalls verboten. Ein Tapotement kann über leichtes Klopfen mit den Fingerspitzen, behutsame Schläge mit der äußeren (ulnaren) Handkante bei auswärts gedrehten Fingern oder durch leichte Faustschläge (mit der seitlichen Faust nur für tiefer liegende Muskeln wie dem Kruppenmuskel) erfolgen. Auch mit dieser Technik bewegen Sie sich am ganzen Körper des Pferdes entlang und halten sämtliche Reaktionen des Pferdes im Geiste fest.

Direkter Druck

Mit dieser Methode werden gezielt Muskelbeschwerden beseitigt. Wenn Sie mit geballtem Druck massieren, müssen Sie sehr langsam arbeiten. Halten Sie tastend Ausschau nach leicht verschiebbaren, knubbeligen Bändern oder Muskelklumpen, die wie eine losgelassene Saite wegschwirren, wenn Sie davon abrutschen. Üben Sie mindestens 30 Sekunden lang einen gleichmäßigen Druck direkt auf diese schlüpfrige Stelle (die manchmal auch knirscht) aus. [4] Wiederholen Sie diesen Vorgang mehrmals; wenn Ihre Finger ermüden, können Sie auch mit dem Daumen, den Knöcheln oder einem Ellbogen drücken, den Sie stabilisieren, indem Sie die Hand gegen die Hüfte stützen. Machen Sie es sich zwischendurch bequem, und lassen Sie sich Zeit. Nur keine Hast!

Transversale Reibung (Friktion)

Muskelverklebungen (Adhäsionen) lassen sich leicht durch diese Technik lösen. Sie erinnert an die Methode, die im vorigen Absatz beschrieben wurde; bei der Friktion richten sich aber die Kräfte quer zum Verlauf der Muskelfasern. Arbeiten Sie hierbei mit den Fingern und der Handinnenfläche. Drücken Sie und halten Sie den Druck, während Sie mit der Hand langsam über den Muskel wandern. Zu schnelle Bewegungen rufen Schmerzen hervor.

Wenn eine verletzte Stelle bei Berührung zu stark schmerzt, sollten Sie zunächst den umliegenden Bereich bearbeiten. Massieren Sie auch den gesamten übrigen Muskel, um die Spannungen im verletzten Bereich zu lösen. Die meisten Verletzungen passieren am Übergang zwischen Muskeln und Sehnen, da dort der flexible Muskel endet und die etwas starrere Sehne beginnt. Sie können derartige »Streßpunkte« leichter finden, wenn Sie dies im Hinterkopf behalten!

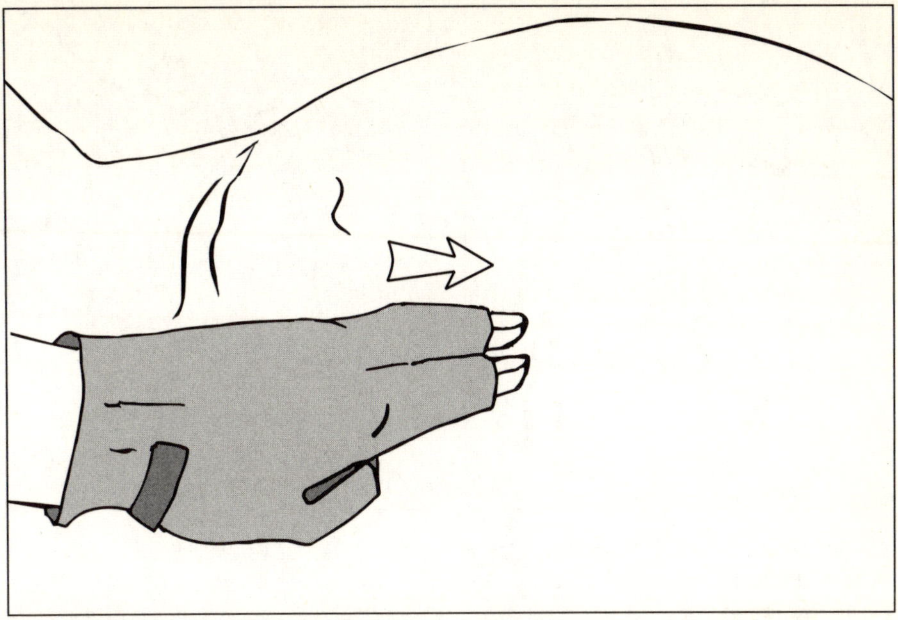

Direkter Druck. Um mit zwei Fingern massieren zu können, bedarf es schon einiger Übung. Verwenden Sie diesen Massagegriff nur selten; wenn die Gefahr besteht, daß Ihre Finger infolge einer abrupten Bewegung umknicken könnten, sollten Sie nicht so massieren.

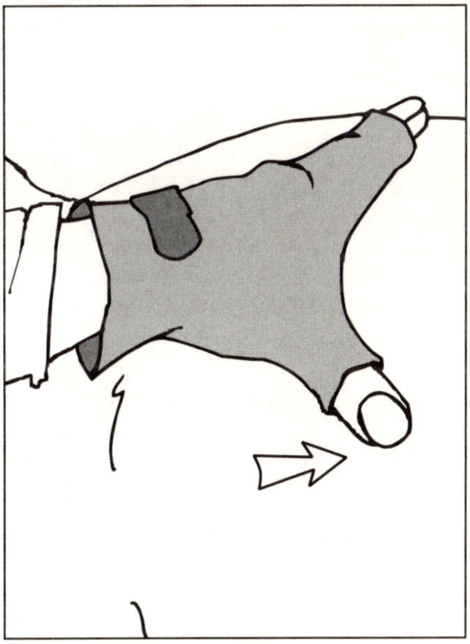

Massage mit dem Daumen. Für das Pferd ist dieser Griff sehr unangenehm; achten Sie daher beim Massieren darauf, schrittweise zu drücken und loszulassen, und wandern Sie langsam über den Muskel. Sie können auch festhalten, bis Sie merken, daß sich der Muskel zu entspannen beginnt. Diese Massage mit dem Daumen eignet sich hervorragend, um einen »Knurdle« zu entfernen.

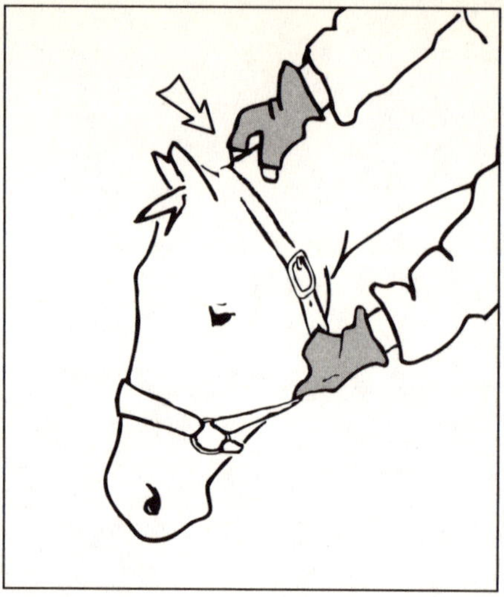

Sanfter Druck mit dem Finger auf das Hinterhauptbein. Das Pferd sollte die Nüstern nach und nach zum Boden bewegen. Tasten Sie nach eventuell vorhandenen »Knurdles« ab, und drücken Sie anschließend auf deren Mitte; ggfs. müssen Sie auch die Hand bzw. die Seite wechseln. Wenn das Pferd den Kopf hebt, dann nur in der »Kinn-auf-die-Brust-Stellung«. Üben Sie den Druck länger aus. Vielleicht hilft eine Möhre, das Pferd dazu zu bewegen, den Kopf zu senken. Bei kopfscheuen Pferden sollten Sie sich sehr langsam bewegen; wahrscheinlich werden Sie dann einen besonders großen »Knurdle« finden. Tip: Führen Sie den Kopf mit der freien Hand am Halfter.

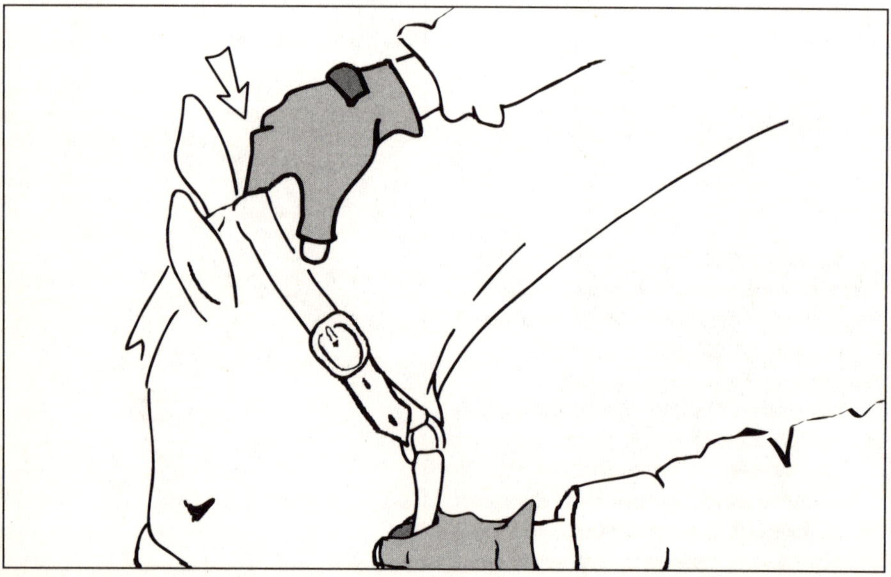

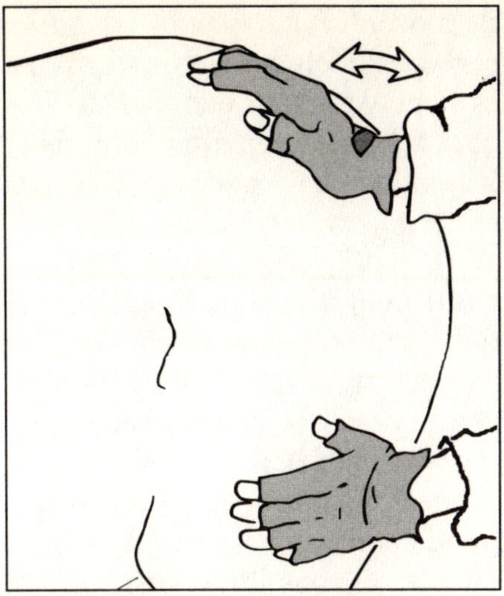

Die Arbeit an der Hinterhand.
Mit der Linken schützen Sie sich vor dem Auskeilen, indem Sie das Pferd wegdrehen, während Sie mit der Innenfläche der rechten Hand das Pferd massieren (drücken und loslassen). Wenn Sie kleiner als das Pferd sind, können Sie einen Heu ballen als Leiter verwenden, der Sie zudem auch noch stützt.

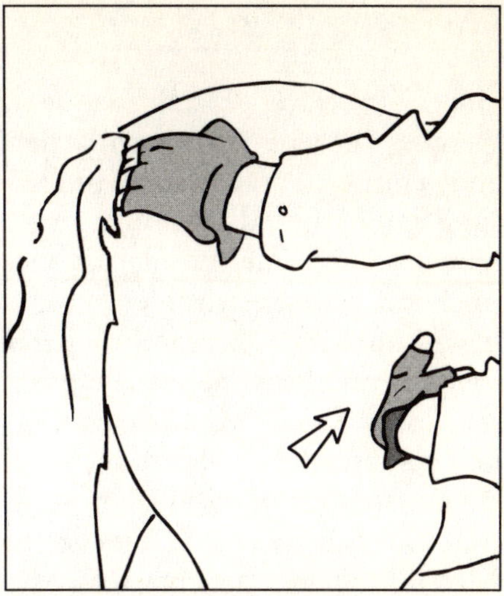

Hier arbeitet die linke Hand als Schutz-Stützhand, während die rechte den Bereich oberhalb des Kniegelenks abwärts massiert.

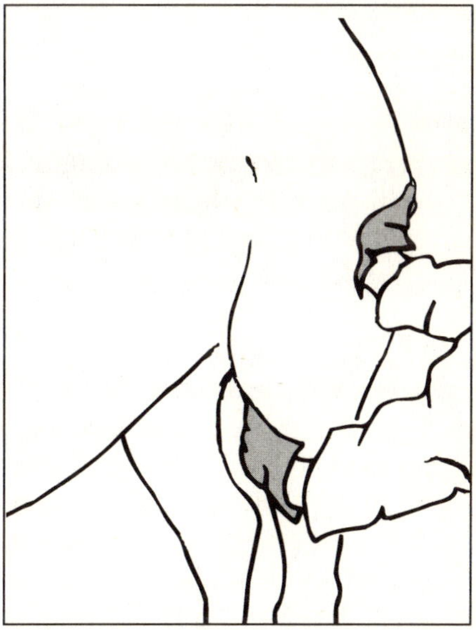

Diese Abbildung zeigt die Rechte wiederum als Schutz-Stützhand; mit der linken Hand wird gerade der Oberschenkel in Richtung Leiste ertastet.

Sicherlich wäre es sehr bequem, wenn es für jede Form von Verletzung eine Art Patentrezept zur Heilung gäbe; im allgemeinen wird man als Reiter oder Pferdehalter jedoch immer mit etwas Neuem, Ungewöhnlichem überrascht. Jeder Pferdekenner wendet bei Alltagsleiden dann oftmals Methoden an, die auf persönlichen Erfahrungen beruhen. In dem Kapitel über Akupunktur (ab Seite 11) beschreibt Meredith Snader die einzelnen Meridiane zur Akupressur; wenn Sie also nicht wissen, wie Sie vorgehen sollen, so halten Sie sich einfach an diese »Hilfslinien«, um direkten Druck auszuüben.

Wenn das Pferd beidseitig reagiert, könnte es sich um ein Leiden der Wirbelsäule oder eines anderen Skeletteils handeln (beispielsweise ein ausgerenktes Gelenk). Bezieht sich die Reaktion nur auf eine einzige Seite oder Extremität, so könnte hier eine Unfallverletzung vorliegen; reagiert hingegen die diagonal gegenüberliegende Seite, dann wurden die Beschwerden vielleicht durch eine Bewegung hervorgerufen, die das Tier ausübte. Berücksichtigen Sie hierbei auch mögliche Faktoren wie Zaumzeug, Sattel, die Reitkünste des Reiters u. a. m. [5]

Zunächst sollten Sie lernen, Ihr Beobachtungsvermögen zu schulen. Achten Sie besonders auf Haltung, Gang, Verhalten und auffällige Anomalien. Entlastet das Pferd nur ein Bein, wenn es entspannt steht, oder verlagert es öfters sein Gewicht ? Ist es vom Verhalten her eher nervös, eher ruhig oder eher teilnahmslos ? Ist es aggressiv, oder traut es sich nicht aus seiner Stallecke heraus ? Wirkt das Pferd verspannt ? Welche Konsistenz hat sein Kot ? Könnte die Erkrankung auf einen Vitaminmangel zurückzuführen sein oder eher innere Ursachen haben ?

Im zweiten Schritt sollten Sie selbst einige Fragen beantworten. Welche möglichen zusätzlichen Faktoren gibt es ? Ist das Pferd ausgerutscht oder gestürzt, oder gab es einen Kampf mit einem Artgenossen ? Geschahen in der letzten Zeit größere Veränderungen im Umfeld des Pferdes ? Wundern Sie sich nicht, wenn es manchmal recht lange dauert, bis Sie den wahren Grund gefunden haben. [6] Einmal fand ich beispielsweise heraus, daß ein mutmaßliches Hufleiden von einer kranken Schulter herrührte. Bei der Einschätzung Ihres Pferdes müssen Sie viele Möglichkeiten ausschließen. Untersuchen Sie also gründlich alle Muskeln, um bestimmte Probleme von vornherein ausklammern zu können, und werten Sie danach die verbleibenden Möglichkeiten aus ! [7]

Schlechter Hufbeschlag sind eine Ursache für Muskelbeschwerden, die man leicht übersieht. Vergewissern Sie sich, daß alle Hufeisen gleich hoch stehen, andernfalls könnten sämtliche Massagesitzungen umsonst gewesen sein. (Stellen

Sie sich nur mal eine Frau vor, die mit einem hochhackigen Schuh und einem flachen Turnschuh laufen soll. Das geht ja auch nicht!) Traten die Beschwerden unmittelbar nach dem letzten Beschlagen auf? Ein eingetretener Stein kann übrigens auch ähnliche Beschwerden wie ein kranker Muskel hervorrufen. Auch manche Hufeisenformen können *per se* schon Probleme hervorrufen, wie etwa einige geschlossene (nicht zehenfreie) Eisen, die gelegentlich zu Muskelzerrungen führen. Meiner Meinung nach sollte man ein Pferd auch nicht kurz vor einem Wettkampf neu beschlagen, da es eine gewisse Zeit braucht, sich an die neuen Eisen zu gewöhnen.

Außerdem sollte ein krankes Pferd zuerst dem Tierarzt zur Untersuchung vorgeführt werden, damit sämtliche biochemischen, biologischen oder anatomischen Ursachen von Anfang an ausgeschlossen werden können. Wenn es sich um einen erkrankten Muskel handelt, kann das Pferd, je nach Stärke und Dauer der Beschwerden, nach der schulmedizinischen Methode behandelt werden: Antiphlogistika, Muskelrelaxantien, Analgetika, ein chirurgischer Eingriff und Ruhe. Häufig kann man aber viel bessere Ergebnisse erzielen, indem man sich dem verspannten Muskel direkt zuwendet und ihn (durch Massage) zu entkrampfen versucht. Sollte das Pferd sich allerdings gegen Berührungen an bestimmten Stellen sträuben, dann müssen Sie evtl. eine kleine Menge Schmerztabletten einsetzen, aber auch eine Riesenmenge Geduld mitbringen.

Da ich vor meiner Tätigkeit als Pferdemasseur 15 Jahre lange mit Menschen gearbeitet habe, ziehe ich des öfteren direkte Vergleiche zwischen Krankheiten bei Mensch und Pferd. Nehmen wir beispielsweise ein kopfscheues Pferd. Nicht nur aus TV-Serien wie »Black Beauty« wissen wir, daß ein solches Verhalten meist auf einer Mißhandlung des Pferdes während einer frühen Prägungsphase beruht. Dennoch habe ich kopfscheue Pferde erlebt, die seit Beginn ihrer Fohlenzeit nur liebevoll umsorgt wurden. Bei einer solchen Gelegenheit behandelte ich ein Pferd, das am Ende eines Rennens urplötzlich kopfscheu wurde und durchging. Aus einer Videoaufzeichnung des Rennens ging der wahre Grund hervor: Bei der letzten Wendemarke war ein anderes Pferd abgedrängt worden und hatte dieses Tier im gestrecktem Galopp seitlich gerammt; durch diese Bewegung flog sein Kopf nach oben über die rechte Schulter, fast wie durch einen klassischen Peitschenhieb. Viele Pferde, die sich bösartig verhalten, leiden vielleicht nur an Beschwerden, die einer Migräne beim Menschen vergleichbar sind. In solchen Fällen hat sehr oft eine Nackenmassage geholfen, obgleich man natürlich vorher nicht wissen kann, ob diese Maßnahme das Problem beseitigen wird; hat es funktioniert, so wird

Das Heben des Kopfes, um Verspannungen festzustellen. Wiederholen Sie diesen Griff mindestens drei Mal. Auf der Seite, wohin der Kopf abknickt, liegen die Verspannungen.

zumindest der Verdacht erhärtet, daß Kopfschmerzen die Ursachen waren. [8] Eine Prädisposition für bestimmte Lahmheiten kann ebenfalls nach und nach durch Massage beseitigt werden, und auch Kolikbeschwerden werden durch diese Behandlung gelindert.

Die eigentliche Massage

Fangen Sie mit sanften Bewegungen am Hals an, wobei Sie dem Pferd beruhigend zureden. Massieren Sie dabei immer mit dem Strich. Machen Sie sich während der ersten paar Minuten mit dem Pferd vertraut. Streichen Sie langsam über größere und andere Bereiche, wobei Sie auf Symptome wie Angst, Anspannung, Zucken oder Muskel-

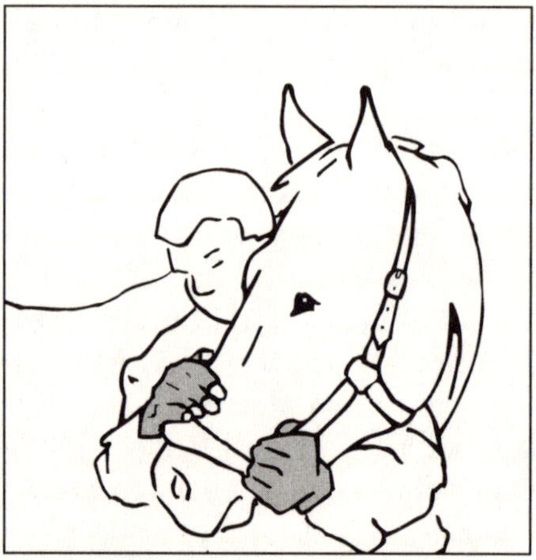

Die Mobilisierung von Kopf und Hals. Links: Das Pferd sollte sich nicht sträuben, sondern das ganze Gewicht seines Kopfs auf Ihre Hand oder Schulter legen. Manchmal hilft es, ihm die Nase zu kraulen; dadurch entspannt sich das Pferd, was wiederum das Wegdrehen erleichtert. Rechts: Hier lastet das ganze Gewicht seines Kopfs auf Ihrer Schulter und Ihren Händen; das Tier ist entspannt. Achten Sie darauf, daß Sie auf beiden Seiten den Kopf gleich weit ziehen.

zucken achten sollten. Sie sollten immer nur einen Bereich bearbeiten, der nicht größer als 1 Meter, jedoch nicht fest abgegrenzt ist, weil lokale Muskelbeschwerden, ehe man sie bemerkt, auch in mehreren Muskelgruppen gleichzeitig auftreten und auf benachbarte Bereiche übergreifen können. Merken Sie sich in welchen Zonen sich das Pferd gerne massieren läßt und wo es vor Ihren Händen zurückschreckt. Erhöhen Sie langsam und stufenweise die Intensität der Massage, bis eine deutliche Reaktion eintritt; merken Sie sich in etwa, wie stark Sie in diesem Moment zugedrückt haben, und dämpfen anschließend die Intensität der Massage langsam wieder. Nehmen Sie diesen Druck als Maßstab und massieren geduldig die eine Seite des Körpers. Als Techniken verwenden Sie Kompression und Schüttelung. Manchmal stelle ich mir vor, ich müßte jeden Zentimeter des Pferdes anstreichen. Tatsächlich ist es keine schlechte Idee, wenn Sie Ihr Lieblingsmassageöl zum Einreiben des Pferdes verwenden. Massieren Sie abwechselnd mit anderen Handgriffen und verschiedener Intensität, doch versuchen Sie dabei, einen Rhythmus zu entwickeln. Schließlich soll das Pferd sich ja an den regelmäßigen Bewegungsablauf gewöhnen und ihn schätzen lernen, während gleichzeitig sein Vertrauen in Sie wächst.

Wenn Sie am Halsbereich begonnen haben, dürften mittlerweile Schulter, Widerrist, Rumpf, Brust,

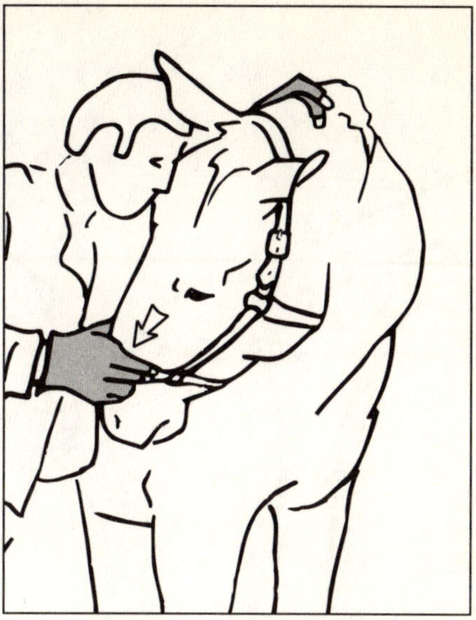

Hier sehen Sie, wie Sie die Nüstern zum Übergang zwischen Thorax und Schulter ziehen können. Kopf und Hals sollten locker beweglich sein, die Bewegung in einem Stück erfolgen. Durch Schütteln lockern Sie die Halsmuskeln, genauso wie durch Massage der Muskeln auf der anderen Seite.

Beine, Rücken sowie alles, was sich dazwischen befindet, locker sein. Jetzt wechseln Sie auf die andere Körperhälfte über; verschieben Sie dabei Ihre »1-Meter-Massagezone« jeweils um ca. 30 Zentimeter, so daß es immer Überlappungsbereiche gibt.

Nachdem das Pferd gründlich gelockert ist, massieren Sie nun mehrfach den Kopf, wobei Sie von oben nach unten und von dorsal nach ventral vorgehen. Achten Sie darauf, ob der Kopf nach rechts oder links ausweicht. Stützen Sie den Kopf, indem Sie über die Nü-

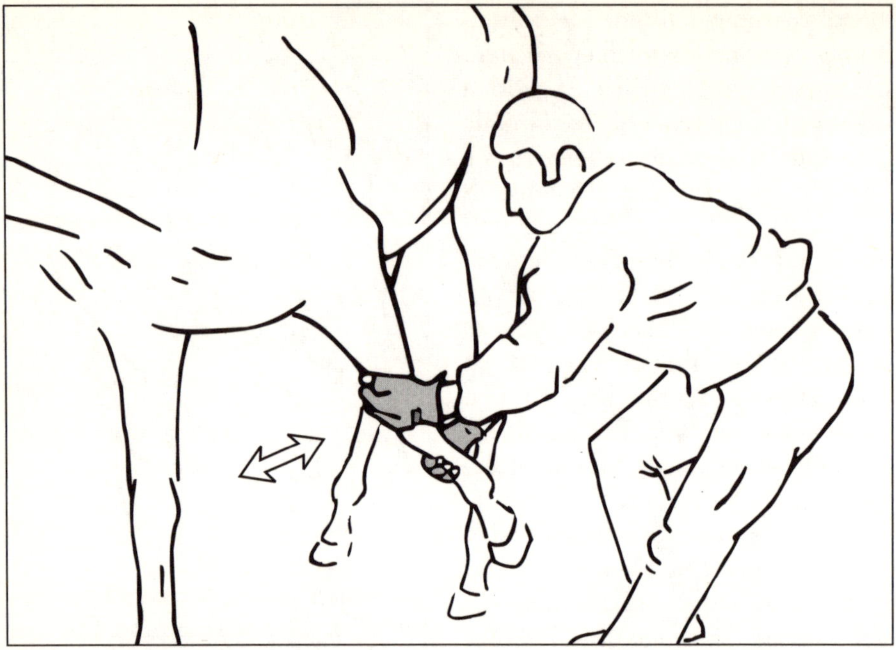

Das Dehnen des Vorderbeins. Hierbei wird die Beweglichkeit von Schulter, Karpal- und Fesselgelenk überprüft. Das Bein sollte sich ohne Einschränkung vor und zurück sowie seitwärts bewegen lassen. Ziehen Sie zunächst das Bein nach hinten, bis das Pferd mit dem Bein beinahe auftritt. Drücken Sie es nun nach oben und drehen die Schulter. Bewegen Sie das Karpalgelenk in Kreisen. Ziehen Sie zum Schluß das Bein nach vorne und hoch, bis Sie merken, daß die Schulter ausgestreckt ist; nun überträgt das Pferd einen Teil seines Gewichts auf den Masseur.

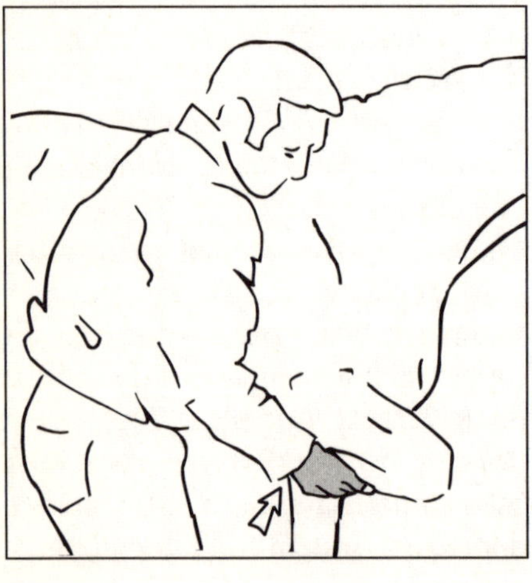

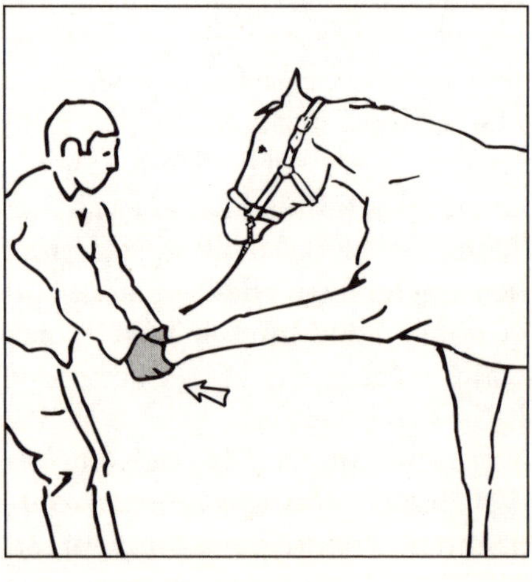

stern hinweg das Halfter ergreifen, und helfen Sie dem Pferd, während Sie seinen Kopf von der Mitte aus seitwärts drehen. Das Tier sollte mit den Nüstern den Bereich des vorderen Brustmuskels (Musculus pectoris superficialis anterior, zwischen Thorax und Schulter) sowie zwischen seitlichem Trizepskopf (M. triceps) und langem Rückenmuskel (M. longissimus dorsi, in der Achselhöhle) berühren können. Ziehen Sie niemals gewaltsam, Sie werden sehen, wie einfach die Bewegung verläuft.

Um feststellen zu können, ob die Bewegungen der Vorhand in irgendeiner Weise beeinträchtigt sind, heben Sie nun ein Vorderbein hoch. Die Vorderbeine sollten – sowohl mit angewinkeltem wie mit gestrecktem Karpalgelenk (»Knie«) – problemlos in einem Winkel von 70 Grad nach hinten gedehnt werden können. Stellen Sie sich auf einer Seite vor das Pferd und ziehen das Bein nach vorne. Geht das leicht oder nur sehr schwierig? Während Sie die Elle (Unterarmknochen) parallel zum Boden hochheben, ergreifen Sie das Griffelbein hinter dem Karpalgelenk, das Sie nun ziehen und drücken. Die Schulter sollte in einer flüssigen Bewegung frei von vorne nach hinten gleiten können. In dieser Haltung lassen Sie das Karpalgelenk vorsichtig seitlich hin und her schwingen, um evtl. vorhandene Verspannungen der Brustmuskeln erkennen zu können. Ziehen Sie das Bein langsam gerade nach vorne und dehnen es dann unter sanftem, festem Zug vom Körper weg. Das Pferd sollte diese Bewegung aushalten; möglicherweise zieht es leicht dagegen, um dann die Schulter völlig locker nach vorne ziehen zu lassen. Wenn das Pferd sich auf die Hinterhand stellen will, senken Sie den Huf etwas ab und ziehen erneut in einem flacheren Winkel. Denken Sie daran, daß Sie nach verspannten Flankenmuskeln suchen.

Etwas schwieriger dürfte es sein, die Beweglichkeit der Hinterhand festzustellen; doch auch diese Aufgabe muß erledigt werden. Stellen Sie sich hinter die Schulter und deuten Sie dem Pferd an, daß Sie seine Hinterhand heben wollen. Fassen Sie dazu hinter die Fessel, heben Sie den Huf an und ziehen ihn nach vorne, wobei die Hufspitze (Zehe) ausgestreckt ist. Als gutes Zeichen können Sie werten, wenn das Pferd sein Bein in Richtung Vorhand auszudehnen und sein Gewicht darauf zu verlagern versucht. Ergreifen Sie nun den Kronbereich und versuchen Sie, daß das Bein rückwärts läuft. Sie müssen fest zupacken, um das Pferd beim Dehnen stützen zu können. Wenn Sie ein leichtes Rucken des Beins verspüren, ist alles in Ordnung; sollte es jedoch seitlich wegzucken, könnten am Unterschenkel einige »Knurdles« sitzen. Zum Schluß heben Sie den Schweif und überprüfen seine Beweglich-

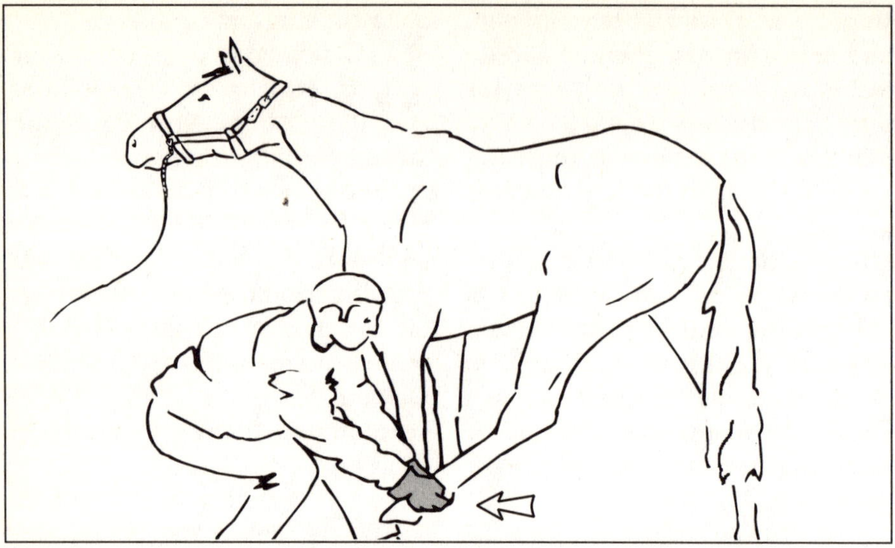

Das Dehnen des Hinterbeins. Ziehen Sie das Bein langsam nach vorne, bis das Pferd beginnt, sein Gewicht darauf zu verlagern. Bewegen Sie es nach beiden Seiten, wobei Sie dem Pferd beruhigend zureden sollten. Hören Sie erst auf, wenn der Huf beinahe aufsetzt. Wenn das Pferd mitspielt, halten Sie das Bein fest und gehen ohne loszulassen rückwärts, wobei Sie den Huf dicht über den Boden halten. Wenn Sie hinter dem Tier stehen, packen Sie fester zu und ziehen das Bein leicht nach oben, wobei Sie es zu sich hinziehen. Schauen Sie auf den Rumpf des Pferdes, und sehen Sie, wie seine Muskeln abwechselnd kontrahieren und erschlaffen. Nachdem Sie das Bein gänzlich gedehnt haben, sollten Sie das Pferd loben und langsam den Griff lockern.

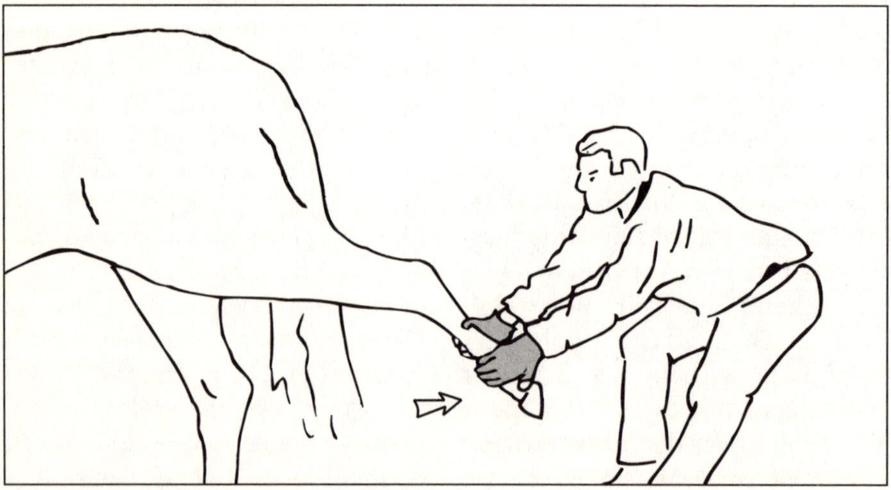

keit. (Hier ist einige Vorsicht geboten, besonders bei rossigen Stuten!) Ziehen Sie den Schweif nach beiden Seiten und dann über die Kruppe. Er sollte locker sein und sich wie bei einem Hund einrollen; andernfalls könnte die Kruppenmuskulatur verspannt sein.
Nun widmen Sie sich wieder dem Kopf, fassen vorsichtig an den Hinterhauptknochen und massieren mit einander gegenüberstehendem Daumen und Finger (etwa im Abstand von sieben bis acht Zentimetern) beide Seiten der Wirbelsäule, indem Sie abwechselnd zusammendrücken, festhalten und loslassen. Wandern Sie massierend auf diese Weise das Rückgrat bis zum Schweif hinab; die Abstände zwischen den einzelnen Massagestellen betragen etwa einen Zentimeter. An manchen Stellen wird das Pferd sehr wahrscheinlich zucken oder kurz zittern. Achten Sie darauf, ob dies dieselben Orte sind, an denen das Pferd während der vorausgegangenen Massage Reaktionen gezeigt hat. Auch dies sollten Sie innerlich festhalten.
Beim nächsten Durchgang konzentrieren Sie sich darauf, »Knurdles« zu finden. Dabei können Sie alle bisherigen Beobachtungen verwerten. An welchen Stellen reagierte das Pferd besonders empfindlich? Welche Bewegungen waren ihm unangenehm? Da ein Muskel immer der Länge nach kontrahiert, brauchen Sie bloß eine bestimmte Bewegung hervorzurufen, um festzustellen, wo sich die Muskulatur anspannt. [9] Tasten Sie anschließend in Längsrichtung den Muskel ab, und schauen Sie mal, wie rasch Sie einen »Knurdle« finden können. Drücken Sie direkt auf die Mitte des »Knurdles« (evtl. auch unter leichtem Klopfen) und fahren Sie mit der Kompressionstechnik

Die Untersuchung des Schweifs. Dieser soll sich locker in alle Richtungen, ja sogar um 360 Grad drehen lassen. Der Schweif stellt eine Verlängerung der Wirbelsäule dar, weswegen eine eingeschränkte Beweglichkeit oder Schmerzen in diesem Bereich auf ein Leiden im Lenden-Kreuzbein-Bereich verweist. Denken Sie daran, daß immer die gedehnte Seite schmerzhaft reagiert.

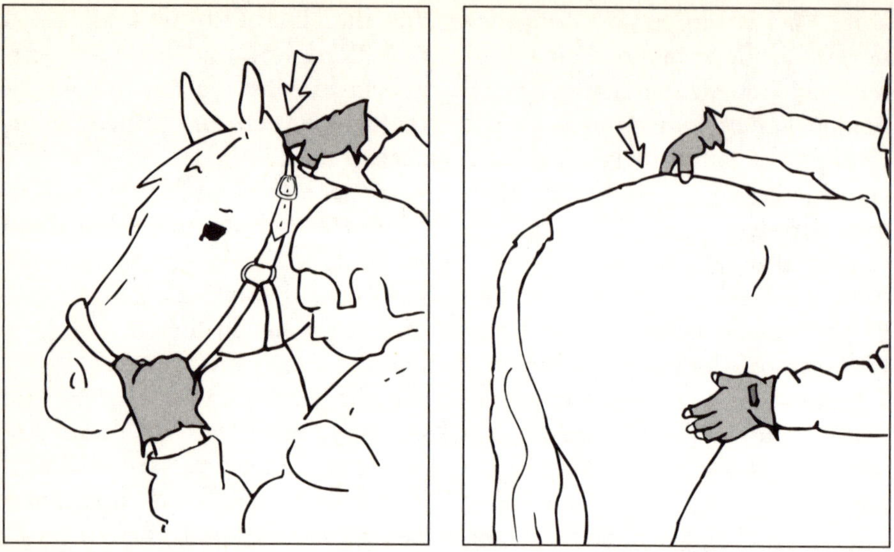

Das Abtasten der Wirbelsäule. Beginnen Sie am Hinterhaupt des Pferdes, indem Sie drücken, halten und wieder loslassen. Wandern Sie in etwa einem Zentimeter »Massageabstand« so die Wirbelsäule hinab. Suchen Sie tastend nach Schwellungen, Knubbeln und empfindlichen Stellen. Achten Sie darauf, wenn das Pferd unter der Haut zuckt, und sichern Sie sich immer mit der freien Hand ab. Selbst das gutmütigste Pferd kann unangenehm reagieren, wenn Sie eine empfindliche Stelle gefunden haben.

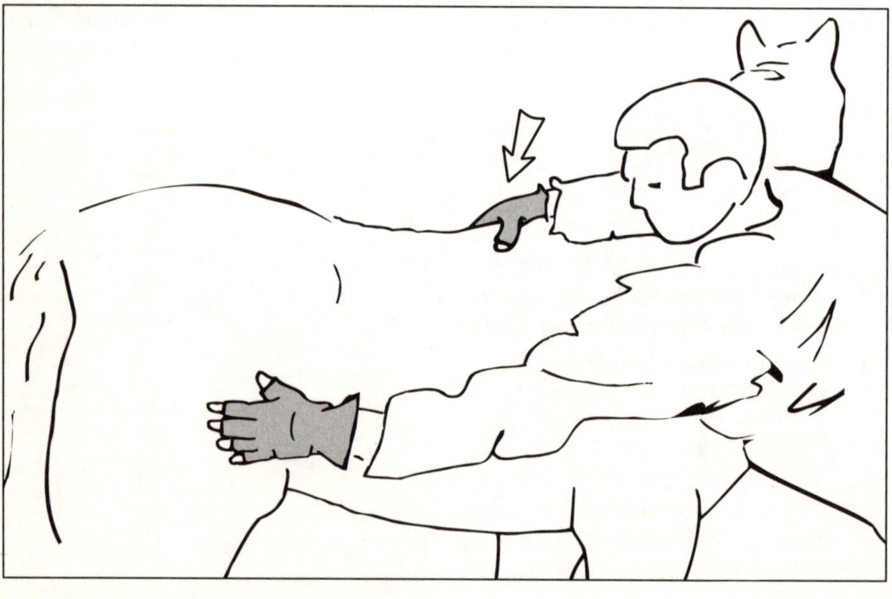

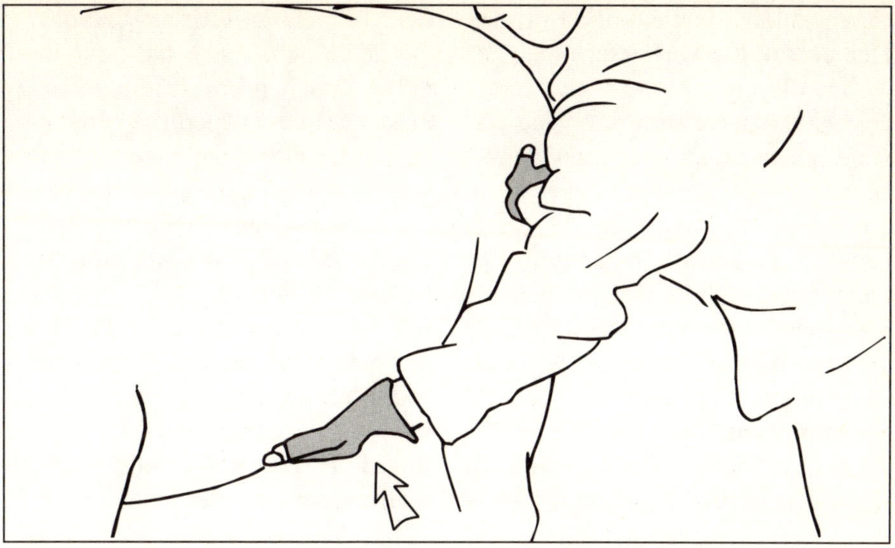

Auch den Bauch sollten Sie nicht vergessen. Hier entstehen zwar selten Zerrungen, doch kann er nach einem Sturz des Pferdes geprellt oder verletzt sein. Arbeiten Sie sehr behutsam (vor allem bei Stutfohlen), und massieren Sie kreisförmig die Bauchunterseite entlang. Hier sollten Sie weder klopfen noch kräftig kneten! Verletzungen in diesem Bereich können durch sanften Druck und mit viel Geduld ausmassiert werden.

fort. Genauso verfahren Sie an allen Stellen des Körpers, wo Ihnen Mängel aufgefallen sind. Erinnern Sie sich noch an den Vergleich zum alten Bauernhaus? Im Prinzip befinden Sie sich jetzt in der Phase, wo Sie die Risse und Spalten des (Pferde-) Gemäuers mit (unsichtbarer) Spachtelmasse verputzen. Sicherlich benötigen Sie viel Kraft und Geduld, um eine einmal gefundene Stelle konstant zu drücken ohne abzugleiten. Sie werden jedoch spätestens in dem Moment belohnt, wenn Sie merken, wie sich der Muskel schließlich unter Ihren Fingern zu lösen beginnt. Wundern Sie sich nicht, wenn das Pferd dann ebenfalls tief und erleichtert aufseufzt! Immer wenn sich ein Bereich gelockert hat, können Sie mit dem nächsten weitermachen. Arbeiten Sie gründlich!

Wenn Sie meinen, daß Sie das gesamte Pferd massiert haben, beenden Sie die Sitzung mit langem Ausstreichen, einem allgemeinen Drücken oder Klopfen und ein paar belohnenden Worten. Wiederholen Sie die Dehnungen noch einmal und achten Sie dabei auf eine Verbesserung der Beweglichkeit. Zum Schluß führen Sie das Pferd einige Minuten am Führstrick umher oder lassen es leicht arbeiten, damit das Tier sich an die Verbesserungen gewöhnen kann.

Herzlichen Glückwunsch! Sie haben soeben die schwierigste Massage hinter sich gebracht, die Sie je durchführten – nämlich die erste. Möglicherweise ergab der eine oder andere Ihrer Handgriffe keinen Sinn, vielleicht scheuten Sie sich aber auch, fest zuzupacken. Doch das ist egal, denn jetzt besitzen Sie ein vages Gefühl für die Pferdemassage und eine Vergleichsgrundlage für die zukünftige Arbeit an Pferden. Je mehr praktische Erfahrung Sie gewinnen, desto häufiger werden sich scheinbar zufällige Ereignisse in ein geordnetes Schema einreihen, aus dem Sie allgemeine Regeln und Gesetzmäßigkeiten ableiten können. Denken Sie immer daran, daß Massage nur aus einer Reihe von Näherungen besteht. Werfen Sie also nicht gleich die Flinte ins Korn, wenn Sie beim ersten (oder auch beim zweiten) Mal keine Wunder erzielen. Halten Sie durch, zeigen Sie Geduld und Sie werden belohnt werden!

5. Heilkräuter

von Ihor John Basko, D.V.M.

Medizinische Behandlungsweisen sind älter als der Mensch und sein Verstand: Schon der Wildhund durchsuchte die Prärie, um Heilkräuter gegen sein Bauchgrimmen zu finden, und die Bärin leckte die Wunden ihrer Jungen mit einem ähnlichen Sachverstand sauber, wie ihn der primitive Mensch bei der Erprobung seiner Heilpflanzen besessen haben mag. Urzeitliche Völker wissen nicht, warum ihre »Medizin« hilft, sondern einfach nur, daß sie hilft.

M. C. Stevenson aus
»Ethnobotanik der Zuni-Indianer«

Einführung

Das Pferd ist ein Pflanzenfresser, das sich im Verlauf von Jahrmillionen aus einem äsenden Waldbewohner zu einem Steppentier entwickelt hat, das grasend über die Prärien und offenen Grasflächen zog. Als gegen Ende der letzten Eiszeit die gewaltigen Gletscher zurückgingen, entstanden immer mehr freie grasbewachsene Flächen, auf der sich eine stetig wachsende Zahl grasfressender Tiere tummelte – wie beispielsweise Bisons, Antilopen, Gazellen, Rinder, Schafe, Ziegen und Pferde. Diese Huftiere breiteten sich über viele Kontinente aus – sie lebten auf den Steppen Europas und Asiens genauso wie auf der afrikanischen Savanne und den Prärien Nordamerikas. Je nach Bodentyp und Klima entstanden verschiedene Arten von Gräsern (Weizen, Roggen, Schwingelgras, Gerste und Reis) und Pflanzen, von denen sich die Tiere ernährten. Ihr Instinkt leitete die Pferde an, nur solche Pflanzen zu fressen, die ihnen zum Überleben dienten. Auf ihrer Suche nach diesen Pflanzen zogen sie dann von einem Ort zum nächsten.

Die Urmenschen verließen ebenfalls die Wälder und jagten alles, was über die Grasebenen zog – auch Pferde. Die Beziehung Mensch-Pferd veränderte sich erst, als dieser feststellte, daß man Pferde nicht nur essen, sondern auch auf ihrem Rücken reiten und so andere Beutetiere (wie den Bison) über große Strecken verfolgen konnte. Die Domestikation des Pferdes vor über 12.000 Jahren brachte es aber auch mit sich, daß der Mensch fortan für seinen neuen Gefährten verantwortlich war, ihn füttern, pflegen und – im Krankheitsfall – heilen mußte. Zur Behandlung verwendete der Mensch die gleichen Heilpflanzen, die von kranken Pferden schon gefressen wurden, als sie noch reine Wildpferde waren.

Viele Heilpflanzen, wie beispielsweise Löwenzahn, Wiesenklee, Mohn, Wegerich, Distel, Kreuzblume, Enzian und Lauch, wuchsen auf den Grasebenen und -steppen. Damals lebte der Mensch noch sehr stark im Einklang mit der Natur, deren Launen und Tücken er erlernen und mit ihnen zurechtkommen mußte, wenn er überleben wollte. Aus diesem Zwang heraus machte er sich dann auch die verschiedenen Eigenschaften solcher Heilpflanzen zueigen.

Die Frühgeschichte der Kräutermedizin lief nach dem Prinzip »Versuch und Irrtum« ab: Die ersten Medizinleute, Frauen wie Männer, probierten die Wirkung von Pflanzen an sich selbst und ihren Haustieren aus. Manche Medizinmänner wurden durch die eingenommenen Kräuter stärker und gelangten zu dem Ruhm eines Kräuterkundigen, der über Zauberkräfte vefügte; andere starben infolge ihrer Selbstversuche, doch wurde ihr Erfahrungsschatz an andere Familienmitglieder weitergegeben. Das Wissen um die Heilkräfte bestimmter Pflanzen wurde als strenges Familiengeheimnis gehütet.

In China und Indien wurden diese Erfahrungen in den einzelnen Schamanen-Clans minuziös aufgezeichnet; dort wurden auch neue Methoden entwickelt, die Heilkraft dieser Pflanzen zu steigern und sie über längere Zeit zu lagern, ohne daß ihre Wirkung nachläßt.

Viele Jahrhunderte lang entwickelten die Chinesen besonders ausgeklügelte und gezielte Methoden, um Heilpflanzen, wie wir sie heute kennen, medizinisch zu verwenden. Bereits in der Frühzeit der chinesischen Kultur (etwa 1800 v. Chr.) wurden die genauen Heilkräfte vieler Kräuter und Pflanzen untersucht.

Unter Alexander dem Großen (356 bis 323 v. Chr.) brachten die Hellenen viele Kräutermittel aus Indien und Ägypten in ihre Heimat, den östlichen Mittelmeerraum, mit. Nachdem die Römer die Griechen besiegt hatten, verbreiteten sie das Wissen um diese Kräuter über das ganze antike Europa.

Während des Mittelalters und der Renaissance wurde dieser Wissensschatz in den Klöstern bewahrt. Die

Ordensleute schrieben ihre Erfahrungen in »Kräuterfibeln« nieder und bereiteten aus den Kräutern Salben, Säfte und Breipackungen. Die Kräuterkunde entwickelte sich nicht weiter und erfuhr erst nach der Entdeckung Amerikas wieder neue Impulse.

Durch die einheimischen Völker Mittel- und Südamerikas erfuhren die Europäer von Pflanzen, die anästhesierende Eigenschaften haben, und lernten Mittel gegen die Malaria kennen. Die Indianer Nordamerikas zeigten den Siedlern, welche Pflanzen sie bei Schwangerschaftskomplikationen und zur Behandlung von Infektionen und Lungenentzündung nehmen konnten; außerdem brachten sie ihnen auch bessere Methoden bei, um Breiumschläge und Einreibemittel herzustellen. Denn da sie noch stärker als die weißen Neuankömmlinge mit der Natur in Einklang lebten, kannten sie auch die Heilkräfte der dort wachsenden Pflanzen besser.

Bis zu Beginn des 20. Jahrhunderts waren Ärzte, Tierärzte und andere Heilkundige ausschließlich auf Medizinalpflanzen angewiesen, um ihre Patienten zu heilen oder gesund zu halten. Doch was geschah danach mit dem Vertrauen in die Kräuterkunde? Im 18. und 19. Jahrhundert waren infolge der Industriellen Revolution in Europa große Teile der Landbevölkerung in die Städte gezogen, wo sie fern der Natur lebten und arbeiteten. Der Mensch »beutete« die Kräfte der Natur aus, damit diese seine Maschinen antrieben. Im gleichen Maße, wie sich das Leben der Menschen veränderte, wurden auch Wissenschaft und Medizin technologiebezogener und weniger mit der Natur verbunden. Im ersten Viertel des 20. Jahrhundert schlug dann auch die Stunde der »Chemischen Revolution«; damals wurden in einigen Chemiefirmen die ersten künstlichen Drogen und Antibiotika entwickelt. Während der beiden Weltkriege entwickelten diese Firmen nicht nur chemische Kampfstoffe, sondern auch Medikamente zur Wund- und Infektionsbehandlung der kriegsverletzten Soldaten. Aus dieser industriellen Medikamentenherstellung wurde ein blühender Industriezweig, dessen Techniker ständig neue Mittel und Wege ersannen, künstliche Drogen aus pflanzlichen Wirkstoffen zu gewinnen.

Auch wenn die Verwendung synthetischer Pharmazeutika der Medizin sicherlich viel Gutes gebracht hat, sind diese Drogen heute nicht mehr aus unserer Kultur wegzudenken. Man kann schon behaupten, daß die moderne Gesellschaft von ihnen abhängig wurde. So selbstverständlich, wie wir unsere Zähne putzen, schlucken wir freiverkäufliche Pillen. Längst haben wir vergessen, wo unsere (heilenden) Wurzeln liegen. Unserer modernen Kultur sind die Natur und ihre Gaben so fremd geworden, daß wir alles mißtrauisch beäugen, was nicht in Plastikflaschen luftdicht verpackt und mit Haltbarkeitsdatum versehen ist. Viele Pharmafirmen unterstützen zwar die medizinische und veterinärmedizinsche Forschung, überschwemmen aber gleichzeitig Lehrkörper und Studenten massiv mit ihren Produkten. Manche falsche oder ungenaue Information über schonende Heilverfahren wie Kräuterkunde, Akupunktur und Chiropraxis – ja, selbst über gesunde Ernährung – wurde gerade von solchen Pharmaunternehmen und klassischen medizinischen Verbänden verbreitet, die sich durch diese alternativen Methoden finanziell bedroht sahen. Folglich gibt es in den USA nur noch vereinzelt Kräuterkundige; vielfach sind es die Ureinwohner Nordamerikas, aber auch manche »Ökobauern« und »Aussteiger« (die zurückgezogen in den Wäldern leben), die im Einklang mit der Natur leben und ihre Leiden mit Heilkräutern behandeln.

Die Kräuterkunde wird wiederentdeckt

Als der damalige US-Präsident Richard Nixon 1973 die Volksrepublik China besuchte, öffnete er mit seiner Staatsvisite unter anderem auch der fernöstlichen Heilkunde die Tore zur westlichen Welt – so beispielsweise der uralten Kunst der chinesischen Akupunktur. So gehörte auch ich zu den Glücklichen, die an einer klinischen Studie über Akupunktur in der Veterinärmedizin teilnehmen konnte, die 1975 von der University of California in Los Angeles (UCLA) durchgeführt wurde. Außer mir nahmen noch 50 weitere Tierärzte aus acht verschiedenen Bundesstaaten an diesem Projekt teil. Das Projekt sollte meine Einstellung gegenüber der Medizin grundlegend verändern. Die Akupunktur stellt eine völlig neue Methode dar, Lähmungen zu beheben und Schmerzen ohne Verabreichung von Medikamenten zu lindern. Dieses neue Wissen eröffnete mir nicht nur bessere Möglichkeiten, meinen vierbeinigen Patienten effizienter zu helfen; dank dieser echten Alternative konnten die Besitzer auch davon absehen, ihre Tiere operieren oder schlimmstenfalls sogar einschläfern zu lassen.

Mein damaliger Lehrmeister, Dr. Sang Shin, dessen Vater als Veterinär in Korea praktiziert hatte, wies mich darauf hin, daß chinesische Medizinkräuter ein noch größeres Heilpotential als die Akupunktur besässen. Dies reizte mich, Menschen kennenzulernen, die solche Heilkräuter genau kannten.

1976 begann ich in San José, mich unter der Anleitung von Dr. Sid Golinsky, eines Freundes und ehemaligen Dozenten für Pharmazie und Drogenlehre an der UC Berkley, mit der westlichen Heilkräuterkunde auseinanderzusetzen. Dr. Golinsky ermutigte mich, alles über diese Kräuter herauszufinden, aber auch, wie sie zur Behandlung kranker

Tiere (insbesondere kranker Pferde) eingesetzt werden können. So entdeckte ich, wie gut Pferde auf diese Form der Behandlung ansprechen. Die Kräuter verstärkten offenbar meine Akupunkturtherapien, mit denen ich Lahmheiten und Schmerzen behandelte. Damals entschied ich mich, fortan nur noch Heilkräuter zu untersuchen, anzubauen und zu verwenden.

Was sind eigentlich Heilkräuter?

Als Antwort möchte ich Dr. Stephen Shang zitieren, einen weiteren meiner Mentoren, die mich zur chinesischen Heilkräuterkunde brachten: »Unter Heilkräutern verstehen wir Pflanzen, aber auch Tiere und Mineralien, die vom Menschen oral aufgenommen oder äußerlich appliziert werden, um körperliche Leiden zu verhindern, zu lindern oder zu heilen. Dies geschieht durch die Korrektur des Lebensenergieflusses und die Bereitstellung solcher Substanzen, die grundsätzlich für die Regenierung von Zellen oder Gewebe des Körpers zuständig sind.«

Enzyme und Spurenelemente, die als Katalysatoren der Zellregenerierung im Körper fungieren, gehören zu den wichtigsten Substanzen, die eine »Heilpflanze« bereitstellen kann. Heute leben die meisten Pferde in einer Umgebung, die gänzlich vom Menschen kontrolliert wird, so daß die Tiere vollständig von ihm abhängig sind. Sehr oft können Pferde, die in modernen Vorstädten gehalten werden, gar nicht mehr zum Grasen auf die Koppel geschickt werden, sondern erhalten stattdessen Heu und Trockenfutter. Der Nährstoffgehalt dieser Futtermittel hängt selbstverständlich vom Boden ab, auf dem ihre Ausgangsstoffe gewachsen sind; aber auch die Jahreszeit, in der sie geerntet wurden, oder ihre weitere Verarbeitung und Lagerung sind wichtige Kriterien für deren Nährstoffgehalt. Mineraliengehalt und chemische Zusammensetzung des Bodens hängen stark von Faktoren wie Dürre, Erosion, zu starke Bewässerung, Düngung, Salzeintrag und chemikalischen Altlasten ab. Diese Parameter beeinflussen die Fruchtbarkeit des Bodens und die Qualität der darauf wachsenden Futterpflanzen. Dies alles kann sich insbesondere auf Wachstum und Gesundheit von Fohlen, Jährlingen und »stillenden« Stuten auswirken. Wie alle Pflanzenfresser benötigen auch Pferde frisches, »lebendes« Futter. Wenn man ein Pferd auf einer großen Wiese frei weiden läßt, wird es sich selbständig mit vielen unterschiedlichen Mineralien versorgen, die es zusammen mit dem Futter an verschiedenen Stellen der Weide aufnimmt.

Meines Erachtens sind einige Formen von Kolik, Asthma, zahlreiche Formen der Arthritis sowie eine verkürzte Lebensdauer teilweise auf den Umstand zurückzuführen, daß diese Tiere in zu kleinen Boxen oder Koppeln gehalten wurden, wo sie kaum Gelegenheit fanden, frei zu grasen. Allerdings werden wir uns wohl angesichts der explosionsartigen Vermehrung der Menschheit sowie der allgemeinen Verknappung von landwirtschaftlichen Nutzflächen und Nahrungsmitteln wohl kaum den Luxus leisten können, für sämtliche Pferde ausreichend Weideland zur Verfügung zu stellen.

Alternativ können wir nun das Futter unserer Pferde direkt durch Hinzugabe solcher Heilkräuter aufbessern, die Heilkräfte und katalysierende Fähigkeiten besitzen. Das Gros dieser Pflanzen können Sie im eigenen Kräutergarten ziehen. Andere erhalten Sie in Apotheken, Reformhäusern, Naturkostläden sowie ostasiatischen Lebensmittelgeschäften.

Chinesische Heilkräuter können Sie Ihrem Pferd entweder frisch (indem Sie es unter sein Futter mischen) oder auch in Form von Pulver bzw. als frisch gebrühten Tee verabreichen. Es dauert zwar etwas länger, wenn Sie die Kräuter zusammen mit dem Futter verabreichen, dies wird jedoch durch die Vorteile kompensiert.

Kräuter für alte Pferde

In meiner ersten Zeit als Akupunkteur und »Kräuterdoktor« suchten mich vor allem die Halter älterer Pferde auf. Diese Tiere bewegten sich steif, waren arthritisch und sahen aus, als ob es mit ihnen nie mehr besser würde. Dennoch waren sie sehr sanft und wurden innig von ihrem Haltern geliebt. Was kann man für solche Tiere tun ? Manch einer wird glauben, daß es keine Möglichkeiten mehr gibt, und in Erwägung ziehen, dieses Pferd einzuschläfern. Doch es gibt tatsächlich Alternativen, die man ausprobieren kann, unter anderem eine Behandlung mit Heilkräutern.

Ältere Pferde werden steif und arthritisch, weil ihr Zellstoffwechsel nicht mehr richtig funktioniert und sich bestimmte Metabolite (sozusagen die »Zellschlackstoffe«) in den Gelenken oder um sie herum ablagern und verhärten. Dadurch kommt es zu Entzündungen des Knorpels, der Bänder und des umliegenden Binde- und Muskelgewebes. Dieser degenerative Prozeß kann außerdem durch eine vorausgegangene Verletzung, durch Narbenbildung und schlechte Durchblutung infolge mangelnder Bewegung verstärkt werden. Viele Menschen werden die Tiere nicht mehr bewegen oder ausreiten, dabei ist Bewegung gerade in diesen Fällen wichtig, damit die Pferde gut durchblutet werden und fühlen, daß sie noch gebraucht werden.

Polly war das erste ältere Pferd, das ich behandelte. Die Stute war ihr ganzes Leben lang mit Kindern zusammengewesen, die auf dem Pony voltigiert hatten. Im Alter wurde sie zunehmend steifer, weil bei ihr Krongelenkschale (Überbein am

Krongelenk) und Rückenbeschwerden auftraten. Schließlich beschloß Pollys Halter, sie nicht mehr als Voltigierpferd einzusetzen. Dies brach dem Pony beinahe das Herz, weil ihr der gewohnte tägliche Umgang mit den Kindern fehlte. Nach mehreren Akupunktursitzungen, die Polly von ihren Schmerzen befreien sollten, verabreichte ich ihr Kräutertees und Kräuterpulver, insbesondere zwei Kräutertees, deren Zusammensetzung im Kasten weiter unten aufgelistet ist: Dies sind die Frühjahrs-Entschlackungskur und die Arthritis-Kur. Die betagte Stute wurde wieder munter und ausgelassen, sie konnte gelegentlich wieder von den Kindern oder ihrem Halter geritten werden und lebte so zufrieden noch einige Jahre lang.

Heilkräuter, die einem Pferd verabreicht werden, regen seinen Kreislauf an und kräftigen Niere, Leber, Magen-Darm-Trakt und Blut. Die Rezeptur, die Polly wieder auf die Beine brachte, enthält kräftigende (tonisierende) Kräuter (wie Löwenzahn, Sassafras, Wiesenklee, Petersilie und Wacholder), die die Arbeit der inneren Organe fördern. Wilde Yamswurzel und Yucca besitzen Wirkstoffe, die im Organismus des Pferdes zur Bildung entzündungshemmender Steroidhormone verwendet werden, die auch schmerzstillend wirken.

Andere Kräuter (wie Bukku-Blätter, Weißulme und Sarsaparilla) reinigen Blut und Verdauungsorgane. Nach einer drei- bis sechswöchigen Frühjahrs-Entschlackungskur sollte das Fell des Pferdes glänzen und das Tier insgesamt lebhafter erscheinen. Wenn das Pferd immer noch lahmt und steif ist, geben Sie ihm von nun an für drei bis sechs Wochen den Arthritis-Tee. Sollte sich sein Zustand verbessern, dann können Sie die Dosis nach und nach auf die Hälfte reduzieren, dann aber bei dieser Dosis bleiben. Wenn bei dem Pferd überhaupt eine Chance auf Besserung besteht, wird diese innerhalb der folgenden drei Monate eintreten.

Pferde mögen es, wenn sie ihren Kräutertee zusammen mit dem normalen Futter oder irgendwelchen Knabbereien einnehmen können. Kräuterpulver enthält viele Spurenelemente, die im normalen Futter fehlen, vom Tier jedoch benötigt werden. Wenn ein Pferd ausreichend natürlichen »Auslauf« hätte, fände und fräße es sicherlich solche Pflanzen, die diese notwendigen Spurenelemente enthalten.

Die Frühjahr-Entschlackungskur eignet sich hervorragend für Pferde aller Altersklassen, deren Organismus von »Schlackstoffen« befreit werden muß. Für Tiere, die den Winter über nur im Stall verbracht haben, aber auch für Pferde, die längere Zeit mit verschiedenen Medikamenten behandelt wurden, reicht bereits eine dreiwöchige Kur aus. Vorbeugend können Sie Ihr Pferd auch zweimal pro Jahr dieser Kur unterziehen, damit seine inneren Organe gesund und voll funktionstüchtig bleiben.

Frühjahrs-Entschlackungskur

Löwenzahn *(Taraxacum officinale)*	Wurzelpulver	2 Tassen
Petersilie *(Petroselinum spec.)*	Wurzelpulver	1 Tasse
Wacholder *(Juniperus communis)*	Beeren	1 Tasse
Sassafras *(Sassafras albidum)*	Wurzelrinde	1 Tasse
Bukku *(Barosma betulina)*	Blätter	2 Tassen
Bärentraube *(Arctostaphylos uva-ursi)*	Blätter	1 Tasse
Amerikanische Weißulme *(Ulmus fulva)*	Rinde	2 Tassen
Roter Wiesenklee *(Trifolium pratense)*	Blüten	4 Tassen

Alle Zutaten werden gut vermischt und anschließend in einer luftdicht verschließbaren Plastikdose aufbewahrt. Zum Aufbrühen eines Tees gießen Sie zwei Tassen kochendes Wasser über sechs Eßlöffel des Kräutergemischs. Anschließend 20 Minuten ziehen lassen und danach zum Futter des Tieres geben.

Arthritis-Kur

Yucca *(Yucca spec.)*	Wurzelpulver	2 Tassen
Wilde Yamswurzel *(Dioscorea villosa)*	Wurzelpulver	1 Tasse
Chaparall-Gras *(Larrea divaricata)*	Blätter	1 Tasse
Beinwell *(Symphytum officinale)*	Wurzel	1 Tasse
Sarsaparilla *(Smilax officinale)*	Wurzel	2 Tassen
Schachtelhalm *(Equisetum spec.)*	Pflanzenpulver	1/2 Tasse

Alle Zutaten werden gut vermischt und anschließend in einer luftdicht verschließbaren Plastikdose aufbewahrt. Gießen Sie zwei Tassen kochendes Wasser über vier Eßlöffel des Kräutergemischs. Anschließend 20 Minuten ziehen lassen. Der Tee sollte dem Pferd zweimal täglich zusammen mit seinem Futter gegeben werden.

Auch der Amerikanische Ginseng *(Panax quinquefolius)* eignet sich sehr gut zur Vorbeugung von Krankheiten bei jungen und alten Pferden. Zu Beginn des 18. Jahrhunderts wurde dieses Kraut in den Wäldern im Osten Nordamerikas (von Ostkanada bis hinab nach Georgia) von professionellen Sammlern gesucht und geerntet. Die Sammler durchstöberten die Wälder nach dieser wertvollen Wurzel und verkauften die Funde an Händler, die den Ginseng wiederum an chinesische Kunden veräußerten. Der berühmte Trapper Daniel Boone soll sich durch die Ernte und den Verkauf von Amerikanischem Ginseng ein kleines Vermögen verdient haben. *Panax quinquefolius* stärkt Verdauungstrakt, Lunge und Nieren.

Amerikanischen Ginseng können Sie in der Apotheke kaufen. Zur Bereitung des Tees nehmen Sie am besten eine vier bis sechs Jahre alte Wurzel, die gut einen Zentimeter dick und gut 15 Zentimeter lang ist. Die Wurzel wird in knapp vier Litern Wassern eine Stunde lang gekocht. Wenn der Tee abgekühlt ist, wird er in Glasflaschen dekantiert. Für einen zweiten Aufguß geben Sie noch einmal zwei Liter Wasser zu der Wurzel, und lassen Sie diese eine weitere Stunde köcheln. Nach dem Abkühlen wird dieser Tee mit dem ersten Aufguß vermischt. Nun können Sie Ihrem Pferd täglich eine Tasse verabreichen, solange der Vorrat reicht (für gewöhnlich sieben bis acht Tage). Diese Stärkungskur sollten Sie im Abstand von drei bis vier Monaten regelmäßig wiederholen.

Ein weiteres sehr gutes Heilkraut ist das Russische Süßholz *(Glycyrrhiza uralensis)*, die zusammen mit Amerikanischem Ginseng aufgebrüht werden kann. Hierbei handelt es sich um ein preiswertes, stärkendes Heilkraut, das auf alle inneren Organe wirkt und besonders als Entgiftungsmittel bekannt ist. Ein Tee aus einer halben Tasse getrockneter Süßholzblätter, der zusammen mit Amerikanischer Ginsengwurzel gekocht wurde, ist eines der besten Vorbeugungsmittel gegen Kolik, Lungenentzündung, Asthma und Muskelverspannung.

In diesem Buch habe ich vor allem amerikanische und europäische Kräuter erwähnt, weil diese Heilpflanzen relativ leicht erhältlich sind und gut im Garten angebaut werden können. In meiner Praxis verwende ich vor allem chinesische Heilkräuter, wenn ich Rezepturen für kranke Pferde zusammenstelle. Diese Pflanzen besitzen stärkere Heilkräfte, weswegen man sich aber auch sehr genau mit ihnen auskennen muß.

Kräuter für die Wundversorgung

Was fällt jedem Pferdebesitzer sofort ein, wenn er an Zäune, Nägel, Stacheldraht, Schrott und Felsen denkt? Nun, die meisten Assoziationen sind Schnitt-, Schürf- und Rißwunden. Jeder Pferdehalter wurde sicherlich schon einmal mit solchen Wunden konfrontiert. Häufig passieren die Verletzungen nachts, am Wochenende oder während eines ausgedehnten Ausrittes irgendwo in der Wildnis. Oft kann es dann Stunden dauern, bis Ihr Tierarzt kommen und das Pferd verarzten kann. Alles, was Sie während der ersten zwölf Stunden nach einem solchen Unfall machen, kann die spätere Entwicklung stark beeinflussen.

Eine typische Situation: Das Pferd hat sich im Zaun verfangen; nun steht es mit weit geöffneten Augen da, die Haut an der Wunde ist gerissen, das darunter liegende Muskel- und Bindegewebe angeschwollen und gequetscht, aus der Wunde tropft Blut... Was soll man in so einem Moment machen? Erste Regel: Zunächst sollten Sie einmal kräftig durchatmen und sich beruhigen, da Sie durch eine ruhige Ausstrahlung auch das Pferd besänftigen und so weitere Verletzungen verhindern. Nachdem Sie es aus dem Zaun befreit und etwas beruhigt haben, bringen Sie das Pferd an einen ruhigen Ort und leisten Erste Hilfe.

Damit eine Wunde gut verheilen kann, muß man sich vor Augen führen, nach welchem Schema die Verarztung einer Wunde erfolgt. Man unterscheidet vier Behandlungsphasen:

1. Säubern der Wunde
2. Desinfizieren der Wunde
3. Heilen der Wunde
4. Schutz der Wunde (Verband)

Die Wundreinigung ist ein sehr wichtiger Schritt: Sämtliche Fremdkörper (Erde, Steinchen) und Gewebereste müssen entfernt werden, ohne sie tiefer in die Wunde zu drücken. Dies können Sie mit Hilfe von Mulltupfern, einer Pinzette (die vorher ausgekocht wurde), Wattestäbchen oder einer Sprühflasche erledigen. Anschließend können Sie die Wunde mit Leitungswasser, klarem Meerwasser (wenn Sie gerade am Strand ausreiten) oder einer verdünnten Lösung aus dreiprozentigem Wasserstoffperoxid und Aloe-Vera-Saft (im Verhältnis 1:1) auswaschen. Wunden können Sie auch gleichzeitig reinigen und desinfizieren, indem Sie sie mit Hilfe einer Sprühflasche mit einem Absud aus Kanadischer Gelbwurz *(Hydrastis canadensis)* oder Wegerichblättern einsprühen. Durch den »Sprühstrahl« aus der Flaschendüse werden kleine Fremdkörper sehr effektiv aus der Wunde gespült. Für diesen Absud übergießen Sie einfach einen Teelöffel gemahlene Kanada-Gelbwurz oder einen Eßlöffel ge-

trocknete Wegerichblätter (bzw. zwei Eßlöffel frische Blätter) mit einer Tasse kochendem Wasser und lassen das Ganze 20 Min. ziehen.
Nach der Reinigung wird die Wunde desinfiziert, da jeder Krankheitserreger, der möglicherweise zusammen mit Dreck und Geweberesten in die Wunde gelangt ist, abgetötet werden muß. Herkömmlicherweise können Sie hierzu ein Standardmittel zur Wunddesinfektion wie Rivanol™ oder Entozon™ verwenden. Wenn Sie diese Lösung nicht griffbereit haben, können Sie auch wieder einen Absud aus Kanadischer Gelbwurz bzw. Wegerichabsud nehmen, der als weiteren Zusatz *Melaleuca alternifolia,* eine australische Myrtenheide-Art, enthält. Alternativ hilft auch, wenn Sie unfiltrierten, nicht erhitzten Honig auf die Wunde auftragen, da dieser antibakterielle Substanzen enthält und osmotisch desinfizierend wirkt. Wenn die Wunde tiefer als zwei bis drei Zentimeter reicht, sollten Sie keine chemischen Desinfektionsmittel verwenden, da diese die Wunde reizen und so die Wundheilung verzögern können. Selbstverständlich kann ein Kräuterabsud nicht vor evtl. eingedrungenen Tetanuserregern schützen, weswegen Ihr Pferd generell vom Tierarzt eine Tetanus-Auffrischungsimpfung und vielleicht sogar ein Penizillinpräparat erhalten sollte.
Die dritte Phase der Wundbehandlung ist die eigentliche Wundheilung. Dies ist der wichtigste Schritt, dessen Erfolg stark vom sorgfältigen Reinigen und Desinfizieren der Wunde abhängt. Zum besseren Abheilen müssen Sie zunächst für ein »heilsames Umfeld« der Wunde sorgen. Hierzu müssen Sie die Wunde feucht und sauber halten, wodurch ideale Voraussetzungen für ein gutes Regenerieren des Gewebes geschaffen, aber auch Krankheitserreger von der Wunde ferngehalten werden. Am besten erreichen Sie dies mit speziellen frischen Heilpflanzen, denn die häufig verwendeten antibiotikahaltigen Salben sorgen lediglich dafür, daß Infektionen verhindert und die Wunde sauber bleibt.
Forschungsergebnisse der University of Hawaii zeigten, daß die Heilpflanze *Morinda citrifolia,* ein hawaiianisches Rötegewächs, ein Enzym enthält, das die Regeneration von verletzten Zellen fördert. Dies geschieht, indem das Enzym eine Komponente bereitstellt, die von den Zellen zur Regeneration verwendet wird. In den Blättern dieser Pflanze, aber auch in denen von Beinwell und Wegerich sowie in Aloe-Vera-Saft sind viele Enzyme vorhanden, die eine Wunde besser heilen lassen. Daher ermöglichen diese Heilpflanzen eine besonders gute Wundbehandlung; man kann sie dazu einzeln oder kombiniert, (am besten!) frisch, aber auch als Breiumschlag verabreichen. Wegerich bietet darüber hinaus noch den Vorteil, daß er kleine Blutungen stillt und das Durchsickern von Blut verhindert.

Für einen Breiumschlag nehmen Sie eine Tasse Beinwellblätter und eine halbe Tasse Wegerichblätter (alle Pflanzenteile müssen sauber und trocken sein). Fügen Sie eine halbe Tasse kochendes Wasser hinzu, und zerkleinern Sie das Ganze in einem Mörser (ein Pürierstab oder Mixer geht auch) zu einer Paste. Diesen Brei können Sie direkt auf oder um die Wunde herum auftragen. Wunden, die tiefer als zwei bis drei Zentimeter reichen, werden am besten mit einem Absud aus diesen beiden Kräutern gespült. Wenn Sie weder Beinwell noch Wegerich auftreiben können, nehmen eine saubere, etwa zehn Zentimeter breite Mullbinde, tränken sie mit Aloe-Vera-Saft (den man in den meisten Apotheken, Reformhäusern und Naturkostläden erhält) und umwickeln damit die Wunde. Sollten Sie frische Aloe vera kaufen können, dann kratzen Sie das Blattmark von der Blattinnenseite ab, geben es direkt auf die Wunde und verbinden alles mit einer Mullbinde.

Ihr Erste-Hilfe-Schränkchen sollte unbedingt Yunnan-Paiyo-Pulver enthalten (das oft in chinesischen Lebensmittel- oder Gewürzläden erhältlich ist). Dieses Pulver eignet sich hervorragend gegen Blutungen und verhindert Infektionen, ohne die Wundheilung zu beeinträchtigen. Streuen Sie einfach einen halben Teelöffel Pulver auf die Wunde, und verbinden Sie sie anschließend.

Die vierte Phase der Wundbehandlung ist der Schutz der Wunde vor Infektionen und weiteren Verletzungen. Die einfachste und zugleich wichtigste Methode ist der Wundverband. Nachdem Sie den verletzten Bereich mit einer Kräuterpackung behandelt haben, können Sie ihn entweder mit quadratischen Mulltupfern (10 cm x 10 cm) oder mit einer selbsthaftenden Binde abdecken. Als weitere Schutzschicht können Sie das Ganze mit einer elastischen, zehn bis 12 Zentimeter breiten Binde, bzw. einem sauberen Leinentuch oder Halstuch verbinden.

Die letzte Lage des Verbandes besteht aus Heftpflaster. Nach Möglichkeit sollten Sie die Wunde nicht direkt mit Heftpflaster bedecken, da diese sonst luftdicht abgeschlossen ist. Befestigen Sie Mullbinde oder Halstuch mit fünf Zentimeter breiten Pflasterstreifen, so daß der Verband nicht verrutscht oder abfällt. Falls die Wunde trotzdem mit Heftpflaster überklebt werden muß, weil der Verband sonst nicht hält, dann sollten Sie nur Pflaster mit Luftlöchern verwenden.

Wenn die Wunde stark näßt, müssen Sie den Verband zweimal täglich wechseln. Bei jedem Verbandwechsel waschen Sie die Wunde mit Kräuterabsud aus, tragen anschließend frische Kräuterpaste auf, und verbinden Sie sie mit einer neuen, sauberen Binde.

Diese Behandlung wird den Wundheilungsprozeß beschleunigen und Ihrem Pferd über die Zeit hinweghelfen, bis es von einem Tierarzt untersucht wurde. Im allgemeinen sollte man (größere) Wunden innerhalb der ersten zwölf Stunden nach der Verletzung nähen. Ab diesem Zeitpunkt setzt die Narbenbildung ein, wodurch das Nähen erschwert wird. Dank der »Kräuterkur« gewinnen Sie und Ihr Tierarzt etwas mehr Zeit. Unzureichend versorgte Wunden entwickeln gelegentlich übermäßiges Granulationsgewebe, das manchmal auch »wildes Fleisch« genannt wird. Sollte es tatsächlich einmal soweit kommen, dann kann nur die Behandlung durch den Tierarzt eine erfolgreiche Heilung garantieren. Tiefreichende Stichwunden und Rißwunden müssen meistens mit Antibiotika behandelt werden; in solchen Fällen sollte das Pferd vom Arzt immer eine Tetanusspritze erhalten.

Kräuter gegen Quetschungen, Muskel- und Sehnenzerrungen

Zu den Behandlungsmethoden kranker Pferde, die vermutlich am häufigsten mißverstanden werden, gehört der Gebrauch von Salben und Packungen. Die meisten Menschen sehen in Eisbeutel und fließendem, kaltem Wasser die geeignete Sofortmaßnahme für Verletzungen wie Bänderzerrrung, Muskelfaserriß oder Muskelquetschung. Diese Behandlung eignet sich zweifellos für den ersten und zweiten Tag nach der Verletzung. Allerdings gehen in dem Punkt, wie die Weiterbehandlung erfolgen sollte, die Meinungen zwischen Tierärzten und Pferdekennern stark auseinander.

Was geschieht während einer Verletzung mit den tiefer liegenden Gewebepartien? Muskeln, Sehnen, Bindegewebe und Blutgefäße wurden gewaltsam überdehnt, an- oder auseinandergerissen. Aus Venen und Kapillaren, schlimmstenfalls sogar aus einer Arteriole, fließt Blut in das umliegende Gewebe. Aber auch die Flüssigkeit verletzter Zellen fließt aus und sickert in den verletzten Bereich. Die Schmerzen, die das Pferd spürt, haben zwei Ursachen: Einerseits sind im verletzten Bereich auch zahlreiche Nerven geschädigt, zum anderen drückt die hier angestaute Flüssigkeit auf genau diese verletzten Nerven. Da Blut und Gewebeflüssigkeit an dieser Stelle nicht mehr wie gewohnt frei zirkulieren können, schwillt das Gewebe weiter an, was wiederum den Schmerz vergrößert und die Heilung verlangsamt. Bis sich die Blutzirkulation in den angegriffenen Gefäße wieder normalisiert hat, werden ein paar Tage vergehen.

Eis und fließendes, kaltes Wasser bewirken, daß sich das Gewebe und die Gefäße verengen. Auf diese Weise sickert weniger Flüssigkeit in den verletzten Bereich. Diese Behandlung kühlt zudem die verletzten Gliedmaßen und lindert auch die Entzündung, die durch den Flüssigkeitsstau hervorgerufen wird. Zum Entfernen von Blutgerinnseln, Blut und Gewebeflüssigkeit dienen Breiumschläge und Kompressen, die durch Veränderungen des osmotischen Drucks die Flüssigkeit aus der Schwellung »herausziehen« sollen. Dieser Vorgang beschleunigt wiederum die Heilung.

Breiumschläge sollten immer aus frischen Pflanzen zubereitet werden. Besonders gut eignen sich Beinwell (die Blätter), Aloe vera (der gelartige Saft), Wegerich (die Blätter) sowie *Morinda citrifolia* (Blätter und Früchte). Sie können diese Pflanzen einzeln verwenden oder miteinander kombinieren. Die Blätter müssen mit Hilfe eines Pürierstabs, Mixers oder Mörsers zerkleinert werden. Durch Zugabe von etwas heißem Wasser entsteht ein Brei, den Sie mit etwas pulverisierter Weißulmenrinde oder Beinwellwurzel andicken können. Geben Sie diese Paste im Anschluß an die Kaltwassertherapie auf die Schwellung. Fixieren Sie dann die Packung mit einer Mullbinde oder elastischen Binde. Bei größeren Schwellungen unterhalb von Knie oder Ferse müssen Sie die Packung evtl. zusätzlich mit einer Pferdebandage (Ace-type™) fixieren. Achten Sie aber darauf, daß diese nicht zu fest sitzt, da der Bereich sonst schlecht durchblutet wird.

Wenn es zeitlich einmal unmöglich sein sollte, eine frische Kräuterpackung zuzubereiten, habe ich immer ein Fläschchen Wan-Hua-Öl parat, um Quetschungen und Zerrungen zu behandeln. (Am besten fragen Sie in Ihrer Apotheke nach, wo und wie Sie die hier aufgeführten chinesischen Präparate erhalten können.) Nachdem Sie das verletzte Bein mit Eis oder unter fließendem, kaltem Wasser gekühlt haben, trocknen Sie es mit einem Handtuch ab und massieren das Öl anschließend unter sanften, kreisförmigen Bewegungen in die geschwollene Stelle ein. Nach einer fünf- bis zehnminütigen Massage wickeln Sie das Bein mit einer Mullbinde und einer Pferdebandage (Ace-type™); dieser Verband sollte dann erst am nächsten Morgen abgenommen werden.

Behutsames Massieren fördert die Heilung, weil dies die Durchblutung anregt, wodurch wiederum die angestaute Flüssigkeit aus dem verletzten Bereich entfernt wird. Die in diesem Pflanzenöl enthaltenen Wirkstoffe fördern außerdem die Regeneration der verletzten Zellen und Gefäße. Parallel zu dieser Behandlung verordne ich dem Pferd meist einen chinesischen Kräutertee. Dieser Tee soll die Durchblutung anregen, Schmerzen lindern und die Heilung anregen. Seine Rezeptur richtet sich nach der Konstitution des Pferdes, er enthält jedoch u. a. Tang-Kuei-Wurzel (Wurzel der Tangshen-Glockenwinde, *Codonopsis tangshen*), Wurzeln des Unechten oder Sibirischen Ginsengs *(Eleutheroccus senticosus)* sowie weitere chinesische Heilkräuter.

Wenn die Schwellung allmählich abklingt, massieren Sie das Bein weiterhin mehrere Tage lang zwei- bis dreimal täglich mit Heilöl, lassen jedoch den Verband weg. Nach ein bis zwei Wochen sollten sämtliche Schwellungen und Schmerzen verschwunden sein. Der verletzte Bereich heilt weiter, jedoch können noch Blutgerinnsel und abgestorbenes Gewebe vorhanden sein, die in der nun entstehenden Narbe liegen. Übermäßige Narbenbildung kann den Heilprozeß hinauszögern und im heilenden Bereich Schmerzen verursachen – sogar wenn das Gewebe gänzlich verheilt ist. Die genesenen Pferde können mühelos in Schritt oder kurzen Trab verfallen; schnellere Gangarten rufen bei ihnen jedoch Schmerzen hervor, der abgeheilte Bereich entzündet sich und ist sehr druckschmerzempfindlich.

In dieser Situation sollten Sie zu Packungen oder Salben greifen, die die Verletzung wärmen und ihre Durchblutung fördern.

Handelsmarken wie Enelbin-Paste™ können in solchen Fällen gegeben werden. Sie können aber auch eine frische Ingwerwurzelpaste herstellen, direkt auf die Schwellung auftragen und die Packung über Nacht mit einer Mullbinde fixieren. Der Verband sollte täglich gewechselt und das Bein dabei abgewaschen werden, ehe frische Kräuterpaste aufgetragen wird. Diese Behandlung sollte drei bis sieben Tage durchgeführt werden.

Einfacher läßt sich dies mit Hilfe chinesischer Kräutersalben behandeln, die zwei- oder dreimal täglich in den verletzten Bereich massiert werden. Das Bein sollte nicht gewickelt werden, da die Haut sonst leicht Bläschen bekommt. Am häufigsten verwende ich Produkte wie Zheng Gu Shui, Wood Lock Medicated Balm, Po Som On Oil und Tiger Balm (zum Teil in chinesischen Lebensmittelläden erhältlich).

Nach dem Auftragen der Salbe können Sie den Bereich lokal erwärmen, indem Sie 10 bis 20 Minuten lang ein heißes, feuchtes Handtuch darauf legen. Dies ist nicht nur angenehm für das Pferd, sondern erhöht an dieser Stelle auch die Durchblutung. Wichtig ist, daß Sie bei dieser Behandlung den Bereich sanft massieren und seine Muskulatur behutsam dehnen; das erzielt die besten Ergebnisse. Besonders empfehlenswert ist diese Therapie nach anstrengenden Ausritten oder Turnieren.

Chronische Beschwerden (beispielsweise Zerrungen) Ihres Pferdes, die seit drei Monaten oder länger bestehen, sollten unbedingt von einem erfahrenen veterinärmedizinischen Akupunkteur oder Lasertherapeuten behandelt werden. Derlei Probleme treten oft auf, weil der Heilprozeß nicht vollständig erfolgte oder zuviel »wildes Fleisch« unter den normalen Gewebe gebildet wurde. Im Anschluß an eine Akupunktur können Sie folgende Weiterbehandlung durchführen:

1. Baden Sie die verletzte Stelle abwechselnd heiß und kalt: Fünf Minuten mit warmem Wasser, dann eine Minute mit Kaltwasser. Die Behandlung wird dreimal wiederholt und zweimal täglich durchgeführt.
2. Anschließend massieren Sie den Verletzungsbereich fünf bis zehn Minuten lang mit einer chinesischen Salbe ein.
3. Dehnen Sie zehn Minuten lang behutsam die Muskeln und Sehnen, die den Verletzungsbereich umgeben.

Das »wunde« Bein wird mit einer Pferdebandage (Ace-type™) bandagiert, die dieses Bein des Pferdes während des folgenden Aufbautrainings schützt und stützt. Bewegen Sie das Pferd 20 bis 30 Minuten täglich, belasten Sie es allerdings nicht zu stark.
Nach ein bis zwei Wochen sollte sich die erste Besserung zeigen; andernfalls müßten Sie Ihren Tierarzt bitten, das Pferd erneut und intensiver zu behandeln.

Kräuter als Erste-Hilfe-Ausrüstung

Eine Erste-Hilfe-Ausrüstung ist ein absolutes »Muß« für jeden Pferdebesitzer. Diese sollte sich immer in der Nähe der Koppel befinden, auf dem Ihr Pferd weidet, ggfs. auch in Ihrem Auto. Folgende Artikel sollte diese Apotheke unbedingt enthalten:

- ❐ Wasserstoffperoxid (H_2O_2)
- ❐ Wundsalbe (Betaisodona™, Kamillosan™, Aloe-Salbe)
- ❐ Kräuterpackung (Enelbin-Heilpaste™)
- ❐ Desinfektionslösung (Rivanol™, Entozon™)
- ❐ Bittersalz
- ❐ China-Salben, China-Balsam
- ❐ Notfalltropfen (Bachblüten)
- ❐ Ledum-Tropfen (homöopathisch)
- ❐ Aspirin (Tabletten)
- ❐ Wattestäbchen
- ❐ Sprühflasche
- ❐ Mullbinden (8 bis 10 cm breit)
- ❐ Mulltupfer
- ❐ Binden, elastisch (8 bis 10 cm breit)
- ❐ Pferdebandagen (Ace-type™) (10 bis 15 cm breit)
- ❐ Heftpflaster, schmal
- ❐ Stauschlauch
- ❐ Drahtschere
- ❐ Eisbeutel (3M Hot-Cold-Pack™)
- ❐ Aloe-Vera-Saft
- ❐ Betaisodona™-Lösung
- ❐ Alkohol oder Franzbranntwein
- ❐ Wan-Hua-Oil
- ❐ Arnica-Tropfen (homöopathisch)
- ❐ Yunnan-Paiyao-Pulver
- ❐ Hypericum-Tropfen (homöopathisch)
- ❐ Pinzette
- ❐ Baumwolltupfer (walnußgroß)
- ❐ Kanadische-Gelbwurz-Pulver (Hydrastis-Pulver)
- ❐ Wundschnellverband, luftdurchlässig (Hansamed™, Hansaplast™)

- ❒ Selbsthaftende Binden
- ❒ Verbandschere
- ❒ Baumwolltuch
- ❒ Drahtzange
- ❒ Kombi-Taschenmesser (Schweizer Offiziersmesser™)

Kräuter für trächtige Stuten

Häufig werde ich von besorgten Haltern gebeten, nach einer trächtigen Stute zu sehen, die bereits vor fünf Tagen hätte abfohlen sollen. Wenn eine solche Stute »überfällig« ist, liegt das entweder daran, daß sich der Besitzer im ausgezählten Termin geirrt hat, oder weil die Stute schlichtweg noch »nicht soweit« ist. Hierfür können Gründe wie falsche Lage des Fötus, emotionaler Streß oder Schwäche in der Uterusmuskulatur verantwortlich sein.

Im Gegensatz zur Humanmedizin, wo bei Frauen oft die Wehen künstlich eingeleitet werden, ist ein solches Vorgehen bei Pferden nicht üblich. Zwar wäre es bei großangelegten Zuchtprogrammen durchaus praktisch, trächtige Stuten mit Hilfe künstlich hergestellter Steroide hormonell zu manipulieren, doch würde dies sicherlich nicht das Wohlergehen der Tiere fördern.

Eine trächtige Stute benötigt vor allem Spurenelemente, qualitativ hochwertiges Futter, also viel Protein und frisches Gras. Wenn Sie der Stute während der letzten drei Monate ihrer Tragzeit Kräutermischungen verabreichen, fördern Sie die Gesundheit von Stute und ungeborenem Fohlen.

Diese Kräutermischung besteht aus fünf Komponenten, wovon die erste und bedeutendste getrocknete oder frische Beinwellblätter sind. Beinwell *(Symphytum officinale)* besitzt tiefreichende Wurzeln, über die er viele Mineralien und Spurenelemente aus dem Boden aufnimmt. Wenn Sie der Stute täglich Beinwell unter das Futter mengen, wird sie essentielle Substanzen wie Kalzium, Phosphat, Eisen, Vitamin A und Mangan in ausreichenden Mengen aufnehmen.

Von der zweiten Komponente, den Blättern der Himbeere *(Rubus idaeus var. strigosus)*, weiß man, daß sie Fehlgeburten und schmerzhafte Wehen verhindert sowie die Milchbildung fördert. Himbeerblätter wirken auch beruhigend auf den Magen-Darm-Trakt. Beeren und Blätter enthalten beide sehr viel Eisen – ein Faktor, der für das Blut besonders gut ist.

Zu den Blätter dieser beiden Pflanzen geben Sie noch Blüten des Roten Wiesenklees *(Trifolium pratense)* und der Römischen Kamille *(Chamaemelum nobile)*. Beide treiben das Blut in Richtung Uterus, stimulieren aber auch Nerven und Magen, wodurch Appetit und Verdauung der Stute gefördert werden.

Die letzte Zutat der Mischung ist eine eßbare Rotalgenart *(Rhodymenia palmata)*, die sehr viele verschiedene Vitamine und Mineralien

enthält und weitaus nahrhafter ist als viele Pferdefertigfutterpräparate, die Kelp (Asche des Blasentangs) enthalten.
Die Kräuter werden im folgenden Verhältnis gemischt (Die Angaben beziehen sich auf getrockente Blätter und Blüten):

Beinwell (Blätter)	500 g
Himbeere (Blätter)	500 g
Römische Kamille (Blüten)	250 g
Roter Wiesenklee (Blüten)	250 g
Speise-Rotalge (Pulver)	125 g

Die Pflanzenteile können in der Apotheke gekauft werden; sie sollten kühl und trocken gelagert werden, am besten in einem Plastikgefäß mit fest verschließbarem Deckel.
Die Dosis, die Sie Ihrer Stute verabreichen wollen, ergibt sich aus ihrem allgemeinen Zustand. Im Allgemeinen reicht eine Tasse Kräutermischung pro Tag aus, die Sie am besten in das Futter (Kleie) der Stute geben. Füttern Sie Ihre Stute ab dem siebten Monat mit der Kräutermischung, und verabreichen Sie ihr diesen Zusatz bis zum Ende des zweiten Monats nach dem Abfohlen. Stuten, die in schlechter Verfassung sind, älter als 18 Jahre sind oder bereits in der Vergangenheit langwierige, schwere Geburten hatten, dürfen auch bis zu vier Tassen Kräutermischung am Tag erhalten. Diese Dosis können Sie allmählich verringern, sobald Sie sehen, daß es dem Tier sichtlich besser geht.

Sehr von Vorteil ist es, wenn Sie Beinwell, Wiesenklee, Römische Kamille und Himbeere im eigenen Garten anpflanzen. Dann können Sie Blätter und Blüten selbst ernten, trocknen oder frisch verabreichen. Wenn Sie frischgepflückte Pflanzenteile verwenden, müssen Sie die Mengenangaben in der oben angegebenen Rezeptur verdoppeln.
Wenn eine Stute nicht »rossig« werden will, können Sie ihr versuchsweise sechs Monate lang die Kräutermischung verabreichen und sie anschließend erneut dem Hengst zuführen. Wenn die Stute dann immer noch nicht im gewünschten Zustand ist, »hat es halt nicht sein sollen ...«, wie man bei uns daheim so sagt. (Vielleicht kann Ihnen ja dann ein Tierarzt weiterhelfen ?)
Früher nahmen indianische Frauen während des letzten Monats vor ihrer Niederkunft die Wurzeln des Blauen Hahnenfusses *(Caulophyllum thalictroides)* ein – der übrigens deshalb wohl auch mancherorts Frauenwurz heißt. Für Stuten, die bereits Komplikationen beim Abfohlen hatten oder zum ersten Mal fohlen, könnte dieses Mittel, das den Uterus weitet, daher recht nützlich sein. Während der letzten Woche vor dem Geburtstermin können Sie dem Futter der Stute täglich einen Eßlöffel pulverisierte Wurzel untermengen.
Während des letzten Trächtigkeitsmonats sollte der Tierarzt die Stute noch einmal von Kopf bis Huf untersuchen.

Die Literaturliste am Ende dieses Kapitels soll Ihnen dabei helfen, mehr über Heilpflanzen und das in ihnen schlummernde Potential zu erfahren. Ich hoffe, daß diese Bücher gemeinsam mit Ihrer stetig wachsenden Erfahrung im Umgang mit Heilkräutern dazu beitragen, daß Sie der Natur ein Stückchen näherrücken.

Ausblicke für die Zukunft

Die Kräutermedizin erlebte in den letzten Jahren eine Renaissance, da weltweit das Bewußtsein für alternative Heilverfahren über eine bloße Modeerscheinung hinausging. Zum einen liegt unsere neue Liebe zur Natur darin begründet, daß wir uns bewußt werden, täglich ein Stück der Wälder, des Regenwaldes oder eines anderen Naturparadieses unseres schönen Planeten zu verlieren. Viele uns gleichgesinnte Naturfreunde sorgen sich daher heute darum, daß viele Heilpflanzen vielleicht schon bald ausgestorben sind, da überall auf der Erde die letzten Pflanzenreservate niedergebrannt und verwüstet werden.

In der Schulmedizin sind viele Forschungsstätten fieberhaft damit beschäftigt, neue Heilverfahren für Krebs, AIDS und Herzerkrankungen zu erforschen und zu entwickeln. Gerade die Regenwälder der Tropen bergen ein großes Potential an Pflanzen aus denen neue Drogen und Wirkstoffe gewonnen werden können – oder besser gesagt, könnten, weil die Wahrscheinlichkeit, all diese Pflanzen rechtzeitig zu finden, bevor die letzten intakten Ökosysteme niedergebrannt sind, proportional zum Rückgang der Natur abnimmt.

Die Kräutermedizin war der Menschheit seit deren Beginn bis heute – sozusagen zeitlos – von großem Nutzen. Auch für die Zukunft verspricht dieser Zweig der Medizin sehr erfolgreich zu sein, was nicht zuletzt durch das zunehmende Interesse von Human- und Veterinärmedizinern für die Phytotherapie (Pflanzentherapie) bestätigt wird. Allerdings bedarf es noch weiterer Forschungen und Verbesserungen, damit sich dieser Entwicklungstrend auch im Bereich der Pferdemedizin fortsetzen kann.

Gott und die Natur haben uns in den Pflanzen dieser Erde mit ausreichend Möglichkeiten ausgestattet, um uns und unsere Tiere gesund zu machen. Wir säen aus und ernten, was wir essen wollen, und so müssen wir auch jene Pflanzen aussäen und ernten, die unsere Leiden kurieren.

»Und alles andere grüne Kraut,
diene zur Nahrung allem Wilde,
allen Vögeln des Himmels und
allem Gewürm auf Erden, worin
Lebensgeist ist. Und so ward es.«

Genesis, 1. Kapitel, Vers 30

Wo erhalte ich Heilpflanzen?

Die meisten der hier genannten Heilpflanzen und Drogen, wie beispielsweise frischen Ginseng, werden in Deutschland nur in Apotheken verkauft; allerdings müssen Sie damit rechnen, daß einige Exoten bestellt werden müssen, weswegen das Ganze mehrere Tage dauern kann. Einige heimische Arten können natürlich auch vom erfahrenen Botaniker gepflückt oder kultiviert werden – aber bitte wirklich nur von Experten! Gehen Sie kein Risiko ein, wenn Sie sich Ihrer Sachkenntnis nicht hundertprozentig sicher sind! Mit etwas Glück können Sie auch exotische Mittel wie Yunnan-Paiyo-Pulver, Tiger Balm oder Wan-Hua-Öl in einem chinesischen Lebensmittelgeschäft oder Kulturladen auftreiben – aber auch das ist eher die Ausnahme. Fragen Sie Ihren Apotheker oder Veterinär, ob er die Wirkstoffe dieser chinesischen Mittel recherchieren und diese ggfs. durch ein heimisches Präparat, das den gleichen Wirkstoff enthält, alternativ verschreiben kann.

Glossar und allgemeine Literatur

Literatur

zu Meredith L. Snader, Akupunktur

[1] A.V.M.A. Policy Statements and Guidelines (1991) A.V.M.A. Directory.
[2] Altman, S. (1989) Acupuncture Therapy in Small Animal Practice. Textbook of Veterinary Internal Medicine, Bd. 1. W. B. Saunders, Philadelphia.
[3] Klide, A. (1977) Veterinary Acupuncture. University of Pennsylvania Press, Philadelphia.
[4] American Journal of Acupuncture (1978) 6 (2).
[5] International Veterinary Acupuncture Society. Broschüre.
[6] Altman, S. (1981) An Introduction to Acupuncture for Animals.
[7] Xinnong, C. (1987) Chinese Acupuncture and Moxibustion. Foreign Language Press, Peking (Beijing).
[8] American Journal of Acupuncture (1981) 9 (2).
[9] Rogers, P., und M. Cain (1987) Clinical Acupuncture in the Horse. Proceedings of the 13. International Congress on Veterinary Acupuncture. Belgium Acupuncture Society, Belgien.
[10] Stux, G., und B. Pomeranz (1987) Acupuncture Textbook and Atlas. Springer, Berlin Heidelberg New York. (Deutsch: Stux, G., N Stiller und B. Pomeranz Akupunktur. Lehrbuch und Atlas. 4., neubearb. Aufl. Springer Verlag, Berlin Heidelberg New York.)
[11] Klide, A. (1983) Science and Techniques of Veterinary Acupuncture. Proceedings of the 50. Annual American Animal Hospital Association.
[12] Harrison, T.: Laser Acupuncture: Can Lasers Replace Needles? A Review of Current Literature. American Journal of Acupuncture. 17 (4) (1989).
[13] Loo, C.: Symptoms Associated with Impaired Transmission of Nerve Impulses. American Journal of Acupuncture. 13 (4): 319-330 (1985).
[14] Dinzong, W.: Acupuncture Promotes Body Self-Defense. American Journal of Acupuncture. 14 (4): 123-126 (1986)

Besonderer Dank gilt meiner Familie, Barry, Alexis und Brooke Snader.

Die Tabellen wurden von der Firma Franklin Graphics (Malvern, Pennsylvania 19355, USA) erstellt.

Adressen

zu Sharon L. Willoughby, Chiropraxis

American Veterinary Chiropractic Association
P.O. Box 249, Port Byron (Illinois), IL 61275, USA
Tel. (001) (309) 523.3995

Literatur

zu Deva Kaur Khalsa Homöopathie

Emich, Gerd:
Naturheilkunde Pferdekrankheiten. Band 1: Bewährte Behandlungsmethoden. BLV-Verlag, München (3. durchgesehene Aufl., 1986).

King, Gisela:
Veterinärhomöopathie – Einführung und Materia medica. Schlütersche Verlagsanstalt, Hannover (1992)

MacLeod,George:
Homöopathischer Ratgeber Hunde: Erprobte Rezepturen. BLV-Verlag, München (1992). Das Buch wurde von einem der bekanntesten Tierhomöopathen geschrieben. Hier werden die häufigsten Hundekrankheiten, die entsprechenden Arzneien und die entsprechenden Potenzen beschrieben; außerdem enthält es eine kommentierte Liste der gängigsten Materia Medica.

MacLeod, George:
Homöopathischer Ratgeber Katzen: Erprobte Rezepturen. BLV-Verlag, München (1992). Im Prinzip genauso wie das Hundebuch aufgebaut.

MacLeod, George:
Pferdekrankheiten – homöopathisch behandelt. WBV Biol.-Med. Verlagsgesellschaft, Schorndorf (1977).

MacLeod, George und Hans Wolter:
Homöopathische Behandlung der Rinderkrankheiten. Hippokrates, Regensburg (1985).

Rakow, Barbara:
Der homöopathische Hundedoktor. Franck-Kosmos, Stuttgart (1986)

Rakow, Barbara:
Der homöopathische Katzendoktor. Franck-Kosmos, Stuttgart (1986)

Rakow, Barbara; Rakow, Michael:
Bewährte Indikationen der Homöopathie in der Veterinärmedizin. Johannes Sonntag, Regensburg (1988)

Spielberger, Ulrich; Schaette, Roland:
Die biologische Stallapotheke. Verlag Freies Geistesleben, Stuttgart (1989)

Tiefenthaler, Alois:
Homöopathie für Haus- und Nutztiere. Haug, Heidelberg (1994)

Wolff, Hans Günther:
Unsere Hunde – gesund durch Homöopathie. 4. Auflage, Johannes Sonntag, Regensburg (1984)

Wolff, Hans Günther:
Unsere Katze – gesund durch Homöopathie. Johannes Sonntag, Regensburg (1984). Das Buch beschreibt die Behandlung vieler akuter und chronischer Katzenkrankheiten z. B. von Ohren, Augen und Hals, Herz- und Kreislaufsystem, Verdauungsorganen, Bewegungsapparat, Urogenitalsystem und Haut.

Wolter, Hans:
Homöopathie für Tierärzte. 8 Bände. (1988-1989).

Wolter, Hans:
Klinische Homöopathie in der Veterinärmedizin. 4. Auflage, Haug, Heidelberg (1988)

Wolter, Hans:
Kompendium der tierärztlichen Homöopathie. Enke, Stuttgart (1989)

Einführende Werke in die Homöopathie

Braun, Arthur:
Methodik der Homöopathie. 3. Auflage, Johannes Sonntag, Regensburg (1985)

Dorcsi, Mathias:
Homöopathie. Band 5 – Einführung in die Homöopathie. 7., erweiterte Auflage, Haug, Heidelberg (1992)

Haehl, Richard:
Samuel Hahnemann, sein Leben und Schaffen. Nachdruck T & W Verlags GmbH, Dreieich (1988).

Hahnemann, Samuel:
Apotheker-Lexikon. Haug, Heidelberg (1986) – Faksimile-Nachdruck in 2 Bänden

Hahnemann, Samuel:
Organon der Heilkunst. Haug, Heidelberg (1987) – Nachdruck der 5. Auflage

Illing, Kurt-Hermann:
Homöopathische Taschenbücher. Haug, Heidelberg (1984-1988) – 4 Bände

Köhler, Gerhard:
Lehrbuch der Homöopathie. 5. Auflage, Hippokrates, Stuttgart (1988) – 2 Bände

Mandl, Elisabeth:
Arzneipflanzen in der Homöopathie. Wilhelm Maudrich, Wien (1985)

Ritter, Hans:
Samuel Hahnemann. Sein Leben und Werk in neuer Sicht. 2. Auflage, Haug, Heidelberg (1986)

Wiesenauer, Markus:
Homöopathie. 2. Auflage, Hippokrates, Stuttgart (1983)

Arzneimittellehren (Materia medica)

Boericke, William:
Homöopathische Mittel und ihre Wirkungen. Materia Medica und Repertorium. Verlag Grundlagen und Praxis, Leer (3. Aufl., 1986). Der Grundlagentext für die homöopathische Praxis mit einer alphabetischen Liste der Arzneien einschließlich ihrer Leitkennzeichen, Modalitäten und zugehöriger Krankheitsbilder.

Dorcsi, Mathias:
Homöopathie. Band 5 – Arzneimittellehre. 3., verbesserte Auflage, Haug, Heidelberg (1991)

Julian, Othon-André:
Materia medica der Nosoden. 7. Auflage, Haug, Heidelberg (1991)

Kent, James Tyler:
Repertorium der homöopathischen Arzneimittellehre. (Übersetzung W. Erbe). Hippokrates-Verlag, Stuttgart (4. Nachdruck, 1986).

Mezger, Julius:
Gesichtete homöopathische Arzneimittellehre. 8. Auflage, Haug, Heidelberg (1988) – Nachdruck

Voisin, Henri:
Materia medica des homöopathischen Praktikers. 2. Auflage, Haug, Heidelberg (1985)

Wiesenauer, Markus:
Homöopathische Heilmittel. 2. Auflage, Hippokrates, Stuttgart (1984)

Zeitschriften

In folgenden Zeitschriften (mit einer Ausnahme alle in deutscher Sprache) werden homöopathische Fragestellungen und Forschungsergebnisse abgehandelt. Diese Zeitschriften sind in erster Linie wohl für Homöopathen, Mediziner, Tierärzte und fachlich interessierte Wissenschaftler geeignet, nicht so sehr für den (wenn auch noch so sehr) interessierten Laien. (Mit einem * versehene Zeitschriften widmen sich ausschließlich veterinärmedizinischen Fragestellungen).

- ❒ Allgemeine homöopathische Zeitung
- ❒ Deutsches Journal für Homöopathie
- ❒ International Journal for Veterinary Homoeopathy*
- ❒ Zeitschrift für Ganzheitliche Tiermedizin*
- ❒ Zeitschrift für klassische Homöopathie

Adressen

In Deutschland sind Veterinärmediziner in den unten aufgelisteten Verbänden organisiert bzw. ihre Interessen werden durch diese wahrgenommen. Wenn Sie als Tierarzt oder Homöopath Fragen haben, können Sie sich an Ihren Verband wenden. Tierhalter und Laien sollten bedenken, daß die Verbände keine praktischen Beratungsstunden durchführen können, sondern im Prinzip nur für grundsätzliche Fragen zur Verfügung stehen, z.B. ob es in Ihrer Nähe einen Tierarzt gibt, der homöopathisch praktiziert.

❒ **Deutsche Veterinärmedizinische Gesellschaft**
Arbeitsgebiet Klinische Veterinärmedizin, Fachgruppe Naturheilverfahren.
Geschäftsstelle: Frankfurter Str. 89,
35392 Gießen

❒ **Deutscher Zentralverein homöopathischer Ärzte e.V.**
Geschäftsstelle des Bundesvorstandes:
Linkenheimer Landstr. 113,
76149 Karlsruhe
Tel.: (07 21) 88 62 77

❒ **Gesellschaft für Biologische Veterinärmedizin**
Geschäftsstelle: Falltorstr. 16,
60385 Frankfurt a.M.

❒ **International Association for Veterinary Homoeopathy (IAVH)**
Präsident und Nationaler Sekretär:
Dr. E.-P. Andresen
Geschäftsstelle: Laerstr. 1,
33775 Versmold;
Tel.: (0 54 23) 4 23 66

Anmerkungen und Quellen

zu Craig Denega, Massage

[1] Um jeden Konflikt mit einem Mediziner zu vermeiden, habe ich den Ausdruck „Knurdle“ selbst erfunden. Eine richtige Diagnose kann nur durch einen Arzt oder Veterinär erfolgen; eine Laie wie ich sucht hingegen nach „Knurdles“.

[2] Meather, Jack (1985): Beating Muscle Injuries for Horses. Hamilton Horse Associates; Hamilton, Massachusetts

[3] Am besten kaufen Sie sich ein Paar dünne Fingerhandschuhe und schneiden die Fingerspitzen auf mittlerer Länge ab. Wenn Sie diese Handschuhe tragen, schützen Sie Handteller und Fingerknöchel vor Abschürfungen, während gleichzeitig Ihre offen liegenden Fingerkuppen nichts von ihrer Sensibilität eingebüßt haben.

[4] Eine abschließende, eindeutige Meinung gibt es hierzu noch nicht. Die eine Lehrmeinung schwört auf kurze Druckstöße (etwa sieben Sekunden), andere Masseure glauben, daß nur ein länger ausgeübter Druck wirkt. Persönlich neige ich zu einer Dauer von mindestens 30 Sekunden.

[5] Das muß ich im Detail erklären: Ich wurde zur Begutachtung eines importierten Dressurpferdes nach Vermont gerufen; das Tier wollte seine rechte Vorhand nicht richtig gebrauchen. Bei der Untersuchung stellte ich fest, daß es in der Höhe des Widerrists sehr empfindlich war. Das verblüffte mich sehr, war mir doch bisher noch kein Pferd begegnet, das an dieser Stelle sensibel war, zumal auch die Art und Weise, wie das Pferd geritten wurde, keinen Aufschluß über eine mögliche Ursache lieferte. Schließlich wollte ich mir das Sattelzeug einmal näher anschauen. Der Reiter benutzte einen sehr teuren Sattel und eine Satteluntertage aus einer dünnen Spezialkunststoffschicht. Mir fiel auf, daß die Unterlage mehrere halbmondförmige Einkerbungen aufwies, deren Lage mit den sensiblen Stellen am Widerrist identisch war. Also bat ich darum, auch einen Blick auf den Sattel werfen zu dürfen. Der Reiter entgegnete mir, es könne gar nicht sein, daß der Sattel die Ursache sei, weil er speziell für dieses Pferd angefertigt wurde. Doch als ich den Sattel untersuchte, fand ich ein paar Schrauben, die sich auf der Unterseite gelockert hatten und nun in die Schulter des Pferdes bohrten, und zwar genau an den wunden Stellen. Letztere konnten dann durch Massage behoben werden, und nachdem auch der Sattel repariert war, hatte sich auch das Problem in Luft aufgelöst.

[6] Als ich ein Pferd untersuchte, das sich gegen schwere Lasten sträubte, konnte ich nichts Ungewöhnliches finden, das diese Abneigung hätte erklären können. Alle Muskeln, vor allem im Bereich der Schulter, schienen völlig in Ordnung zu sein. Einige Zeit später erfuhr ich vom Trainer die tatsächliche Ursache: Grund war ein Abszeß unter dem Hufstrahl, der sich unmittelbar nach der Massage geöffnet hatte.

[7] Als ich mit meiner Arbeit als Pferdemasseur begann, bat ich einen sehr bekannten Trainer um ein paar weise Ratschläge, die ich für meine weitere Karriere beherzigen müsse. Der Mann entgegnete mir: „Mein Junge, jedes Pferd wird dich jedes Mal als Lügner entlarven.“ Benutzen Sie also immer all Ihre Sinne!

[8] Krippensetzen ist ein weiteres Leiden, das meiner Meinung nach auf ein Halsproblem verweist. Obgleich die Schulmedizin besagt, Krippensetzen sei ein erlerntes Fehlverhalten, weiß ich aus eigener Erfahrung, daß einige Pferde, die an ihren Krippen kauten, nach meiner Massage vorübergehend oder zum Teil auch völlig von dieser Unart abließen.

[9] Für gewöhnlich auf der gegenüberliegenden Seite. Wenn also das Pferd seinen Kopf nicht nach links bewegen will, verkrampfen sich die Muskeln auf der rechten Seite.

Literatur

zu Ihor John Basko, Heilkräuter

Englischsprachige Bücher

Bavestrelli, Mirella (1972) Color Treasury of Herbs. Crescent Books, London.

Christopher, John R (1976) School of Natural Healing. BiWorld Publishers, Provo, Utah.

Fox, Morgenthau H (1970) Gardening with Herbs for Flavor and Fragrance. Dover Publications, New York.

Fulder, Stephen (1980) The Tao of Medicine. Destiny Books, New York.

Gibbons, Euell (1971) Stalking the Good Life. David McKay Company, New York.

Hylton, William H (1974) The Rodale Herb Books. How to Use, Grow, and Buy Nature's Miracle Plants. Rodale Press, Emmaus, Pa.

Kimmens, Andrew (1975) Tales of the Ginseng. William Morrow, New York.

Krochmal, Arnold und Connie Krochmal (1973) A Guide to the Medicinal Plants of the United States. Quadrangle, New York.

Lewis, Lon P (1982) Feeding and Care of the Horse. Lea & Febiger, Philadelphia.

Lust, John (1974) The Herb Book. Bantam Books, New York.

Millspaugh, Charles F (1974) American Medicinal Plants. Dover Publications, NewYork.

Teeguarden, Ron (1984) Chinese Tonic Herbs. Japan Publications, Tokyo.

Tierra, Michael (1988) Planetary Herbology. Lotus Press, Santa Fe.

Tierra, Michael (1980) The Way of Herbs. Santa Cruz, Calif.

Weatherford, Jack (1988) Indian Givers. Fawcett, New York.

Deutschsprachige Bücher

Bremness, Lesley (1994) Kräuter, Heilpflanzen und Gewürze. Ravensburger Buchverlag, Ravensburg.

Fintelmann, Volker, Menßen, Hans Georg und Siegers, Claus-Peter (1992) Phytotherapie Manual. Hippokrates Verlag, Stuttgart.

Gachnian, Rosa und Assenow, Iwan (1991) Pflanzenheilkunde in der Tiermedizin. WBV Biol.-Med. Verlagsgesellschaft, Schorndorf.

Holzner, Wolfgang (Hrsg.) (1985) Das kritische Buch der Heilpflanzen. ORAC Verlag, Wien.

Schnorrenberger, C. (1985) Lehrbuch der chinesischen Medizin für westliche Ärzte. 3., durchges. u. erw. Auflage, Hippokrates Verlag, Stuttgart.

Sengupta, Christine, Grob, Peter und Stüssi, Hans: (1991) Medikamente als Heilpflanzen. Unionsverlag, Zürich.

Vogel, G., Gaisbauer, M. und Winkler, G. (1990) 10 Phytotherapie in der Praxis. Deutscher Ärzte Verlag, Köln.

Weiß, Rudolf Fritz (1991) Lehrbuch der Phytotherapie. 7., überarb. u. erw. Auflage, Hippokrates Verlag, Stuttgart.

Erklärung der wissenschaftlichen und medizinischen Fachbegriffe

ACTH Abk. für Adrenocorticotropes Hormon, wirkt auf die Nebennierenrinde

Adrenalin Hormon des Nebennierenmarks, Überträgerstoff des Sympathikussystems.

Akupunktur Heilmethode aus der chinesischen Medizin, in der u. a. schmerzhafte Erkrankungen und funktionelle Störungen durch Nadelung behandelt werden.

Akute Krankheit Heftige, schwere Erkrankung (meist anfangs mit Fieber)

Albumin Häufigstes Eiweiß (Protein) im Blutserum.

Analgetisch Schmerzstillend; Analgetika sind Schmerzmittel

Anämie Blutarmut, Mangel an roten Blutkörperchen oder Hämoglobin.

Anterio- *(Vorsilbe)* vorne, zur Vorderseite hin

Antihistaminikum Mittel gegen Allergien und andere Erkrankungen, bei denen plötzlich große Mengen an Histaminen im Körper freigesetzt werden.

Antikörper Proteine des Immunsystems, die spezifisch eingedrungene Krankheitserreger und Fremdkörper bekämpfen.

Antiphlogistikum Abschwellendes, entzündungshemmendes Mittel

Arteriole Kleine Arterie

Arthritis Entzündliche Gelenkerkrankung

Bursa *(medizinisch-lateinisch)* Schleimbeutel (an Gelenken)

Chiropraxis, Chiropraktik Heilmethode, bei der Einklemmungen, die infolge von Wirbelverschiebungen entstanden sind, durch gezielte Handgriffe wieder gerichtet werden.

Chronisches Leiden länger andauernde Krankheit (Gegenteil von akut)

Cun auch Körperzoll; relative Körpermaßeinheit, mit der in der Akupunktur die Entfernung der Akupunkturpunkte von Beugefalten oder Gelenkspalten abgemessen wird

Degenerativ Verschleiß und Abbau von Geweben oder Organen sind degenerative Prozesse.

Dehydrierung Austrocknung; extremer Flüssigkeitsverlust des Körpers (z. B. durch Überhitzung, mangelndem Durst oder Durchfall)

Dornfortsatz Dorsaler Knochenauswuchs der Wirbelkörper

Dorsal zum Rücken hin, auf der Rückenseite

Druckdolenz, druckdolent Schmerzen, die durch Druck oder beim Drücken auf eine Körperstelle ausgelöst werden.

Endokrin Alles, was mit Hormonen und Drüsen zu tun hat, gehört zum endokrinen System.

Endorphin aus endogene Morphine; im Körper gebildete, morphiumähnliche Substanzen, die ebenfalls schmerzstillend wirken.

Epistaxis Nasenbluten

Erythrozyten Rote Blutkörperchen

Exostose Krankhafter Knochenauswuchs

Femur *(medizinisch-lateinisch)* Oberschenkelknochen

Fibrose Vermehrung des Bindegewebes

Friktion Reibung (hier bei Massage)

Ganglion (Mehrzahl: Ganglia, Ganglien) Nervenknoten

Globulin Zweithäufigstes Eiweiß (Protein) im Blutserum, u. a. wichtiger Bestandteil der Körperabwehr (Antikörper).

Gonadotropine Hormone des Hypophysenvorderlappens, die die Entwicklung und Funktion der Geschlechtsorgane regulieren.

Hämatokrit Maß, um das Verhältnis zwischen festen und flüssigen Blutbestandteilen (d.h. Blutzellen bzw. Blutserum) zu bestimmen.

Hämoglobin Blutfarbstoff und Transportprotein des im Blut gelösten Sauerstoffs und Kohlendioxids.

Homöopathie Durch Samuel Hahnemann eingeführtes Heilverfahren; hierbei wird ein Leiden nach dem sog. Ähnlichkeitsprinzip durch Gabe einer bestimmten Substanz behandelt, die beim Gesunden ähnliche Symptome hervorruft, wie sie auch bei dieser Krankheit auftreten. Die Dosis homöopathischer Arzneimittel ist äußerst niedrig.

Hormon Körpereigener Botenstoff, der bestimmte Lebensvorgänge (z. B. Entwicklung, Stoffwechsel, Verhaltensweisen) steuert.

Hyaluronsäure ein Mucopolysaccharid, Bestandteil der Synovialflüssigkeit, des Glaskörpers (Auge), von Haut und Knochen.

Hypophyse Wichtiges hormonbildendes Organ, das im Türkensattel der Schädelbasis sitzt und aus Vorder-, Hinter- und Zwischenlappen besteht (letzterer beim Menschen nur sehr winzig). Die Hypophyse ist direkt mit dem Hypothalamus verbunden und arbeitet eng mit diesem zusammen (Hypophyse-Hypothalamus-Komplex, eine sog. funktionell-morphologische Einheit). Im Vorderlappen werden z. B. Gonadotropine und ACTH gebildet.

Hypothalamus Teil des Zwischenhirns, der u. a. das vegetative Nervensystem kontrolliert.

Iliosakralgelenk Fuge (Gelenk) zwischen **Ilium** (Darmbein) und Kreuzbein (Sakrum).

Intercostalraum Bereich zwischen zwei Rippen

Karpalgelenk »Knie« des Pferdes; Gelenk, das von den Handwurzelknochen (Carpalia) gebildet wird.

Katalysator Substanz, die eine Reaktion beschleunigt, ohne selbst dabei verbraucht zu werden.

Kelp Asche des Blasentangs

Komplementprotein Körpereigene Eiweiße, die Teil des Immunsystems sind und eingedrungene Fremdkörper z. T. auch ohne Hilfe von Antikörpern unschädlich machen können.

Kortikoide Hormone, die in der Nebennierenrinde (lateinisch *Cortex* = Rinde) gebildet werden; bekanntes Beispiel ist das Cortisol.

Kryptorchismus Hoden ist nicht ins Scrotum (Hodensack) eingewandert und liegt noch in der Bauchhöhle bzw. Leiste.

Lateral Seitlich, zur Seite hin

Leukozyten Weiße Blutkörperchen

Medial Zur Mitte hin liegend

Medio- *(Vorsilbe)* zur Mitte hin befindlich

Meridian Kanalsysteme des Körpers, durch die das Qi eines Lebewesens fließt und in dessen gesamten Organismus verteilt wird. Auf den Meridianen befinden sich die Akupunkturpunkte.

Modalität Begriff aus der Homöopathie; eine Modalität beschreibt die Verbesserungen oder Verschlechterungen bestimmter Symptome infolge von Faktoren wie Witterung, Tageszeit, Bewegung, Temperatur usw.

Motorische Nervenfasern Nervenfasern, die für die Erregung der Muskelfasern zuständig sind.

Moxibustion Form der Hitzeakupunktur, bei der über dem betreffenden Akupunkturpunkt ein Kraut, die Moxa, verbrannt wird.

Muskeltonus Spannungszustand eines Muskels

Myelinisiert Myelinisierte Nerven besitzen eine elektrisch isolierende Markscheide (Myelinscheide), die an bestimmten Stellen unterbrochen ist. Die Erregung „springt" von einer nicht „isolierten" Stelle zur nächsten und wird so sehr rasch über das Neuron weitergeleitet.

Myopathie Allgemein für Muskelleiden- und -erkrankungen

Neoplasie Gewebeneubildung, z. B. Narbenbildung bei der Wundheilung

Neuralgie Nervenschmerzen

Neuron Nervenzelle

Ödem Unnatürliche Ansammlung von Flüssigkeit im Gewebe.

Ösophagus *(medizinisch-lateinisch)* Speiseröhre

Östrus Zeitraum der Paarungsbereitschaft bei weiblichen Tieren, bei Pferden auch als Rosse bekannt.

Ovulation Eisprung

Pankreas *(medizinisch-lateinisch)* Bauchspeicheldrüse

Parasympathikus Bildet mit dem Sympathikus das vegetative Nervensystem; eine Erregung des Parasympathikus bewirkt u. a ein Abfallen des Blutdrucks, die Verlangsamung von Herzschlag und Atmung sowie eine Beschleunigung der Darmperistaltik (Eigenbewegung des Darms).

Pathologisch Krankhaft

Perikard Herzbeutel

Periost *(medizinisch-lateinisch)* Knochenhaut

Placebo Scheinmedikament ohne Wirkstoff, das allein durch die Überzeugungskraft des Patienten „wirkt".

Plexus *(medizinisch-lateinisch)* Geflecht; netzförmige Ansammlung von Nerven (z. B. der Solarplexus)

Podotrochlose Hufrollenkrankheit

Posterio- *(Vorsilbe)* hinten, zur Hinterseite hin

Potenz Verdünnungsstufe einer homöopathischen Arznei, in Deutschland meist als Dezimalpotenzen angegeben (D-Potenzen).

Qi (auch *Chi*) strömende Lebensenergie, die Grundlage der chinesischen Naturbeschreibung. Im Körper des Menschen zirkuliert das Qi über Kanalsysteme (Meridiane) zwischen den einzelnen Organen. Ungleichgewichte in diesem System können z. B. durch Akupunktur behoben werden.

Rektum *(medizinisch-lateinisch)* Enddarm

Relaxans Mittel, das z. B. auf die Muskeln entspannend wirkt

Retro- *(Vorsilbe)* rückwärts, nach hinten hin

Scapula *(medizinisch-lateinisch)* Schulterblatt

Scrotum *(medizinisch-lateinisch)* Hodensack

Sedierung Beruhigung, Ruhigstellung durch Medikamente

Sensorische Nervenfasern Nervenfasern, die der Sinneswahrnehmung dienen

Serös Aus Serum bestehend

Sklera Lederhaut; äußere, feste Hülle des Augapfels.

Spasmolytisch Krampflösend

Subluxation, subluxiert Unvollständige Verrenkung eines Gelenks, z. B. an der Wirbelsäule.

Sympathikus Teil des vegetativen Nervensystems; eine Sympathikuserregung führt u. a zum Ansteigen des Blutdrucks, Ansteigen von Herzschlag und Atmung und Verlangsamung der Darmperistaltik.

Synovia, (auch Synovialflüssigkeit) Gelenkflüssigkeit

Tapotement Klopfen, eine bestimmte Massagetechnik

Thorax *(medizinisch-lateinisch)* Brustkorb

Thrombozyten Blutplättchen

Tonisierend Kräftigend, stärkend, anregend; ein Tonikum ist ein Stärkungsmittel.

Topisch Örtlich (speziell bei äußerlicher Behandlung)

Toxine Giftstoffe, die von Lebewesen gebildet werden

Transversal von Seite zu Seite verlaufend

Trauma Gewaltsame Einwirkung auf Gewebe oder Organe (z. B. Schlag, Quetschung).

Trichophytie Glatzflechte; Befall von Kopf und Fell durch eine bestimmte Hautpilzart.

Tuberculum *(medizinisch-lateinisch)* Gelenkhöcker, höckerförmiger Wulst an Knochen oder Zähnen

Urtinktur Ausgangskonzentration eines flüssigen homöopathischen Mittels vor den Verdünnungsschritten. Symbol der Urtinktur ist das ∅.

Uterus *(medizinisch-lateinisch)* Gebärmutter

Vasodilatation Blutgefäßerweiterung

Vasokonstriktion Engstellung von Blutgefäßen

Vegetatives Nervensystem Nervensystem, das nicht dem Willen unterliegt und den Ablauf der lebenswichtigen Vorgänge (Herzschlag, Atmung, Stoffwechsel usw.) selbständig (autonom) kontrolliert. Bestandteile dieses Systems sind Sympathikus und Parasympathikus.

Ventral zum Bauch hin, auf der Bauchseite

ZNS Abk. für Zentrales Nervensystem, dieses besteht aus Gehirn und Rückenmark

Zyanotisch Blau verfärbt, meist infolge von Abnahme des Sauerstoffgehaltes im Blut.

Register

A

Abkoten 42
Abszeß 96, 97
Abtasten (Palpation) der Muskulatur 74
Abtasten (Palpation) der Wirbelsäule 75
Aconitum 98, 105
Aconitum napellus 91, 94, 96, 97
ACTH 22
Ähnlichkeitsprinzip (»Similia similibus curentur«) 87
Ah-Shi-Punkte 17
Akupressur 28
Akupunktur 11, 21, 29
Akupunkturnadel einstechen 24
Akupunkturpunkt 14, 20
Akupunkturtechniken 23
Akute Hufrehe (Entzündung der Huflederhaut; Pododermatitis aseptica diffusa) 105
Akutpunkte (Xi) 17
Alarmpunkt 52
Alarmpunkt des Dickdarmmeridians 54
Alarmpunkte (Mu-Punkte) 36
Alexander der Großen 140
Allium cepa 87
Aloe Vera 150, 152
American Veterinary Medical Association 11
Anämie 43
Anamnese 72
Anöstrus 33
Antike Punkte (Wu Shu) 16
Antimonium crudum 95
Antimonium tartaricum 99
Apis 100, 101
Apis mellifica 91, 95
Aquapunktur 24
Araroba (Chrysarobinum) 95
Arnica 96, 97, 98, 100, 101, 102, 103, 104
Arnica montana 88
Arsenicum album 94
Arthritis 30, 103
Arthritis-Kur 145, 146
Ataxie 106
Ataxie, spinale 34, 106
Atem-Qi (Zong Qi) 17
Aufgaben der Wirbelsäule 65
Augenverletzungen 98

B

β-Endorphine 22
Bacillinum 95
Baihui 35, 42
Bärentraube 146
Begutachtung des Pferdes 128
Behandlung des Immunsystems 35
Beifuß 26
Beinwell 146, 150, 152, 155, 156
Beishu-Punkte 16
Belladonna 87, 98, 105
Berberis vulgaris 95
Beweglichkeit der Wirbelsäule 75
Bindehautentzündung (Konjunktivitis) 45, 98
Blasenmeridian 39, 57, 58
Blutvergiftung 43
Boone, Daniel 147
Brustwirbel 64
Bryonia 98, 100, 101, 102, 103
Bryonia alba 92
Bukku 146
Bukku-Blätter 145
Bursitis bicipitalis 31
Bursitis calcanei subcutanea 101
Bursitis intertubercularis 100
Bursitis praepatellaris 101

C

C-Potenz 86
Calcium fluoratum 101, 103, 104, 105
Calcium sulfuricum 104
Calendula officinalis 89
Carbo vegetabilis 96
Causticum 106
CCK 34
Ch'in-Dynastie 12
Changqiang (Huiyin) 41, 42
Chaparall-Gras 146
Chengfu 49
Chengqi 48
China 94, 96, 97
Chiropraktische Techniken für Pferdehalter 81
Chiropraktische Versorgung durch den Veterinär 84
Chiropraxis 61
Chronische Hufrehe (Hufverschlag) 105
Chronische Hufrollenentzündung (Podotrochlose) 101
CK 45
Colchicum 94
Colocynthis 94
Conium maculatum 106
Crotalus horridus 97, 105
Cun 13
Curare 107

D

D-Potenz 85
Dabao 43, 48
Dachangshu 53
Dadun 44
Daheng 46, 47, 48
Dehydrierung 96
Diagnostische Akupressur 36
Dickdarmentzündung (Colitis) 33
Direkter Druck 124
Druckdolenz 49
Du Mai 42
Dünndarmmeridian 55
Durchfall (Diarrhöe) 33, 48, 94
Dushu 41
Dynorphin 22

E

Echinacea angustifolia 93
Elektro-Akupunktur 26
Elektrostimulation 25, 34
Endpunkte 15
Enelbin-Paste™ 153
Enkephalin 22
Entozon™ 149
Entzündungen der Knochenhaut (Periostitis) 102
Erb-Qi 17
Erkrankungen der Atemwege 32, 98
Erkrankungen der Augen 97
Erkrankungen der Fortpflanzungsorgane 33
Erkrankungen der Haut 95
Erkrankungen der Sehnen 56
Erkrankungen des Bewegungsapparates 99
Erkrankungen des Nervensystems 34, 105
Erkrankungen des Verdauungstraktes 33
Erkrankungen im Bewegungsapparat (Muskeln, Knochen) 30
Euphrasia 97
Europa, antikes 140
Extrapunkte 16

F

Feishu 39
Fengchi 46
Fesselgelenkgallen 99
Filiforme Akupunkturnadel 24
Fohlenataxie 34
Frühjahr-Entschlackungskur 145, 146
FSH 33
Fünf Elemente 18
Fu-Organe 18

G

Gallenblasenmeridian 45
Gang und Auftreten 73
Ganshu 43, 45
Gastrin 34
Gastritis 34
Gelbwurz, kanadischer 148
Gelenkverletzungen 101
Gelsemium 99, 106
Genesis 157
Geshu 43
Ginseng, amerikanischer 147
Ginseng, sibirischer 152
Ginseng, unechter 152
Glatzflechte (Trichophytie) 95
Glukagon 34
Goldener Spiegel der Medizin 20
Golinsky, Sid 142
GRH 33
Grippe (Influenza) 98
Grüner Star (Glaukom) 98
Grundlagen der Chiropraxis 63
Guanchong 50
Guanyuan 56
Guanyunshu 55

H

Hahnemann, Samuel 87
Hahnenfuß, blauer 156
Halswirbel 64
Haltung 72
Hämatokrit 43
Hämo-Akupunktur (Aderlaß) 28
Hämoglobin 43
Hämophilie 48
Han-Dynastie 12
Haozhe 24
Haut 112
He-Punkte 15
Hegu 54
Heilkräuter 139
Heilkräuter, chinesische 144
Heilkräuter, Definition 143
Helleborus niger 106
Hepar sulfuris 96, 104
Herdinfektionen 43
Herzmeridian 40
Himbeere 155, 156
Hippokrates 87
Hitzetherapie 26
Homewood 63
Homöopathie 85, 108
Homöopathische Hausapotheke 108
Homöopathische Notfallmittel 88
Hornfäule 104
Hornspalten 105
Hourly-Punkte 17
Huang Di Nei Jing 12, 24, 26
Hufrehe (Laminitis) 32, 40
Hufrollenentzündung (Podotrochlose) 32, 100
Hyaluronsäurespritzen 59
Hypericum 98, 101, 103, 104, 106
Hypericum perforatum 89
Hypothalamus-Hypophyse-Komplex 22, 23

I

Immunabwehr 45
Implantation 28
Indianer Nordamerikas 141
Infrarotmoxibustion 26
Insulin 34
International Veterinary Acupuncture Society (IVAS) 13, 29
Ischiasprobleme 47

J

Jack Meagher 112
Jianliao 51
Jing-Punkte 15
Jingmen 35, 46, 52, 57
Jiquan 40
Jueyinshu 39, 40
Jugu 31, 37, 38, 54
Jujue 40

K

Kamille, römische 155, 156
Kapillarbronchitis (Bronchiolitis) 32
Kardinalpunkte 16
Ke 18
Kehlkopfentzündung (Pharyngitis) 33
Kelp 156
Klopfung (Tapotement) 123
Knurdles 117
Kolik 48, 54
Konfluenzpunkte 16
Konzeptionsgefäß (Ren Mai) 15
Kortikoide (Cortisol) 22
Kortisonspritzen 59
Kotstau 33, 48, 54
Kräuter als Erste-Hilfe-Ausrüstung 154
Kräuter für alte Pferde 144
Kräuter für die Wundversorgung 148
Kräuter für trächtige Stuten 155
Kräuter gegen Quetschungen, Muskel- und Sehnenzerrungen 151
Kräuterfibel 141
Kräuterkunde 141
Kreosotum 105
Kreuzbein 64
Kreuzgallen 99
Kreuzwirbel 64
Krippenaufsetzen (»Koppen«) 40
Krongelenkschale 102
Kruppenmuskel 47
Kryptorchismus 51

L

Lähmung der Gesichtsnerven (Facialisnerv) 106
Lähmungen des Ischiasnervs 107
Lähmungen des Radialisnervs (Speichennervs) 107
Lahmheiten 99
Laser-Akupunktur 26
Leberenzyme 44, 47
Lebermeridian 45
Ledum 98, 104
Ledum palustre 90
Leist 102
Lendenwirbel 64
Lenkergefäß (Du Mai) 15
Lenkergefäß-Meridian 41
LH 33
Lidui 49
Liquor 22
Löwenzahn 145, 146
Lungenentzündung 99
Lungenmeridian 39
Lycopodium clavatum 95

M

M. C. Stevenson 139
Magengeschwüre 54
Massage 79, 109
Massage, eigentliche 130
Meisterpunkte (Hui Xue) 17
Melaleuca alternifolia 149
Mercurius corrosivus 95
Mercurius solubilis 98
Meridiane 19
Meridianpaar 15
Mittelalter 140
Mittelhirn 22, 23
Modalitäten 87, 88
Mondblindheit (Irido-Zyklo-Chorioditis) 98
Morinda citrifolia 149, 152
Moxa 26
Moxa-Zigarre 26
Moxibustion 26
Muskelschwund 47
Myopathie 44
Myositis 45
Myristica 96, 104

N

Nadelung 23
Nadelhammer 24
Nähr-Qi 17
Nasenbluten (Epistaxis) 33, 97
Nesselfieber (Urtikaria) 95
Nierenmeridians 52
Noradrenalin 22
Nux vomica 93, 94

O

Ohrpunkte 17
Osteoarthritis 30, 103
Oswald Kothbauer 13

P

Pangguangshu 55, 57, 59
Perikardmeridian 40
Periodische Augenentzündung 98
Persönliche Vorbereitung 119
Petersilie 145, 146
Pferdemassage, Anleitung 114
Phenylbutazon 60
Phosphorus 96, 97, 98, 99
Piephacke 101
Pishu 47
Plumbum metallicum 107
Pneumo-Akupunktur 29
Po Som On Oil 153
Podophyllum 94
Podotrochlose 28, 31, 40
Primärischias 47
Progesteron 33
Prolaktin 33
Prostaglandin 33
Psorinum 95

Q

Qimen 44, 46, 48
Quellpunkte (Yuan-Punkte) 15
Qi 14, 17
Qie 36
Qihaishu 53

R

Radialisnerv (Speichennerv) 34
Renaissance 140
Renzhong 35
Revolution, chemische 141
Revolution, industrielle 141
Rhenzhong 41, 42
Rhus tox. 100, 102, 103, 105,
Rhus toxicodendron 92
Ringbein 30
Rivanol™ 149
Riyue 46
Rotalge (Rhodymenia palmata) 155, 156
Rückenmark 22, 23
Ruta 100, 101, 102, 103, 104, 106
Ruta graveolens 92, 102

S

Sang Shin 142
Sanjiao-Meridian 51
Sanjiaoshu 50, 53
Sarsaparilla 145, 146
Sassafras 145, 146
Schachtelhalm 146
Schale 102
Schleimbeutelentzündung (Bursitis) 100
Schlüsselpunkte 16
Schmerz und Massage 113
Schnupfen (Rhinitis) 33
Schock 96
Schüttelung 122
Schweifwirbel 64
Secale cornutum 105
Sedierungspunkte 15

Segmentale Alarmpunkte (Mu) 15
Sehnenentzündung (Tendinitis) 99
Sehnenscheidenentzündung (Tendosynovitis oder Tendovaginitis) 99
Sepia 95
Serotonin 22
Sesamoiditis 102
SGOT 45
Shang, Stephen 143
Shang-Dynastie 12
Shangyang 54
Shanzhong 40
Shaochong 39, 40
Shaoze 55
Sheng 18
Shenshu 51
Shimen 51
Shu-Punkte (Beishu-Punkte) 16, 36, 39, 60
Shufu 52
Shuitu 50
Si Jian 36
Sibai 49
Sicherheitsvorkehrungen 115
Silicea 96, 98, 101, 102, 103, 104, 105
Sinusitis 33
Sizhukong 51
Solarplexus 39
Somatostatin 34
Spat 30
Sportmassage, Techniken 119
Spröde Hufe 105
Sprunggelenkbeugesehnengallen 99
Sprunggelenkgalle 28, 99
Stichverletzungen und Hufabszesse 104
Stollbeule 100
Strahlbeinkrankheit (Podotrochlose) 100
Strahlfäule 104
Subluxation 38, 61, 76
Subluxation, chiropraktische 65
Subluxation, Diagnose einer 72
Süßholz, russisches 147
Symphytum 102, 103, 104
Symphytum officinale 93
Symptome einer Subluxation 70
Synovialscheide 99

T

Tai Chi Chuan 110
Tang-Dynastie 12
Tang-Kuei-Wurzel 152
Tellurium 95
Therapeutische Indikationen 29
Thuja occidentalis 96
Tianchi 32, 40
Tianchuang 37, 38
Tianliao 37, 38
Tianshu 54
Tianyou 51
Tianzhu 37, 57
Tiger Balm 153
Tinggong 35, 56
Tongzilao 46
Tonisierungspunkte 15
Transversale Reibung (Friktion) 124
Trauma 106
Triggerpunkte (Ah-Shi-Punkte) 14, 17
Tuberculum majus 31

U

Ulcusbildung 34
Unfruchtbarkeit 51
Ur-Tinktur 86
Ursachen einer Subluxation 68
Ursachen von Muskelverletzungen 111
Urtica urens 95

V

Verbindungspunkte (Luo) 16
Verdauungsstörungen 93
Verhaltensstörungen 35
VIP 32, 34
Vipera 97
Virusinfekte 43
Volksrepublik China 11, 142
Vorbeugemaßnahmen gegen Subluxationen der Wirbelsäule 78

W

Wacholder 145, 146
Wan-Hua-Öl 152
Wandlungsphasen 18
Wang 36
Warzen 96
Wegerich 148, 150, 152
Wei Qi 17
Weishu 48
Weißulme 145
Weißulme, amerikanische 146
Weiyang 52
Wen 36
Wiesenklee 145, 155
Wiesenklee, roter 146, 156
Wildes Horn 104
Wirbelkanal 64
Wirbelkörper 64
Wirbelsäule 64
Wissenschaftliche Grundlagen 21
Wobbler-Syndrom 105
Wood Lock Medicated Balm 153

X

Xiaochangshu 55
Xinshu 39, 40

Y

Yamswurzel, wilde 145, 146
Yang 14, 18, 53
Yang-Meridiane 19, 20
Yang-Zustand 37
Yifeng 35, 51
Yin 14, 18, 53
Yin-Meridiane 19, 20
Yin-Zustand 37
Yinbai 48
Ying Qi 17
Yingxiang 54
Yinjiao 41
Yinmen 49
Yoga 110
Yongquan 51
Young, Grady 13
Yuan Qi 17
Yucca 145, 146
Yunnan-Paiyo-Pulver 150

Z

Zang-Organe 18
Zentrales Nervensystem (ZNS) 21
Zeugungsunfähigkeit 51
Zhangmen 48
Zheng Gu Shui 153
Zhiyin 58
Zhongchong 40
Zhongfu 39
Zhongji 59
Zhongwan 50
ZNS 65
Zuni-Indianer 139
Zusammendrücken (Kompression) 120
Zusanli 49
Zwischenwirbelscheiben 64

Notizen

Notizen